无尽告别

THE LOVER'S FAREWELL

—— 陈楸帆等 —— 著

台海出版社

图书在版编目（CIP）数据

无尽告别 / 陈楸帆等著. -- 北京：台海出版社，
2020.6
ISBN 978-7-5168-2507-5

Ⅰ. ①无… Ⅱ. ①陈… Ⅲ. ①幻想小说－小说集－
中国－当代 Ⅳ. ① I247.7

中国版本图书馆 CIP 数据核字 (2019) 第 278527 号

无尽告别

著　　者：陈楸帆等

出 版 人：蔡　旭　　　　　　责任编辑：武　波　曹任云

策划编辑：李　雷　刘　琦　　封面设计：天下书装

出版发行：台海出版社

地　　址：北京市东城区景山东街20号　　邮政编码：100009

电　　话：010-64041652（发行，邮购）

传　　真：010-84045799（总编室）

网　　址：http://www.taimeng.org.cn/thcbs/default.htm

E－mail：thcbs@126.com

经　　销：全国各地新华书店

印　　刷：三河市嘉科万达彩色印刷有限公司

本书如有破损、缺页、装订错误，请与本社联系调换

开　　本：880毫米×1230毫米　　　　1/32

字　　数：205千字　　　　　　　　　印　　张：9

版　　次：2020年6月第1版　　　　　印　　次：2020年6月第1次印刷

书　　号：ISBN 978-7-5168-2507-5

定　　价：45.00元

"超真实"时代的文学创作

文／陈楸帆

AI写作：谁是主，谁是仆

我们所处的时代比科幻还要科幻。

就在春节前不久，原《收获》编辑、作家、科技创业者走走告诉我，他们用名叫"谷臻小简"的AI软件"读"了2018年20本文学杂志刊发的全部771部短篇小说，并以小说的优美度，即情节与情节之间的节奏变化的规律性，以及结构的流畅程度对这些作品进行打分。

截至2019年1月20日，分数最高的始终是诺贝尔文学奖得主莫言老师的《等待摩西》。然而，21日下午3点左右，参与此次评选的《小说界》和《鸭绿江》杂志的作品送到，新增80部短篇小说。下午7点

20 分，情况发生了改变。AI 最终选定的年度短篇是我发表在《小说界》2018 年第四期的《出神状态》，《等待摩西》被挤到了第二位，差距仅有 0.00001 分。

更不可思议的是，在我的《出神状态》里恰好也用到了由 AI 软件生成的内容，这个算法是由我原来在谷歌的同事、创新工场 CTO 兼人工智能工程院副院长王咏刚编写的，训练数据包括我既往的上百万字作品。

"一个 AI，何以从 771 部小说中，准确指认出另一个 AI 的身影？"走走在随榜单一同发布的《未知的未知——AI 榜说明》一文中发问。确实，从使用的计算机语言、算法、标准都完全不同的两个 AI，究竟是以什么样的方式建立共振的，这给这次偏爱理性与逻辑的事件披上了神秘主义的色彩。

回到最初，第一次有和 AI 合作的想法还得追溯到 2017 年下半年。其实机器写作并不是新鲜的事情，包括微软小冰写诗，自动抓取信息生成金融新闻的程序，等等，但是作为高度复杂的文学类型，小说所要求的逻辑性、自然语言理解能力以及对于人物、情节、结构、文法不同层面的要求，目前的 AI 必然尚未达到这样的能力。王咏刚听了我的想法之后也非常兴奋，他本身也是个科幻迷和科幻作者，还出过一本叫《镜中千年》的长篇科幻小说，他很爽快地答应了，觉得这是一个非常有趣的实验。

编写深度学习的写作程序其实不难，Github 上都有一些现成的代码可以用，难的是如何通过调整参数让它写出来的东西尽量地接近我们现有对于文学的理解和审美。输入了上百万字的陈楸帆作品之后，AI 程序"陈楸帆 2.0"可以通过输入关键词和主语，来自动生成每次大约几十到一百字以内的段落，比如《出神状态》中的这些：

> 游戏极度发烫，并没有任何神秘、宗教、并不携带的人，甚至慷慨地变成彼此，是世界传递的一块，足以改变个体病毒凝固的美感。

> 你露出黑色眼睛，苍白的皮肤如沉睡般充满床上，数百个闪电，又缓慢地开始一阵厌恶。

> 你再次抬头，把那些不完备上呈现的幻觉。可他离开你，消失在晨曦中。绸缎般包围。

王咏刚告诉我，经过大批量语料学习之后，AI程序已逐渐习得了我的写作偏好——在使用祈使句时爱用什么句式、描写人物动作时喜欢用什么样的形容词或者副词等等。在掌握了关于语句的统计规律后，在写作环节，AI程序便会从大量的语料中随机找到一些词，并把这些词汇按照写作规律拼接在一起，形成句子。比起文学，它更像是统计学与数学。

第一次看到AI程序写出来的句子时，我觉得既像又不像自己写的，有先锋派的味道，像是诗歌又像佛偈。可以肯定的是，它们没有逻辑性，也无法对上下文的剧情和情绪产生指涉性的关联，为了把这些文字不经加工地嵌入到人类写作中去，我必须做更多的事情。

所以最后我围绕着这些AI创作的语句去构建出一个故事的背景，比如说《出神状态》中人类意识濒临崩溃的未来上海，比如《恐惧机器》中完全由AI进行基因编辑产生的后人类星球，在这样的语境中，AI的话语风格可以被读者接受被视为合理的，而且是由人类与他者的对话情境中带出的，从认知上不会与正常人类的交流方式相混淆，因此它在叙事逻辑上是成立的，是真实可信的。

这次 AI 与人共同创作的实验性并不在于机器帮助我完成写作，而在于最后我发现，是我帮助机器完成了一篇小说的写作。

除了参与 AI 榜单评选的《出神状态》一文，在日前出版的新书《人生算法》里，也用到了这个 AI 写作程序。所以王咏刚老师在序言里说这是人类最后一个独立写作的纪元，它不单单是人＋机器，而是人与机器的复杂互动，其中对于"作者性"的探讨，其重要性超出了故事与文本本身，可以称之为行为艺术。当然这只是一个开始，未来我相信机器将更深入地卷入人类写作和叙事中，未来的文学版图也会变得更加复杂、暧昧而有趣。

超真实时代，我们如何书写现实

如果说 AI 写作目前只不过是游戏式的实验，那么摆在每一个文学创作者面前的当下"超真实"时代，却挑战着所有传统文学对于现实的定义与理解。

早在 1948 年，香农的信息论就提出了，信息是用来消除不确定性的东西的。这个定义虽然简单，却奠定了我们现在整个信息社会的基石。在我们生活充斥着数据和比特的今天，人类的大脑却与数万年前石器时代的大脑没有太大区别，依然是亿万年进化而来的基于物理先验知识的信息处理系统。我们大部分的思考都是由一套强大的受控于情绪与生物本能的系统一，与另一套不那么强大的可以运用有限理性进行数据收集、分析、决策的系统二共同完成的，它们所动用的大脑区域是不一样的，我们往往要花很大的力气才能让系统二凌驾于系统一之上，做出所谓的理性判断，即便是这样的判断，有时也远远不如简单的机器来得准确。

举个最简单的例子，只要把所有人的面孔调转 180 度，人脑立马就会产生脸盲，而对于机器来说，这只是变换坐标系的小菜一碟，更不用说处理一些高维数据模型了。因此，这个看似信息极大丰富乃至爆炸的时代，其实是对人类大脑极其不友好的时代，得到的信息越多，其中的噪音、错谬、变形、误差就越多，我们并没有办法通过某种程序自我消化纠正，它们沉淀下来，成为所谓的认知盈余与信息过载，成为我们的焦虑本身，影响着每一个人对于未来的判断，对于行动的选择。

如果说这是技术时代对于人脑认知不确定性的放大，那另一个方面的不确定则更为重大，那就是对这个世界解释的不确定性。在这件事情上，不仅仅普通人焦虑，科学家也焦虑。

在 2017 年的人工智能与机器学习全球顶级会议 NIPS 上，就职于谷歌的资深工程师阿里·拉希米因为十年前发表的一篇论文拿到了"时间考验"论文大奖，顾名思义是用来奖励历经时间考验的学术成果。照理说拿了大奖应该很高兴，可阿里这个耿直的工程师却在颁奖典礼上说了句狠话，这句话一石激起千层浪，一下子震动了整个业界。他说"人工智能就是炼金术"。大家知道，炼金术在历史上声名狼藉，尽管客观上推动了冶金、纺织、医疗等领域的发展，但漫长的时间里，它与相信水蛭治病，化铅为金甚至炼制不老仙丹捆绑在一起。阿里这句话的意思是，在当下的人工智能研究领域里，大家用着许多看起来非常有效的技巧，能够提升机器解决问题的能力；但是我们对于背后的原理，如何运作一无所知，一切都像是炼金术一样，或者更直接点说是玄学，但是大家仍然在不计后果地狂飙突进中。

　　从这场 AI 界关于真理标准的大讨论中，我们也能深深体会到科学家们在这个时代的焦虑。技术发展得太快，以至于每一个人都无法完全理解。这让我想起一个文学理论概念——延异。延异来自德里达。有许多人文学科的理论概念，是我离开了学校许多年之后才领会其妙处的，比如麦克卢汉的"媒介即信息"，比如克里斯蒂娃的"文本间性"，经典概念的有效性往往跨越了学院语境，进入一种日常经验范畴。在德里达看来，作为意义归宿的"在场"已经不复存在，符号的确定意义被层层地延异下来，又向四面八方指涉开去，犹如种子一样到处播撒，因而它根本没有中心可言。

　　而在当下技术时代，任何对于技术的言说都只能借助于图像、比喻乃至于文学，而技术核心本身是无法言说的，是纯粹的数与理念的存在，人工智能、引力波、量子物理、石墨烯，这些技术即便经过科普，对于大众仍然存在认知门槛，仍然是一种雾里看花，甚至带来更深的误解。曾经有一个导演告诉我，读到《三体》里写"整个宇宙为我闪烁"，脑中顿时脑补出好莱坞大片般的炫酷视觉，后来经过专家指点，了解到宇宙微波背景辐射根本不是他想象的那么回事。

　　这正如法国哲学家让·鲍德里亚早在20世纪80年代所预言的景象。在后现代媒体情景中，我们经历着"真实已死"，由于我们生活在"超真实"的环境里，媒介传播的内容不是真实世界的内容，而只是模拟的现实。例如电视情景喜剧、音乐视频、虚拟现实游戏，或者迪士尼乐园，而我们却越来越将自己的生活与虚拟的媒介传播内容联系起来。

真实与虚拟、现实与科幻、历史与未来、技术与人性、奥威尔和赫胥黎，在我们所处的这个时代无缝衔接，水乳交融。这种"超真实"时代的现实想象力，让很多虚构文学作者深深无力，也给写作者设下了种种不友好的障碍。

1. 传统题材受了极大挑战

比如，在以往罪案小说会写到非常多的连环杀人的题材，但是在这个时代，全国有 1.76 亿部监控摄像头，它们覆盖了你所能到达的每个角落，我们有一个全球最为精密的监控系统叫作"天网"。前不久有一位英国的记者试图挑战这样的一个系统，他把自己的身份信息录入到这个系统之后，只逃出去 7 分钟，就被系统锁定，然后警察就把他带走了。就在这样的时代，你很难去想象一个人怎么样去犯下连环杀人案，能够由此去虚构小说，在我看来是不可想象的。

2. 写作过于依赖搜索引擎

搜索引擎本身就是信息与话语不断延异的过程，当我搜 A 它会出现 B，当我搜 B 会出现了 C，这样的一个过程就会无休止地蔓延下去。信息过载就是人为制造一种焦虑来对抗焦虑的过程。因为它会让你觉得自己是在干一件正经事，而不是无所事事，但其实你收集了上千上万的写作素材，却迟迟不愿意写你小说的第一句话，原因是现在会陷入这样的一种困境，怎么写。

3. 我们的写作如何评价

在传统的文学生产过程里面其实不存在这样的问题，因为我们有非常稳固统一的学院派评价体系。现在非常多的作者，都是在一个在线的平台上，抛出一篇自己的作品，过不了几秒钟就会有几十上百的评论，每个人的审美偏好和阅读经验都完全不同，但他们都拥有同样平等民主的评论权利。这就使得每一个作者陷入焦虑当中，他不知道应该如何评判自己的作品，因为缺乏一个有标准的持续能够发生作用的文学评价体系。

4. 我们为何写作，为谁写作

以前我们都会特别高姿态地说，我们是为自我表达而写，或者说稍微虚伪一点说我们是为读者而写。但是现在的问题不一样，我认识非常多的作者，刚出道没写出几篇作品就被大公司、大资本看中了，买过去改编成电影、剧本，拿到了远远超出正常水平的稿酬。在他写下一篇的时候便会陷入一种焦虑，他不知道这个作品应该为谁而写，是为自己而写，是为读者而写，还是为大电影公司、资本而写。这就是我们所在的所谓 IP 时代的一种焦虑，这种焦虑导致了我们在写作过程当中一直是处于痛并爱着的状态。

在当下，技术在我们的社会链条中扮演着特别关键的角色。尤其在中国，你会发现权力机构、媒体和大众的话语生产和意义建构，往往与技术紧密结合。我们可能觉得父母那一辈人会不适应今天急速变动的新技术生活，但实际上他们可能适应得比你我更快更好——某种意义上这还蛮可怕的。比如你回家时会发现爸妈的智能手机全都用上了支付宝、淘宝，他们非常热衷那种消费返点的电子支付模式。这种情境之下，你不可能逃离科技的语境去讨论现实。

也许正因如此，以色列的历史学家尤瓦尔·赫拉利才会说——"科幻也许是当今最重要的文类"，它处理的是我们在传统文学观念中往往被忽视的人—技术之间的关系，而这一关系现在充斥着我们的日常经验，是无法回避的。

科幻是一种开放、多元、包容的文类，并不是只有所谓的"硬科幻"才是科幻，真正的科幻不分软硬，它们背后都是基于对或然情境下人类境况的推测性想象。越来越多的科技从业者、企业家、教育工作者、艺术家等等各行各业的人从科幻作品中汲取灵感，或者说学会用科幻的视角去重构现实。或许这就是科幻这一边缘文类在"超真实"时代得到前所未有重视的原因。

三种理论：科幻小说有什么用

中国有一句古话叫作：无用之用，方为大用。我觉得这句话特别好地概括了科幻小说在我心目中的作用——它是当今最重要的一个文类。

尤瓦尔·赫拉利在接受《连线》杂志的一个采访时说了这番话："科幻小说帮助大众形塑了对于人工智能、生物科技等等新事物的理解。这些技术会在接下来的几十年内彻底地改变我们的生活以及社会。"

回到科幻小说诞生之初，1818年。那是一个变革的时代，工业革命、机器大生产让许多产业工人下岗，同时生物学、电磁学也取得了突破进展，欧洲大陆黑死病肆虐成灾。

一群来自英国的文艺青年跑到了日内瓦去避难，无聊之余他们就以轮流讲鬼故事的方式来打发时间。其中有一位当时年仅20岁的少女玛丽·雪莱，她讲了一个这样的故事：一个科学家利用生物解剖学以及电力学的知识，制造出一个世界上从来没有过的生命，这个造物反过来又摧毁了它的创造者。

　　这个故事就叫《弗兰肯斯坦》，它被认为是现代科幻小说的源头。它的起点非常高，因为它探讨的这些议题一直延续到了今天。不久前发生的关于贺建奎基因编辑伦理的问题，其实跟这个故事一脉相承：我们是否有权利用科技去创造一个新的生命？这个创造物跟我们人类之间的关系又是什么？

　　假使我们放眼历史，无论是"一战"后、"二战"后、"冷战"还是互联网时代的今天，这样的事情一直在不断发生。科技的加速发展，使得人类产生了认知上、情感上、伦理上、制度上等等的多重焦虑，这些焦虑来自信息不对称，也来自对新事物的错误认知与判断。就像克拉克所说的，人类总是在高估一项技术所带来的短期的冲击，但是低估它长期所带来的影响。而科幻，无论是作为一种文学还是泛化为影视、游戏、设计等等跨媒介的类型，都在扮演着对抗、缓解、消除这种文明焦虑的角色。

　　那么我们不禁要问，为什么是科幻，而不是奇幻、言情或者是现实主义等等其他文学类型来扮演这样的角色呢？理解背后产生作用的机制，也许比简单给出结论更有价值，因此，我从历史上找到三位理论学者，尝试用他们的理论来解释给大家听。

　　第一位叫达科·苏文或苏恩文，他是一位生于南斯拉夫的加拿大籍犹太人，20世纪70年代，他从苏联形式主义的立场出发，从诗学与美学的角度，有史以来第一次对科幻文学进行了系统性的理论建构与分析。其中最重要的一点便是提出科幻的"认知陌生化"这一核心特征。

　　这是什么意思呢？我们可以看这幅坐标图，所谓的认知性指的是逻辑严密自洽，可以通过理性去进行理解和阐释，而陌生化是指创造一个替代性的虚构世界，拒绝将我们的日常生活环境视为理所当然的。举一个例子，比如《三体1》中呈现的恒纪元和乱纪元交替出现的极端环境，便迥异于我们所熟悉的日常生活，但其背后又是具有坚实的天文物理学基础，可以通过计算及推理进行验证的。但请注意这里的认知性并不一定意味着需要完全符合科学事实，而是一种叙事上的逻辑自洽，接受了一个虚构的世界观设定"如果……怎么办"，随后的情节推演都必须符合这个设定，倘若不符合，便会被大脑认知为"不真实""不可信"。

因此，传统的现实主义文学就落在左上角，而比如神话、民间传说和魔幻小说落在右下角，而科幻便落在右上角。

	自然的	疏远的
认知	现实主义文学	科幻
非认知	现实主义文学分支	形式上的：神话、民间故事、幻想故事

认知性与陌生化之间并非割裂的关系，设想一下，如果只有认知，那结果就是纪录片般的"自然主义"小说，能在认知上阐释虚构，但却没有陌生化的审美效果；如果只有陌生化而没有认知性，那结果就将是玄幻小说，看上去非常疏离玄妙，但却无法用理性和逻辑去把握。正是在认知性与陌生化之间这种辩证互动的关系，让阅读科幻小说成为一种不断挑战、破坏与重塑认知与审美边界的思想探险。

第二个学者叫 Seo-young Chu，中文名叫朱瑞瑛，她是一位美籍韩裔学者，目前在纽约市立大学皇后学院任教。她2010年的学术著作《隐喻梦见了文字的睡眠吗？》，这个标题很明显就是在向菲利普狄克的《仿生人梦见了电子羊吗?》进行致敬。

她对达科·苏文的理论进行了激进的回应。在朱瑞瑛看来,科幻小说是一种高密度的现实主义,而我们传统所说的"现实主义文学"只是一种低密度的科幻小说。

如何理解这种定义呢?她将我们的眼光引向古希腊,在亚里士多德看来,所有的文艺形式都是对于现实的模仿和再现,但是到了工业革命之后,许多伴随技术日新月异而产生的现实图景已经过于复杂与抽象,超越了日常经验的限度,难以经由传统文学手法进行模仿与再现,让读者能够直观地认知与理解,比如全球化,比如网络空间,比如人类命运共同体。因此我们不得不大量使用"隐喻"来再现这些概念,比如说,地球是一个村落,互联网是一条信息高速公路,等等。

但在科幻小说里,我们所要再现的本体和喻体可以是统一的。比如"网络空间",在"赛博朋克"小说《头号玩家》里,它就是"绿洲",一个承担起叙事功能的真实的存在,既是一个对互联网的隐喻,又是字面上所呈现的那样,一个主角可以在其中来去自如,冒险穿梭的虚拟世界。

因此,在科技日新月异且高度复杂化的今天,科幻小说比起其他的文学形式,能够更有力量,更高密度且更为全息地再现现实图景,它才是最大的现实主义。

第三位是著名的西方马克思主义和后现代主义学者,弗雷德里克·詹姆逊,也有翻译成詹明信,在他2005年的《未来考古学》一书中提出,科幻小说正是一种借助"从未来看当下,从他者看自我"的思维框架来对当下进行批判性"认知测绘"的工具。

在詹姆逊看来,乌托邦冲动是不可化约的人类心理,就像弗洛伊德的性本能一样无所不在，是存在的本质，它既不是预言也不是逃避，而是一种想象性的实验，一种对完美的启发机制，是认识论而非本体论意义上的实体。

然而"二战"之后，核爆、冷战、极权主义与种族灭绝，使以托马斯·莫尔1516年《乌托邦》为源头的正统乌托邦文本彻底失去了历史位置。一方面，冷战使乌托邦跟斯大林主义成为同义语，另一方面，后冷战时代使资本主义成为席卷全球的浪潮，像智子一样封锁了主流话语中对于未来的所有乌托邦式想象。

而此时，科幻文学却由于其边缘性及封闭性的文类特征，保留了"真实社会空间中的一块想象性飞地"，并以批判性乌托邦也就是我们常说的"反乌托邦"类型，继续探索未来的可能性。詹姆逊发现，在20世纪60—70年代，种族和性主题是科幻作家最热衷的话题，而这些内容，恰恰是颠覆以男权和技术为根基的当代资本主义社会的重要作品。

比如女作家厄休拉·勒古恩在《黑暗的左手》中，构建了一颗常年零下几十摄氏度的封建制社会"冬星"，冬星人不像地球人一生下来就分为男或女，每个月中，有大概三分之二是处于中性或者雌雄同体的状态，没有性别之分，进入发情期之后，如果这时候遇到另一位也同处发情期的人，双方就会相应发生生理、心理、行为举止等诸多变化，成为完全的男人或女人，但是性别转换是完全随机的。发情期结束之后，人们又回到中性状态，如此循环往复。在冬星人眼中，地球人这样的二元性别纯粹就是性变态。

詹姆逊之所以高度赞扬勒古恩小说的乌托邦创意，是因为作品通过消除性别来否定性别政治，而把封建制度跟技术发达联系起来，否定了资本主义与科技发展之间的历史决定论关联。

这正是他眼中的科幻的价值，是一种认识自我与把握当下的间接策略，通过虚构乌托邦或反面乌托邦世界，让我们更加清楚地意识到自己在精神与意识形态上的被囚禁状态；科幻写作与评判，不只是文本的生产，而是一种具体的政治和社会实践，通过创造一个个他者世界，无论是太空歌剧、赛博朋克还是后人类世界，制度化地否定现实，在思想领域中建立起一块文学飞地，继续推动人性与历史的乌托邦进程。

这三位学者的理论，其实无不围绕着科幻与文学、科幻与科技、科幻与现实、科幻与未来之间的关系问题，当我们对这四组关系有了更深一层的理解之后，回过头再读《弗兰肯斯坦》、《三体》，甚至梁启超的晚清乌托邦小说《新中国未来记》，相信又会有完全不同的感受。

算法升维：科幻写作如何突破

在我的《人生算法》里，整本书都是讨论人与 AI 共生的关系的，六个故事从不同个体的视角去探讨一个人类或后人类如何在这样的一个新世界中寻找自我的位置和意义。其中包括了生育、爱情、衰老、成长、身份、创造等等熟悉的主题，但当出现了机器这样一个他者角色之后，所有的故事都变得不一样。而书中所有的设定都基于现有的科学研究成果，这样让人爱恨纠结的未来其实离我们只有一步之遥。

比如以前也有很多写人跟机器恋爱的故事，但都是把机器当成人去写。但如果从机器的逻辑来看，它其实是对人的情感模式的学习和模仿。人对自己的情绪、感情的认知，其实也不是那么清楚，也许爱情本身就是被文化慢慢建构起来的一个东西，是能够通过学习去模仿的。所以在《云爱人》里我写道，通过算法，"让机器爱上你"是完全可能实现的，但这跟机器有没有爱完全没有关系，它能够给你爱的感觉，就足够了。事情但凡加上一个"感"字，就很有意思。"感"才是真实的。我们都只能有真实感，而无法拥有真实。

这也是我对于现实主义的看法，我把这种风格命名为"科幻现实主义"。

现实主义是一种传统的文学写作方式，主要表现在逻辑的可认知性和美学上的自然主义，科幻现实主义则响应这样一个问题：科技已成为我们当今社会不可分割的一部分，你无法想象如何剥离了科技成分去讨论我们的日常生活经验。然而，中国纯文学长期以来都忽略了这种现象，或者说它没有能力去把握和处理科技的问题。科幻现实主义要深入思考科学、科技在人的生活中起到什么作用，与人有怎样的互动关系？它如何从不同层面影响每一个人对于自我、他者以及整个世界的认知？我们对于技术有怎样的想象？我觉得这是科幻现实主义最重要的立场。我也试图通过自己的写作实践在这样一个"超真实"时代去实现文学与现实之间张力的突破。

在这个时代，科幻文学面临科技飞越、媒介革命和美学标准三大冲击，我们如何应对这些冲击，在这里我权当抛砖引玉，提出三种应对手段，希望能有所启发。

1. 与科学家共情

日常生活里已经充斥着科技概念，许多科幻文学作品并没有跟上，落后于当代技术。如何让读者在了解现实技术的飞跃之后，在逻辑自洽的前提下，产生对科技的惊异感，当下很难做到。

今天的技术与数学、算法密切相关，更加抽象，很难像经典科学一样可以被具像化或者通过隐喻、转喻令读者领略它的美妙之处。例如呈现算法、量子计算是很难的事情。而科学家有时候比写科幻的人更加前沿大胆。

与文学家不同，科学家是非常理性的，他们喜欢用事实、逻辑和数字说话，但当他们对世界的认知到达一定的高度之后，又呈现出高度抽象与直觉的特征。就好像我认识的数学家都会告诉我，某一条公式很美。这并不是文学上的修辞或者类比，而是在他们眼中，公式与达·芬奇的画作或者米开朗琪罗的雕像一样，都能够在神经层面产生审美的冲动。这是理性吗？这是感性吗？好像都是，但好像都不是。所以从某种意义上，科学家和文学家都在扮演着上帝的角色，只不过一个在客观世界里，一个在文学世界里。

文学创作者尤其是科幻作者需要努力理解，甚至代入科学家感受世界的视角，才能够摆脱以往的窠臼。

2. 拥抱媒介变革

从文字时代进入读图时代，从纸媒进入互联网，从聊天 BBS 到即时通信工具，从短视频到更短的视频。动漫、游戏、VR/AR……层出不穷的媒介形态在改变受众吸收、理解信息的习惯，争夺着非常有限的注意力资源。而文学作为这个时代冷之又冷的媒介，需要参与者最大限度调动感官和想象力，"脑补"其中的美妙之处或者爽感。科幻又是其中门槛尤其高，所需要调动的认知资源尤其丰富的一个门类，这是否会注定近十年或者近二十年来甚嚣尘上的科幻文学衰亡，终有一天会变成现实呢?

斯坦福大学有一个著名的符号系统专业,横跨了计算机、哲学、语言学和认知科学,探寻机器和人思考过程中的共同之处,以获取不同视角去解决问题的能力。其目标不仅仅是技术专家,更是了解人性,懂得如何正确应用科技来改善人类处境的人文主义者。而科幻小说正担当着文学中的"符号系统"角色,用文字、情节和人物,去跨越不同的学科领域,探寻用不同视角解决问题的方式,并用故事把它们连接起来。但这对科幻小说作者提出了非常高的要求。

为此,科幻也要主动融入媒介,破壁生长。过去几年里,最具有文学性的科幻作品,不是来自小说,而是剧集和游戏。比如《西部世界》、《黑镜》、《底特律:变人》,还有马上推出的《赛博朋克2077》。它们都延续了科幻小说中最传统的一些议题:我们是谁?我们从哪儿来,到哪儿去?但它们又通过各自不逊于经典文学的复杂结构和精妙叙事,把我们的感知和思考升华到一个觉知的境地。

我们不要去抵抗次元的文化或者不同的媒介形态,要拥抱,要破壁生长。但这种拥抱是平等的,没有谁高于谁,谁要吞噬谁,更多的时候需要文学创作者放下自我,真正理解并融入这种不同的媒介形态。

创作者,应该放下成见,打破标签,附身不同媒介形态,借尸还魂。无论是一分钟微视、90—120分钟的电影,或者几十个小时的剧集,页漫、条漫还是VR交互的深度融合,都在改变讲述一个故事的方式。

3. 建立新美学坐标

科技领域的演变,确实也带动了文化领域审美风潮的转向。比如工业革命对于机器美学的崇拜,信息时代极简主义和未来主义的风潮。

同样，文学是否也应该有一种新的美学？

随着网络速度的提升，单位时间内人的感官接收到的信息的密度也在提升。例如，原来看视频都是普清，现在发展到高清 1080P 再到4K，甚至以后可能会有多感官的整合。这是网络时代对人类审美最直接的冲击。对应到文学的风格上，我们应该如何面对？

在建立美学坐标方面，如朱瑞瑛所说，科幻现实主义是一种高认知密度的现实主义文学，不仅对自信形成一种挑战、满足的代偿机制，更在情感结构上超越了传统文学的人类中心主义，代入了更多的变量。科幻文学在美学上应该能突破更多传统的现实主义表现形式，通过一种想象力的叙事力量的支撑，可以超越本体和喻体之间的二分法。

比如，科学怪人，它既是本体又是喻体。这是以往可能都没有意识到的现象，既显示了现实主义和科幻小说之间的鸿沟并不存在，也揭示了它作为审美和哲学资源的价值。随着日常生活越来越难以被直接表达，科幻小说家变得越来越重要。

不管怎么样去描绘这个时代，它是超真实时代也好，后人类时代也好，科技文艺复兴时代也好，科幻文学都需要新的突破。它是现实也是超越现实，它是技术的也是跨越技术的，它需要把握不同层面的现实，叠加并且互相影响关系，去呈现一个更加完整的全新立体的世界图景。

目 录 Contents

文·陈楸帆   无尽的告别   / 001

V 代表胜利   / 028

文·阿　缺   停电了，我们去南方   / 032

宋秀云   / 067

文·张　冉   阿波那玛雅里的烟火   / 096

起风之城   / 111

文·宝　树   我的高考   / 187

后　记   科幻的文学性与世界建构   / 257

无尽的告别

文 / 陈楸帆

我还清楚地记得那个早上，丽达从被窝里翻过身，看着我在镜前系领带，她的眼神有点迷茫。

"什么？"

"我做了个梦。"她迟疑着，寻找着合适的表达方式，肩部漂亮的弧线在晨光中闪烁。"我梦见你要离开我。"

我笑了，但又马上收住。我正了正领带，坐到床边，俯身给她一个深吻。

"我永远，永远不会离开你。除非我死了。"

她的表情告诉我，那正是梦里出现的景象。

我当时告诉自己，梦总是反的。丽达的梦没有成真，事实上，比那要糟得多。

×××

事情发生得毫无预兆。一阵疼痛突然攫住我脑子里的某个部分，像是咽下一大口冰激凌，像被没剪指甲的利爪钳住，松开，然后再更用力地钳住。财务报表从我手里滑脱，白花花地散了一地，安关切地问我："没事吧？""没事。"我敷衍着蹲下身捡起那些纸片。

我打算上楼把它交给老板。在爬楼梯的过程中，我觉察身体的肌肉机械而僵硬，我尽量缓慢地踩上每一级台阶，同时抓紧扶手，但在此过程中，我似乎正从身体以外观察着自己，那不是我的身体，而是某一个长得跟我一模一样的人形傀儡。

那个傀儡把材料交给了老板，然后把自己关进厕所的隔间，以为这样就能缓过来。

头疼得更剧烈了。然后像是一瞬间，整个世界开启了静音模式，所有细微的嘈杂的声响都不见了，我能听到的所有声音只是心底的自言自语。"没事的，很快就会没事的。"

自我安慰失效，情况变得越来越糟。我感觉不到身体的边界，像是与这厕所隔间的合板墙壁融为一体，我在膨胀，不停膨胀，变得无比巨大，仿佛占据了整个 3.5 米层高的空间，甚至溢出这座建筑，向着宇宙深处进发。

我试图站起来，却发现双腿根本不听使唤。我抖抖索索地掏出手机，手指却僵硬得无法握紧。

好不容易打开拨号界面，我发现自己竟然无法读懂那些名字，那些本应熟悉的名字，此刻却像一堆堆乱码，毫无头绪，我无法控制住自己的恐慌。"我这是怎么了！"

我努力使自己冷静下来，我无法认出那些文字，但能记住那些颜色和形状，知道哪个按键代表最近通话记录，上一个接听电话是来自公司前台的包裹通知。

我按下按键，期待那个无比甜美的声音出现，拯救我的性命。

"呜呜……呜呜呜呜。"

听筒中传来类似于动物呜咽的吠声。

"救命！我在 8 层厕所，找人来救我！"

我不顾一切地大喊，可从我口中传出的，却是同样的呜呜声。我绝望了。我挥起僵硬的手臂，砸向隔间的门，期望有人能够听见。

门被砸开了，我由于用力过猛扑倒在地，感觉不到疼痛，只是宁静，超乎寻常的宁静，像是所有的压力与烦恼都离我远去，不复存在，有那么一刹那我竟然觉得这样也挺好。

终究有人发现躺在厕所地板上的我，如此狼狈。

我被抬上担架，送上救护车，推进急诊室，我能看到穿着白大褂的医生和护士在我身上忙活着，巨大的无影灯吞噬了我的最后一点意识。

我闪过的最后一个念头是——丽达。

×××

我还活着，某种意义上。

我的身体无法动弹，但还有知觉，脑袋不太疼了，但似乎浸透在一片噪音的海洋中，无法分辨哪些是有用的信息。我无法控制舌头和声带，能眨眼，能看见一个女人跪在我的床头，握着我麻木的右手，她的眼睛里有液体在滚动，她仿佛在说些什么。

我花了5分钟来回忆起这个女人，这个从5岁起就进入我生命的女人，丽达，我的爱。

医生和护士出现了，他们给我来了一针，噪音消失了。

"晓初！你觉得怎么样？"那是丽达带着哭腔的声音。

我的喉咙一阵发紧。

"王先生，非常抱歉，接下来我要告诉你的，可能不是什么好消息，你要做好心理准备。"

这是那个医生，他拿出一个平板显示屏，上面出现了一个大脑的形状，被分隔成不同颜色，中间出现了一个红点，红点慢慢扩散到邻近的区域。那是我失灵的大脑。

"由于突发性的血管破裂，导致你的基底动脉脑桥分支双侧闭塞，双侧皮质脑干束与皮质脊髓束均被阻断，外展神经核以下运动性传出功能丧失，你的意识清楚，但身体不能动，不能说话，你的眼球可以上下转动，不能左右转动。"

我试了试，果然如此。

这不是那该死的《潜水钟与蝴蝶》吗？

"闭锁综合征。类似，可还不完全一样。"

你怎么知道我在想什么？

医生指了指旁边。

你他妈不知道我脑袋动不了吗？

"对不起我忘了。现在的技术已经不需要靠眨眼运动来逐个拼写单词了，我们可以根据你的语言中枢神经电流合成信息流，当然，也可以人工合成语音，只要你不觉得别扭。"

我想我需要时间适应适应，你刚才说什么不完全一样。

"现在才是真正的坏消息。由于某种非常罕见的原因，你的大脑外围皮质功能正在逐步丧失，你的知觉会一个个地被关闭，首先是嗅觉，最后是触觉，你的意识会渐渐模糊，直到进入昏迷状态。"

植物人？

"很遗憾你说的没错。"医生深深吸了一口气，丽达的脸背了过去，显然她早已知道这个事实。

我还有多长时间？没有任何办法了吗？

"根据你的情况，我们推测你还有一到两周的时间，办法嘛，倒是有，不过需要冒很大的风险进行开颅手术，而且根据你的保险记录……"

而且什么？

我突然醒悟过来。

而且很贵对吗？

我很清楚我们没有钱，没有那么多钱，我没有，我父母没有，丽达更没有。可如果我作为植物人活下来，花费将是个无底洞，我会拖垮他们的此生，甚至来生。事情本不该如此，至少不该来得这么快。

我可以死吗，医生？

"不！"丽达愤怒地拽着我的病人服，"我不许你死！王晓初！不许！"
"很抱歉，安乐死在我国目前法律下是违法的。"

求你了。解脱我们吧。

医生摇摇头，离开了房间。

让我死吧。让我死吧。让我死吧让我死吧让我死吧让我死

吧让我死吧让我死吧让我死吧让我死吧让我死吧让我死吧让
我死吧让我死……

丽达捂住嘴逃出病房。我终于理解他们不启用语音合成装置的良
苦用心了。

×××

那些军人来的时候，我正在进餐。

由于吞咽肌已不受控制，我只能通过食道直接吸入流质，反正我
的味蕾也已不起作用了，用想象力为那些黏稠的物体赋予美味，这确
实是件有难度的事情。今天是宫保鸡丁和葱爆羊肉，我津津有味地含
着那根塑胶管。

来了三个人，中间那位明显是头儿，他嘴上叼着一根烟。

"请不要在病房抽烟。"丽达毫不客气。

"没关系，我想几位长官也不会大老远跑到这儿来过烟瘾。"他们
觉得我的精神状态已经趋于稳定了，于是为我开启了语音合成功能，
采用的是一位中年男播音员的波形，以至于每次说话时我总以为谁家
打开了新闻联播。

定制自己的波形也是可以的，只是很贵。

他们出示了证件，并要求丽达回避，因为"以下谈话涉及高度军
事机密"。

丽达不放心地看了我一眼，我翻了个白眼表示"没事的，去吧"。

两名低阶军官随同她一起退出了房间。

他并没有做自我介绍，似乎觉得没这个必要，也许是军人开门见山的习惯。

"答应我们的条件，你或许还能活下去，我是说像个人一样有尊严地活下去。"

"什么条件？"

"三周之前，我们的'哪吒号'科考潜艇在菲律宾海沟上方放出无人侦测器，对约10375米深的沟底进行钻探取样，恰好遇上俯冲板块运动所引发的浅源地震喷发，于是对喷射物质也进行了采集。我们在其中发现了某种未知的蠕虫类生物，由于未及时进行增压保护，它一直处于类休眠的防御状态，也可能是命不久矣，但是……"

他停顿了片刻，似乎又在脑子里做着选择题，这回他觉得有必要让我知情。

"我们从中发现了智慧迹象，某种有规律的神经信号传递，某种意识拓扑结构。"

他看起来不像是个爱讲笑话的人。我努力思考着这重大发现与我可能存在的联系。

"所以我们首先从地内而不是地外发现了人类之外的智慧生命。我只能说，一切都是未知数。"

"你们要我做什么？"

"我们要你作为人类的大使与它进行交流。"

在意识里，我不怀好意地大笑着，但从表面上看来，仅仅是眼球冷静地翻滚了两下。

"为什么是我？怎么交流？作为一个植物人？"

作为一个军人，他极好地控制着自己的语调，似乎早有准备，他说出了一个我早有耳闻却不明究竟的名词："开窍计划"。最早得知这个计划还是作为一道高考试题的阅读材料，科学家们希望通过对脑神经活动的编码与转换实现电信号的输入／输出，真正成功制造出脑机接口。那道题我答得很烂。

脑机接口从来没有实现。

而照那位军官的说法，我们实现了更有意义的技术，超越语言基础的个体底层意识的"融合"。不同语言之间存在不可通约性，比如英语的"sweet"和汉语的"甜"是否指的是同一种味觉刺激，无从知晓，但对于同一种物质，比如"糖"，所引发的神经冲动拓扑模式，却可以划归为一类。

"开窍"可分为"出窍"与"入窍"，当 A 的意识被完全模制到 B 的意识中时，他所感知与理解的世界，便是 B 所感知与理解的世界，完全超越了语言与文化的隔阂，实现了本体论意义上的"融合"。

这项技术最初在冷战中用来对战俘进行情报侦查。

"别问我具体是怎么实现的，我不是那些疯子。"

"可为什么是我？"

"你以为你是第一选择吗？哈！我们已经烧坏三个'灯泡'了。"军官眨眨眼睛。

他们不知道人类大脑与蠕虫大脑是否具备可融合性，他们只是假设既然存在于同一个行星上，便具有一定程度的同源性。很显然，他们的考虑欠周全。人类大脑通过左右半球对信息进行分工处理，而蠕虫似乎并没有这项设置，它的全脑模式瞬间烧坏了三名精英的脑桥和胼胝体。

而我的脑桥原本就是失效的，你没法烧掉一个原本就坏的灯泡。

"你没有任何损失，之后我们会付你的手术费，植物人可没法提供有用信息。万一，我是说万一手术失败的话，我答应你，不会让你的家人受罪。"

我自然明白他话里的意思。

"我需要做什么？"

"家属签字。"他从文件袋里取出一叠纸。

我想我别无选择。

×××

我被换到了特护病房，每天有警卫站岗的那种。据说原本应该把我空运至某个绝密的封闭军事基地，但考虑到我随时可能崩溃的大脑，几经周折，上级终于同意将实验地点挪到所在医院，自然全体医护人员同时进入了高度戒严状态。

视力下降得很厉害，精致的丽达在我眼中变成边缘粗糙的像素块，她不知疲倦地按摩着我的全身，似乎如此就能延缓丧失意识的进程，只是收效甚微。

那个吴姓军官花了不少力气说服丽达在协议书上签字。

他向她解释为何现在不动手术，如果现在把我脑中淤积的血块取出，很可能在"融合"的过程中像之前三件牺牲品一样，神经联结被冲击垮断，提前变成植物人。所以，必须在执行完任务之后，在颅内压升高到极限之前，进行开颅手术。

"为什么必须执行那项任务？"丽达近乎幼稚地质问。

"女士，我们不是慈善机构，您的丈夫也不是……"他很识趣地把后半句吞了回去。

我凝视着丽达，希望能把每一个像素都刻入失灵的大脑沟回里。我看得如此用力，以至于眼睑开始抽搐，泪水无法控制地溢出。

她签下了名字。

军官没有告诉她的是，我有极大的可能在任务过程中引发神经退化，产生认知障碍，加速记忆缺失，也就是早发性阿尔兹海默病。如果发生那种情况，她将会得到保险额度之外的一大笔钱作为补偿。这些写在补充条款里的内容，我想还是不要让丽达知道的好。

我想我是个自私的人。

身体在移动，光线从眼帘上掠过，有人紧紧地握着我的手，指甲嵌入肉里，似乎要长进我的体内。我知道那是丽达，几股强力将她拽开，指甲在皮肤上划出一道长长的疼痛，我竟然还能感觉到痛。

这痛或许便是我与她在这世间仅有的最后一丝联系。

门关上了。注射，插管，电极，头盔，倒计时。

我漂浮起来，像是天线突然扳正了方向，所有的感官澄澈锐利远胜以往。我面对面看着自己赤裸的肉体以及并排着的那个密闭金属箱。这不是真的。这只是大脑产生出来的离体幻觉。我还好好地在自己的躯壳里，等待着那场荒诞的实验。

有那么一瞬间，我竟然产生了挣脱困局去寻找丽达的念头，然后一股强大的吸力袭来，我急速缩小，穿透那个金属箱以及数个夹层，我看到了它，那么脆弱，那么渺小，像一堆胡乱凝结成型的白色灰烬，无法分辨哪端是头部，哪端是排泄孔。我进入了它。

那个我所熟悉的世界永远消失了。

×××

人类语言已无法表述我所处的状态。

我无法看见，却不是黑暗，无法听见，却不是寂静。似乎除了触觉之外的其他感官都被悉数剥夺，无法遏制的恐惧如潮水般冲击着理智，我开始明白为何前面三个人会丧失意志。一切都在混沌之中，感受陌生而强烈，甚至比五官健全时还要丰富敏感，但是你却无从把握其含义，所有与信息对应的意义都断裂了，留下的只是刺激本身。

最初的狂乱之后，恐慌逐渐消退，这是否就是我那颗残缺大脑的禀赋？

我醒悟，这便是它所感受到的世界。

它移动了起来，一种体积感占据了意识中心，温暖的流体标志出前进的方向，体下传来细腻的颗粒摩擦感，甚至能觉察地面微小的纹路与振动。尽管只有触觉，但其细腻的层次感竟丝毫不逊于人类的五感，我能体会到自己的意识与它缓慢磨合，对接，融入。事情的进展比想象中快了许多。现在，我能借助纤毛的颤动掌握周围空间的大致情况，但却始终无法掌握躯体的对应部位，没有四肢，没有前胸后背，没有头部，也没有脊柱，只有一种模糊不清的整体感。

残存的人类理智告诉我，这是在十数公里深的洋底岩层中，没有光，也没有空气，所谓的食物也许就是厌氧嗜热的微生物，拓扑融入帮助我适应了极大的压强，可存在本身并不体现任何的文明或智慧，它只是就这样发生了。

它向前移动着，我探知这是一条粗浅的沟道，有着预定的方向，每隔一段距离会有分岔口，地面的凸起会有些微的差异，然后它会选择某个方向，继续前进。

我假设这是某种道路系统。

那么它是有意识地选择目的地，它要去哪里，它是否意识到我的存在，我们为何会从医院的手术室来到这里？我毫无头绪。

它来到一块稍微空旷的区域，身体的某部分延伸出去，在一根棍状物上摩擦着，我能感受到其上细微的颤动被吸收到体内，同时带来一种欣快感。我猜这是用餐环节。

纤毛觉察到附近有另一个个体在缓慢靠近，它们身体的某一部分相互贴合，如同双手紧握，接触面上有复杂的褶皱，之后一种熟悉感传来，我想它们互相认识，那褶皱或许便是姓名。

它们似乎在交谈，接触面上浮现各种隆起、颗粒与纹路，又迅速地褪去，如同一场潮汐在瞬息间反复冲刷着岸边自动增殖的沙堡，在一阵密集交流后，双方都恢复了平静。

然后我感到了忧虑，从栖居的这具躯体中传来的深深忧虑。

科学家们对了，科学家们又错了。

我与它的感官相连，共享大脑皮层最基础的刺激与反应，甚至，一些情感的波澜，如果能够形成所谓对位拓扑结构的话，但我无法理解抽象的概念，我无法体会那些超越了感官层面的思考与涌动，没有哲学，没有宗教，没有道德，只有世界的表象。

我像个附身的幽灵，飘荡在这无解的世界，更绝望的是，作为人类的自我意识在渐渐模糊、冲淡，我的时间无多了。

唯一的救命稻草，也许只有回忆本身。

在我忘记丽达之前。

×××

我和丽达，是不被祝福的一对。

5岁那年，我们曾有过短暂的相遇，那是在一家儿童医院的走廊里。我们被各自的母亲拽着，迎面擦身而过。我记得那股淡淡的牛奶味儿，在刺鼻的消毒水气息中稍纵即逝，我记得那晨光中蛋青色的墙壁，我记得她的栗色头发和苍白肤色，我记得，并坚信，我们会有再次重逢的一天。

那一天，医生告诉我母亲，由于某种先天性基因缺陷，我患上阿尔兹海默病的概率是83.17%。

当时的我，对于这种平均发病年龄在65岁的疾病一无所知，我只知道，在头发脱落、牙齿松动之后，会有很严重的事情发生。就像在路牌标志上前方100米处有陷阱，可你并没有别的路可走，而你在这条道路上所遇到的崎岖也不会因此有半分减免。

上天是公平的，母亲总这样教导我，我信了。

她给了我一个快乐而漫长得似乎永远不会完结的童年。据说小孩子觉得度日如年，是因为大脑中存储的记忆长度还很短，因此每一天体验所占的比例高，而随着年岁渐长，每 24 小时所经历的信息刺激在记忆中的比重逐渐下降，于是光阴似箭，于是蹉跎。

在我的脑海里，始终存在着一个 65 岁的时间点，我近乎病态地纠结于这中间约 60 年 21915 天的距离，像个明知道自己会在终点线前摔倒的马拉松选手，却不得不去胆战心惊地迈开每一步。

有时候我宁愿陷阱就设在离起跑线不远处。

你永远不会懂得那种感觉，没人懂得。

我们重逢在大学入学前的体检，另一家医院。世间果然有些东西超越了理性和时间，在 10 年之后，我们一眼就认出了彼此，宛如上天的奇妙旨意。我看着她不变的栗色头发和苍白肤色，只知道笑，她已经出落成一个足以让人心跳失速的漂亮女孩。

那是一段疯狂而刻骨铭心的时光，像所有的年轻人一样，我们彼此相爱又彼此折磨。每次在激情顶点丽达总会问我："你会娶我？"而我总是保持沉默或打岔开去，我不能让她知道我有多么难以遏制地想要拥有她，我不能把一颗定时炸弹绑在她的人生上。

这种折磨持续了 4 年之久，几乎抵消了哲学专业带给我的所有快乐。

毕业典礼那一天，她穿着学士服，走到我面前，神情出奇地严肃。

她说："我再最后问你一次，你会娶我吗？"

我知道她面临着选择，申请出国或者留下来。看起来她的决定取决于我的答案。

上天真的是公平的吗？我的心底在痛苦地嘶吼，却不得不努力维持表面的平静。

我深深吸了口气，闭上眼睛，摇了摇头。我做好了一切心理准备，她可以打我骂我，甚至一语不发转身就走，从此消失在我的生命里，哪怕我为此抱憾终身。

我竟然那么坚定地笃信那是为了她好。

我睁开眼睛，一张检验单几乎贴在我脸上。

"是因为这个吗？"她颤抖着说。

那是我5岁那年的基因检验单，可为什么会在丽达的手里？

"我去了你家，跟你妈聊了很久。"她的眼泪掉了下来。

我咬咬牙："你能想象有一天一觉醒来，我看着你，却认不出来，甚至连之前的所有记忆都完全丧失吗？我爱你，我不能害你。"

另一张检验单出现在我眼前。

"王晓初，这样能扯平吗？"她几乎是喊了出来。

我呆住了，看着另一张单子上熟悉的英文缩写和数字，她竟然和我一样，患有那种罕见的先天性基因缺陷。

上天是公平的，以你意想不到的方式。

除了拥抱，除了亲吻，我想我别无选择。

从那天起，两枚炸弹被紧紧地捆在了一起。我们甚至开玩笑，打赌谁的脑子会先出问题，另外一人就必须拿保险赔付去帮他或她实现人生愿望。愿望被各自写在纸上，封装到瓶子里，埋在某个花盆的泥土下。

我们以为还有很多时间，我们从来不互相告别，哪怕道声晚安。

人生充满了不连续的单独概率事件，我们忘记了每一天都可能是最后一天。

×××

那是一种熟悉的感觉，如同丽达的手掌滑过我的身体，但要缓慢上千倍，你能感觉那种微弱的酥麻一寸寸地移动，从表面到内里，沿着一条既定的轨道匀速前进，抵达某个终点，又以同样的速率回到起点。

开始我以为那是思念造成的错觉，直到两个循环之后，我才醒悟。

这是它的时间感。

如同从丹田出发，经会阴，过肛门，沿脊椎三关，到头顶，再由两耳颊分道而下，会至舌尖，沿胸腹正中下还丹田的一个小周天。

一个周天便是地球自转一周，一个昼夜。

我猜想那是类似鸽子辨识方向的功能结构，能够感应地磁场与重力的变化，毕竟这是在地球表面之下十数公里的深渊，地磁感强度会明显得多。

这是一种奇妙的感觉，我从未想过时间能够以肉体的方式进行标识。我努力地将沿途的敏感点与人体部位虚拟对应起来，哪怕不那么确切，却可以帮助我掌握时间。我将额头作为 0 点，4 点时到锁骨，6 点到胃，8 点到脐，12 点到肛门，然后再反方向运行。

我用身体建起一座钟楼，却带来了意想不到的副作用。

以前只知道味觉与嗅觉能触发回忆，但当其他知觉被悉数剥夺之后，代偿作用强化下的触觉竟与记忆产生了如此隐秘而强烈的关联。

两点半走过我的下巴，恍惚间仿佛颠簸在父亲凉硬的单车后架，那是我幼儿园每天必经的旅途。

7 点和 17 点在幽门处，我在学校跑道上反复摔倒，膝盖在洒满煤渣的地面上磨出无数血肉模糊的伤口。

11 点前后 5 分，我在丽达的身体里不知疲倦地奋力冲撞，那是我俩的初夜。

关联之间找不到任何逻辑，似乎是随机布下的锚点，任意钩沉，但每当我到达记忆点时，那具蠕虫身躯的深处便会传来阵阵不安或骚动。我这才想起，我能感知到它所感知到的，反之亦然。

我们就像一枚硬币的两面，互为一体又永难相见。

我能感受到它的困惑与不解，竭力思索寻求答案，但不知这是否也是我自己的情绪折射，就像两面平行的镜子，源头无穷无尽。我开始明白所谓"融合"的含义，但却陷入了更深的孤独的困局。

它似乎找到了方法。

某种知觉在迅速膨胀，其他感官蜷缩到次要的位置，那是触觉里的一个分支，我只能一一排除那些我所熟知的，不是形状、冷热、快慢、质地，像是整个躯体被包裹于一枚无比巨大的蛋黄中，你能感到四面八方传来有节律的震颤，一种均匀的压力迟滞而坚定地迫近，仿佛有一只巨手捏着这枚鸡蛋，而它将无可避免地走向破碎。

世界便是这枚鸡蛋。

我被那种巨大的压迫感深深震慑了，同时也理解了它与时俱增的忧虑。这个个体到底在它的社会中扮演着什么角色？倘若用人类的眼光来看，会为世界末日忧心忡忡的无非几种人，科学家、哲人、疯子。

但愿它不是最后一种。

它在躯体上向我展示了一条触觉线路，似乎是由肌肉和皮肤的紧张感连续而成的，看来它们对感官的控制已极尽精微。这是极其奇妙的感受，在体内形成的立体地图勾画出清晰的空间方位感，它用一个刺激点表明我们所在的位置，如果我理解得没错，我们正处于地壳岩层的隙洞中，而目的地是一个相对高点，接近以体表为象征物的上方岩壁，不是山峰，更像一座高塔。

它用一种略带战栗的敬畏感来描述那个高点。

我突然明白了，它是个住持或神父，总而言之，是信徒，而高点便是它们社会中与神沟通祈祷之地。它需要神的启示，解答关于世界崩坏的预感，还有我，一个附在它身上的沉默幽灵。

那是一条漫漫长路，不知道我的意识还能不能撑到终点。

像是感知了我的忧虑，它将那条线路拉直开来，比附到体表时间线上，大概是三个单位长度，也就是一天半的样子。我震惊于这种能够同时表达空间与时间的智慧语式，这是习惯于以声音与视觉沟通的人类所未曾掌握的技能。或许我还有机会。

我发现我已无法回忆起丽达的面孔，一些感觉的残片漂浮在意识中，却无法找到对应的感官去重现。我还保留着她的体温、皮肤的触感、拥抱与亲吻的混合物、发梢拂过脸庞的瘙痒、湿润的气息、手臂上最后的一线疼痛。

我知道这些都将无法挽回地逐一消逝，甚至这个人，这个名字也会像水面的皱褶，平复如不曾存在过。

再漫长的历史，再强大的国家，再深刻的思想，都会在时间洪流中烟消云散，何况两段人生短暂的交叠。

可我甚至没来得及说再见。

它是对的，我能做的只有祈祷。

×××

我知道这是个梦。这个梦曾无数次地出现，我从来没有让丽达知道。

起因是一个早晨，我如常般先起，洗漱之后在衣柜中挑拣。我看见穿衣镜中的丽达缓缓转过身，面向我，却是满脸的迷惘，然后，出乎意料地，她放声尖叫起来。我慌乱地扔下衣服，捧着她的面孔，问她哪里不舒服，可她口中却只是喃喃重复着三个字。

"你是谁？"

"你是谁。你是谁！你是谁……"

我心里一沉，闪过的只有那个病症的英文缩写，定时炸弹提前引爆了，而我们都还没做好准备。我绝望地拿起电话，近乎崩溃地抓着头发，却不知该向谁求助，仿佛自己是世间仅存的人类。这时穿衣镜中的丽达眼中闪过一丝狡黠的笑，从背后把我一把抱住。

"我知道你不会离开我的。"

我一触即发的愤怒却在这句话里融化无踪。此后，这个场景会时不时地在我的梦境里重播，不管我在入睡前与丽达多么缠绵多么亲密，但在梦中，所有的理智都被一句"你是谁"彻底击溃，然后放大了无数倍的绝望、悲伤与孤单慢慢没过胸口，直到因呼吸困难而赫然惊醒。

但我从来没有告诉过她梦的内容。

没想到这竟是我在这个触感世界里唯一清晰的联觉记忆。

我学习着如何与它沟通，尽管仍然不得要领。对于它来说，这可能跟自言自语一样正常，但也可能像妖魔附体一般恐怖。感受着自己的身体不受控制地浮现各种凸起，伴随着莫名的情绪涌动，却不知其中含义，如果是人类，多半是要请个精神科大夫或者驱魔人的，而它却依旧保持冷静克制，至少给我的感觉如此。

沉默的时候，会从它身体深处传出持续的震颤，变幻着频率和模式，带着繁复的节奏和配合，然后便有一种宁静的愉悦弥漫全身，我猜那是它们的音乐。

我尝试着去体会那种共鸣的感觉，类似于坐在按摩浴缸中，让水流慢慢没顶。

世界的压力日趋增大，现在我的脑袋就是那枚鸡蛋，无形的逼迫感让人疼痛、恶心，艰于思考。我甚至怀疑自己会在这个世界崩坏之前先炸开。

那位不苟言笑的军官说，这事儿概率不低。

我们还有大半天的行程。

打个不甚恰当的比喻，仿佛在一间黑屋中摸索前进，你对即将出现的事物一无所知，可能踢到椅子，撞到台灯，也可能迎面就是墙壁。在它的引导下，这个世界以怪异的方式展开。空间不可思议地在感官中变换着形状与相对关系，如同猫能以胡须测量宽度，它以纤毛的颤动勾勒出物体的尺度。

这是一座远比我想象中要庞大复杂的地下城市。似乎按照地质条件，也就是岩面质地分成若干区域，有些区域的情绪是"鄙夷"，有些区域代表"尊敬"，有些是"畏惧"，我猜它们也存在着阶层之分。有一些功能性的区域我无法理解其用途，似乎是运用重力和磁力进行某种表演，从而给身体紧密相连的"感众"带来愉悦感，同时达成某种精神上的趋同性。

蠕虫艺术家。我相信自己在意识中传出一阵大笑，因为它十分不适地调整了身体的姿势。

第一次经历它们的交合仪式时，我的存在造成了不少障碍。它们貌似是雌雄同体的物种，那种互相进入彼此身体的感觉让我不快。不仅如此，它们的个体意识也在互相融合，边缘模糊，以至于我像是个躲在暗处的偷窥者。对方感知到我的存在，犹豫着要不要退出这场仪式，我的宿主展开平和而强大的情绪场，抚平了对方的疑虑。

那只是我的第二人格。如果是我的话，我会这样解释。但它似乎给我赋予了更多神圣与崇敬的触感。

那是我此生最为诡异的体验，令人疯狂而眩晕。仿佛共有一颗大脑的连体婴，我感受到对方的温度、纹理和震颤，但同时也感受到来自自身的肌体刺激，我触摸着它触摸着我，我包容它又包容我，像是一个置于音箱前的麦克风，回输信号被无限循环放大，推向神经冲动的极限。

在那三位一体的迷醉中，我触摸到更为遥远、古老而宏大的存在，像是穿越了幽暗的岩层和数万米的海洋，穿透了大气与辽阔无际的星空，穿行于时间与空间交织而成的躯体，仿佛所有的感官都恢复了正常，但只有电光火石般的一瞬。

那个存在说，一切都会终结，一切终结都需要仪式。

我跌落回只有触觉的世界，我知道，仪式结束了。

随之而来的巨大的空虚和失落远超过人类所能想象的极限。我们曾为一体，如今各自分离。恍如躯壳悬于真空，割断了所有与外界的能量联系，一个感官的黑洞，无所依托，无法触及，没有意义，只是宇宙间一个孤独的物体。

就像梦中，丽达问出那三个字时我的感觉。

认识论基础课上教的都是错的。知觉并非是中介，我们并不需要额外的知识和心理加工过程来理解感官知觉所传递的刺激信号，那将导致循环论证。知觉本身就是意义，通过能量模式直接作用于意识本身，帮助我们理解自身与世界的关系。

否则，我无法解释在我身上发生的这一切。

它似乎已经习惯了这种巨大的落差，情绪迅速地平复，然后继续前进。我猜测它们或许将永不再重逢，这个社会建立在流动之上，所有的个体都不曾停歇，也不愿留下踪迹，它们追寻着自己内心的触动，一直前进，并不在乎那些凝固的羁绊。

每次相遇都是无尽的告别，因而如此投入。

交合仪式在旅途中又进行了数次，每次都让我记忆中残留的人类经验更加苍白浅薄，无论是欢愉、和谐还是孤独。同时也坚定了我的想法，无论如何，我欠丽达一个告别，终结的仪式或是继续生活的开始。

我需要它的帮助，不是为了活下去，而是为了告别。

× × ×

这是一条感官的隧道。我看不见，听不着，身体漂浮在知觉之海上，缓慢地穿越时间的尽头，而一生的记忆却凝缩在须臾之间，从摇篮到坟墓，只隔一朵浪花。

那些能量的波动纷乱至极，又简约至极，每次穿透都明确无误地传递出一个信息：我正在死去。

一如它正在死去。

旅途不断地发生畸变，仿佛被错乱剪辑的影片，时而反复跳回某个早已经过的岔口，时而逆向而行，那些本已熟悉的摩擦和空间重又陌生，时而加速前进，如同一枚棋子被捉起飞快掠过道路、山坡或沟壑，触感随之变得浓缩密集，接连袭来不事喘息。

这是世界崩塌的前兆吗？

我那稀薄的意识突然醒悟，只有一种可能性，能完全解释这一切。

这趟旅途只是它的记忆回溯，仿佛濒死的人会看见生命快速重演。真实的它仍旧被囚禁在灰色金属箱中，渺小、脆弱、安静，如即将熄灭的余烬。

而我是中途强行上车的不速之客，给它带来困扰，尽管这种困扰只作用于回忆。真的仅是如此吗？

我已无法分辨哪种不安来源于世界即将毁灭的预感，哪种压力来自颅内压迫近极限的恐慌，我相信它也不能，或许是两种感觉的叠加效应？如果没有我的存在，它是否仍将义无反顾地奔赴接近神的高点，去祈祷、忏悔或者探寻这世界完结的真相？

在已知的时间线里，它的世界将被一场浅源地震所摧毁，而它将在接近地壳的高点随着喷射物质被人类机械掳获，难逃一劫。

而在回忆的时间线里，它将搭载着我逐渐消逝的意识，共赴毁灭。

我的预感，或是它传递的情绪告诉我，它将随它回忆中的母国一起死去，不再回来，这便是它最后的告别仪式，一场记忆之旅。

我是见证，亦是牺牲。它表达了深深的歉疚。

我别无选择。我替它配上台词，同时也是我的独白。

我明白的。

命运把我们抛掷到无法理解的境地，而我们所能做出的回应，无非一个姿态，一种仪式，体面地接受失败，鞠躬离场下台。

我似乎遗漏了什么重要的事情，可却怎么也想不起来，意识就像生命力一样在世界的收缩震荡里变得稀薄离散，像风拂过水，留不下痕迹。

我们终于到达高点。

身体是静止的，可世界却像在疯狂旋转，所有的方位感消失殆尽，意识模糊，无法集中。我猜这是高点地磁场紊乱弱化的缘故。

开始只是水平旋转，然后垂直，最后是不定向的变轴旋转，仿佛苏非教派的旋转舞仪式，舞者右手朝天通神，左手指地通人，不停旋转至意识不清之时，便是与神最近之处。

没有我，没有它，也没有身体与世界的界限；野火在烧，鸟群拍翅离枝，巨鲸跃出海面落下，卷起浪花和漩涡，雪花触及皮肤，滋滋融化；我没有眼睛，没有耳朵，没有鼻子，没有嘴巴，一切却栩栩如生到极致；我在蛋壳中，我在海中，我在铅与火的洗礼中，即将破碎。

我膨胀，溢出了蛋壳，溢出了海洋、天空以及万物的间隙，我便是万物。

在这场宏大的风暴中，有一根小小的细须，轻轻地从我的意识中抽离，在完全断裂的瞬间，它似乎有点不舍，粘起小小的凸起，重又放开，像是一次人类的握手。

我知道，这次将是永别。

蛋壳碎了，旋转减缓了，膨胀停止了，然后是猛烈、急速、无尽地收缩，如恒星坍塌，如地铁穿越隧道，如精子游入子宫，如浴缸拔掉塞子，像是要把万物都塞回某个渺小、脆弱、安静的容器中，这个过程如此漫长，以至于连时间都失去了弹性。

然后，我看见了光。

× × ×

我还能记得这个早晨，睁开眼，丽达就在那里，冲我一笑，帮我起身，穿衣，洗漱。

我能走，走得不好，我能说话，说得也不好。医生说，这需要时间。

丽达带着我上街，逛公园，买菜。我假装对一切习以为常，熟视无睹，其实心里充满害怕。那些突然出现在马路拐角的铁皮家伙和刺耳的声响都让我心跳加速，我恨不得就地躺倒，再也不起来。但丽达总是紧紧地攥着我的手，一刻也不放松，不管是过马路，等灯，还是在和小贩讨价还价的时候。

我们一起回家，等着她把饭菜做好，吃饭，然后她会给我读会儿报纸，我多半听不明白外面到底发生了些什么事情，只是若无其事地点点头，假装明白，然后哆哆嗦嗦地滚回床上打个盹儿。

醒来的时候，她多半在花园里忙活着，浇花，松土，除草。午后的阳光是黄铜色的，打在事物上像是老照片的效果，我好像记起来些什么，又立马忘记了。

"你是谁啊？"我大声说。

"丽达。"她没有抬头，继续手里的活计。

"那昨天那是谁啊？"

"也是丽达。前天、明天、后天、大后天，之后的每一天，都是丽达。"

我点点头，坐下。我一直以为每一天都是一个不同的女人，有着不同的名字。我的脑子不太好使，和我的膝盖一样。

"丽达……我以前也认识一个叫这名字的姑娘。"我像是说给她听，又像是说给自己听，"可她没你这么多皱纹。"

她停了下来，回头笑了笑，皱纹显得更多了。

"你还记得她的模样吗？"她问，鼻尖的汗珠闪烁着金光。

我使劲想了想，摇了摇头："我是怎么变成这个样子的？"

丽达拍拍手，站了起来："你动了个大手术，昏迷了很多天，他们都以为你没救了，可你又醒了，带着这个姿势。"

她举起右手，拇指微屈，其余四指并拢，高于头顶。

"这是什么？"

"像是在说'你好'，又像是要道别，你说呢？"

我想了想，说："应该是'你好'吧。"

她笑了，说："我也是这么想的。"

"你好！"她使劲地挥了挥手。

虽然有点傻，但出于礼貌，我还是缓慢地举起手，在黄铜色的阳光里摇了摇，光裹在手背上，暖洋洋的。

"你好，丽达。"

V 代表胜利

文／陈楸帆

  第三十四届奥林匹克运动会是人类历史上首届在虚拟现实空间举办的奥运会。为此主办方特地重建了奥林匹斯山作为主会场，当然是以比特和光纤作为砖瓦。

  如果按照开幕式当天接入"奥林匹斯山"的最高同时在线量计算，这应该是史上参与人数最多的仪式，无论以何种标准衡量。当然只有部分信用额足够高的用户能够让自己的数字化身出现在会场——尽管那是一个从数学意义上能够无限扩展的虚拟空间。绝大多数免费用户只能以一个拥有六自由度却不占据任何像素的单维度点存在着。他们能够自由移动视线，看到所有允许他们观看的场景，但是没有身份，无法交流、互动，自然也享受不到额外信道传递的感官体验。

每一个化身背后都有一万个鬼魂，无论他们是以宙斯还是 Hello Kitty 的形象临在。

Q 便是这三十万特权阶级中的一个，他给自己选择的化身糅合了 Kraftwerk/ 明和电机 / 斯波克大副的特质，一股浓浓的性冷淡 + 工装宅气息，并深以此为傲。Q 的化身先是出现在万尺高空，并由彩色光线牵引以抛物线匀速降落，观众可以看到飘浮在空中的巨型奥林匹斯山全貌，它缓慢自转，金光闪亮，融合了佛罗伦萨抒情画派与各种虚拟感官实验，展示着全球数字艺匠的精湛技艺与奇思妙想。

Q 感到一阵可控的眩晕，肾上腺素略微上升，他将保持久违的兴奋直到落入会场，这是精心设计的由真实世界进入虚拟世界的转场方式用意所在。

在他看来，这种超大尺度的古罗马式圆型场馆显得想象力贫乏，尤其是不习惯这种过分拥挤热烈的氛围，于是他屏蔽了所有其他用户，四周所有的化身变得透明，淡入背景，只剩下孤零零的 Q 观赏着这场盛大的典礼。巨大虚拟偶像在空中表演，扭曲变形，随着电音节拍解体成无数分形小人，溅射到幸运观众身上，成为一枚虚拟徽章，可换取某种现场特权，比如 VIP 房的一分钟窥视权。

这场虚拟奥运会成功申办之前经历了漫长的伦理与技术论证。

支持方认为人类历史上从来不存在 Fair Play 这件事，在基因、金钱与科技面前，所谓公平竞赛只能是一种自欺欺人的道德幻觉。而虚拟现实可能是唯一通往 Fair Play 的险途。当所有选手都抛弃了肉体及物理世界的所有羁绊，并通过统一标准的脑机接口进入虚拟赛场时，所有艰苦卓绝的重复练习，所有经年累月的血与汗，都将化为经过转译的神经冲动信号，操控着从绝对意义上毫无二致的数字化身，在无人曾抵达或习惯的空间里竞技拼搏。

他们说，这才是真正的公平。

Q 并不这么认为。

他坚持正是因为人类肉体的种种瑕疵，才让所有的努力显得如此真实而有意义，而只有真实的才是美的。在虚拟世界里，人们只会关心你的化身，并推断你的阶层、性格、爱好、取向……一切。这甚至比消费主义的标签崇拜还要虚伪，因为在这个空间里，所有一切都是对真实世界的虚拟，化身崇拜是对虚伪的虚拟，是双重否认却又无法建立任何新的情感连接价值。看一群被阉割掉个性的虚拟选手争夺虚拟金牌是多么无趣而讽刺的行为。

但反对者们并没有改变潮水的方向。

就像那些运动员尽管还保留着现实国籍，但同时更加突出的是他们的虚拟归属地。在这片理论上可以无限分割叠加的比特空间里，用户们自由地聚集部落，建造帝国，甚至由于化身的 AI 托管机制，可以同时拥有多个化身。这让整个运动员入场阵列在 Q 面前仿佛是一团乍聚还散的发光鸟群，不断地幻化出各种排列组合。

在这场由 Q 独享的奥运会开幕式上，他无比焦虑地等待着某一个决定性的瞬间。他的同伙正在现实世界里筹备一次同步袭击，击溃维持这个庞大虚拟王国的重要数据传输节点，没有附带损害，没有现实伤亡，没有政治诉求，只有为了实现真与美而达成一致的虚拟胜利。他甚至在脑海中想象着媒体如何将他们描绘成一群激进主义者，却甚至未曾了解他们的真实生活，了解 Q 是如何在一次炸弹袭击中变成高位截瘫，并在虚拟现实入口前饱受歧视，只因为信用额不足。

Q 眨眨现实中的眼睛。数以十万计的数字化身重新填满了现场。

至少在末日来临之前。

停电了，我们去南方

文／阿　缺

1

我们去南方吧。有一天，张得帅突然对我们说。

当时我们正走在黄昏里，晃晃悠悠，无所事事，无精打采。几只迷路的鸟儿没头没脑地在高楼间乱撞。赵发财看着飞鸟，舔下嘴唇，说，好久没吃肉了，我们把这群呆鸟打下来吃吧。他旁边的陈美丽一听就皱起了并不美丽的眉头，说，发财哥，不好吧，怎么能吃小鸟呢？我们几个也表示不赞同赵发财的建议。赵发财出神地仰视飞鸟，说，我记得小时候，那还是在跳闸以前，我吃过这种鸟，用火烤熟的。别看它们小，肉又多又嫩，烤熟了，肉里面能滴下油，落在地上，泥巴吱吱地响。落到嘴里，心吱吱地响。

他说完，回头看我们，你们打不打？

我们纷纷从地上捡起石子，向那些鸟儿扔。我们五个人里面，赵发财和我的力气最大，张得帅瘦骨嶙峋，但也能把石子扔上七八层楼。至于陈美丽和王清纯，就纯粹是瞎捣乱，石子压根碰不着鸟的一根毛，还不停地大呼小叫，惹得楼上的人把窗子打开，蘑菇一样伸出头，好奇地看我们。

那几只鸟被石头擦过，连忙扑腾翅膀。它们在磁暴中本就没有方向感，现在被我们追逐，更加惊慌，连撞好几次，向远处飞去。我们穷追不舍，穿过一条条破败的街道。

这几只鸟估计被终年不去的磁暴折腾得够呛，飞的时候，不停地撞着墙壁和玻璃。其中几只误打误撞地飞远了，只有一只呆鸟，径直飞，被我们一路追。后来我们有些累了，鸟的翅膀被砸中过几次，也累了。它落在一处四楼阳台上，蜷缩侧躺着，轻轻啄着受伤的翅膀。

它舔舐伤口的姿态甚是优雅，犹如夕阳下的黄金艺术品，我们一时看着迷了。王清纯说，还是，不吃它吧？我们先后点头，连赵发财也不舔嘴唇了，出神地看着，像是回忆起停电以前的日子。他说，好吧，让它飞走吧，它的故乡是天空，它应该张开翅膀，回到……

话还没说完，四楼阳台上突然扑出来一个老人，一把抓住这只呆鸟，塞进嘴里。他大口嚼着，肮脏的胡子上满是艳红血迹。

我们大怒，对着老人喝骂，尤其是张得帅，跳着脚骂。老人一边把羽毛从嘴里扯出来，一边以嘶哑血腥的声音回敬我们。年纪大就是了不得，脏话极具艺术感，连学富五车的张得帅也骂不过。赵发财抄起一块石头扔过去，老人连忙躲进屋里，我们五个蹬蹬蹬上楼，使劲踹这老家伙的大门。但这种合金防盗门远比我们的脚和破烂鞋子坚硬，十几分钟后，赵发财惨叫一声，小腿崴着了。

这个过程中，老人一直在门后面，以优雅的脏话问候我们散落天涯的家人，文采斐然，好整以暇。

天渐渐黑，楼道里阴沉如墓。

我们悻悻地放弃了对防盗门的攻击，扶着赵发财下楼。街上有很多游荡的人影，三五成群，跟我们一样，晃晃悠悠，无所事事，无精打采。赵发财一瘸一拐，不停骂娘。起风了，风中有阵阵凉意，我们都捂紧了衣领。

王清纯缩了缩脖子，说，秋天快结束了啊。

这时，张得帅猛抬起头，嗯嗯，秋天一结束，冬天就来了。我们去南方吧。

我兴奋起来。南方，一个已经陌生但又多么熟悉的词语。自从停电，我多年缩居在这个北方城市，早已忘了故乡的模样。我又想起，那群呆鸟突然出现，恐怕也是要去南方过冬吧。哪怕磁暴扰乱了它们的方向感，但基因里对温暖的渴求，依旧指引着它们。

赵发财迟疑，问，去南方做什么？谁知道那边的情况现在怎么样了，说不定比这里更乱。

陈美丽却说，那可不一定，南方人性子温和，跟你们北方人可不太一样，停电之后，大家肯定相亲相爱，一起共渡难关。

赵发财嗤道，陈美丽啊陈美丽，你说的话，你自己信吗？

陈美丽转而看向我，说，李平庸，你怎么愣着不说话啊，你说，是不是南方人比北方人性格好？我记得你老家就在南方，你说，你们是不是被打了就不还手？别人打你左脸，你就会把右脸也伸过去给别人打，是不是？

我说，别人要是敢打老子的脸，老子把屁股坐在他脸上。

在我们吵的时候，王清纯一直低着头。淡淡刘海下垂。

张得帅说，你们听我说——李平庸，你放下陈美丽的头发——冬天要来了，而且我看了下天气，西伯利亚的寒流正在过来，太平洋的冷风正风雨兼程，这个冬天恐怕要到零下三十度。现在没了暖气，我们把能烧的东西都烧得差不多了，这种天气我们都熬不过去。我们去南方吧。

赵发财说，张得帅，你别骗我们啊。你别以为你长得帅我就不敢打你。

张得帅说，你爱信不信——哎你别动手，李平庸，你拦住他。

我连忙挡着赵发财，说，张得帅读了很多书，肚子里全是知识，知道胡克定律，还知道牛顿 - 莱布尼茨公式。他的话应该是准的。

张得帅和赵发财一直互相不对付，在跳闸以前就是，有钱人看不起小白脸，小帅哥鄙夷不良商人。停电后这些年，我们五个厮混在一起，要不是我在中间抹油，他俩早就崩了。

赵发财扶着墙，看向远处，黑暗一点点浸上来。真的很冷吗？他说，可是这几年不都忍下来了吗？

零下几度可以忍，零下三十几度熬不过去的。我说，就算每天吃饱了面包，也扛不住寒冷。

陈美丽和王清纯也面露忧色。

这时，赵发财眼睛一亮，说，好，我们去南方！

我跟赵发财认识，早在跳闸前。那时，他还不叫赵发财，而是另一个经常登上商业期刊的名字。哦对，他还是我老板，运营一家前途不错的创业公司，选址在市区 CBD，每天早上端一杯咖啡，透过百叶窗俯视楼下蚂蚁般的人群。有时候他还把我叫过去，点一支烟，指着那些步履匆匆的白领。在云雾缭绕中，他对我说，人呐，还得有钱。

在赵发财还没有钱的时候，我就已经跟着他了，看着他从在咖啡馆里骗投资人钱的羞涩青年，到叱咤商界的大肚中年。其间几经波折，数次险些倒闭，最惨的时候公司只剩下我和他了。其实我也只是懒，打算彻底失业了再去找工作，但赵发财非常感激，说以后忘不了我，有他一口吃的，就不会让我饿着。还让我一直跟着他，他去哪里，我就去哪里。后来情况好转，他确实没有失信，给我股份，每年分红，我银行卡里的数字到了我自己都不敢相信的地步。

接着，毫无征兆地，一束来自外空间的强电磁脉冲席卷全球，且持续不去。所有的电子设备全部被毁，无法修复。世界跳闸了。我们的钱随着浩瀚的数据海洋一起消失，银行存款不见了，势头良好的股票不见了，积累多年的人脉不见了。我一蹶不振，但赵发财不愧是赵发财，在所有人经历等待、躁郁、暴乱、绝望、麻木的阶段时，他就开始悄悄积累食物和水。

他抢了好几家超市，把货物拖到谁都不知道的地方，然后开始等待。这一段过程他常常跟我说起。

他说，外面的声音可吓人了。除了砸东西，还有杀人的，我藏在下水道里，血渗下来，手一摸尝一下，都是咸的。为了一小袋过期的面包，他们就能捅刀子。可我不怕，我知道我藏的这些东西，以后都是保命用的。躺在食物中间，我心安啊，我还睡着了。一觉醒来，爬上街，全是尸体。

我不佩服赵发财的胆大——毕竟我也是从暴乱中生存下来的，我佩服的是他的先见之明。这个男人，在文明时代能预测财富的走向，落回野蛮时代后，又能迅速切换身份，预测出社会格局的变化。相形之下，我只是地上芸芸人群中的一个，别人等待我等待，别人暴动我暴动，别人麻木我麻木。所以我叫李平庸。

后来我和王清纯在街上闲荡，遇到了同样闲荡的赵发财。他认出了我，我们就结伴闲荡，一起寻找食物，实在饿得受不了时，他就让我们等等，出去一会儿，再回来时手里已经拿着小瓶水和面包了。看着我们狼吞虎咽的样子，他总是叹气说，人呐，还是得有钱。等我们吃完后，他会把面包的包装袋要回去。再后来，陈美丽和张得帅也加入了我们，赵发财这种及时雨般的行为依然保持着——他在谁都不知道的地方建了一个宝库，里面满是水和食物。

也因为这个，他在我们这个小团体中地位最高。

眼下，我们达成了去南方的约定，各自分头去收拾行李，他却把我叫住了。

跟我来一个地方。他说。

我和赵发财一起，走在夜幕四合的城市街道。在之前，这种行为很危险，路旁随时可能冲出饿疯了的人，但现在许多小团体已经形成，互相制衡，大家缔结了短暂的和平。夜里人们休息，争斗留给白天。我们走在路上，渐渐看到星光。

赵发财带我到的地方，是这个街区的各个角落。在地板下面，在断壁残垣背后，甚至某棵树上，都藏了一个勒紧的黑色塑料袋。他把袋子从隐蔽处拿出来，丢给我，我接过来，隔着塑料袋都能感觉到里面食物的质感。

我们各背着十几个塑料袋，最后，来到了地铁站。进站口已经长满了杂草和树枝，像是从坟墓里伸出来的手臂，兴高采烈地招摇。是的，跳闸以来，最难过的是人类，最高兴的莫过于植物了。它们一度被人类驱逐，但人类没有电之后，它们再度席卷，从农村包围了城市。

我们拨开植物，顺着已经锈蚀的自动扶梯往下走，背后的星光一点点变暗。四周不见五指。这时，我前方出现了一圈光亮，虽然暗，但前行的路已经可以看见。跟上来。赵发财脚步不停地说。

我这才看清，光亮来自于赵发财手中的火柴。你什么时候藏的这个玩意儿？我有些激动，好多年没见过人造光了，赵发财，你真有几手啊。

这算什么，赵发财边走边说，只要一天不来电，光、食物和水就是人们最缺的东西。你们还在傻乎乎等一切恢复的时候，我就开始准备了。

小小的火柴棒上，焰光一跳一跳，我们笼罩在这淡淡的光晕里，如同被一只奄奄一息的发光水母裹挟着，缓慢游向深海。一辆地铁停在进站口，车门被撬开，里面一片狼藉。显然是地铁刚进站，就跳闸了，里面的人撬开门跑出来。

火柴棍灭了，他又划燃另一根。

别进去。赵发财说，带着我绕过了地铁，跳下轨道，沿着铁轨往前走。

光掠过我们身侧这巨大的金属车厢，勾勒出黯淡的斑驳，如同一条腐烂的鲸鱼。我心惊胆战，沿着轨道，越来越深入。不知走了多久，赵发财停下了，指着地铁隧道中段的一个小铁门，说，帮我把东西塞进去。

这个小铁门里原本是用来放置地铁的检测器材的，但现在，里面摆满了鼓囊囊的面包包装袋。我们把塑料袋塞进去，赵发财关好门，舒了口气，说，走，还有下一趟。

他之前为了应急，在城市各个角落都埋了救急食物包。这个晚上，我帮赵发财搬了五六趟，快到半夜时我跟他说累了，要回家休息。

也好，赵发财点头，又补充说，这地方，别告诉其他人。

我问，那为什么找我帮忙？

他说，你是我的员工啊。放心，我一定把你带到南方。

临走前，他又丢给我一个塑料袋，当作我明天的早餐。说起来，我已经很久没吃过早餐了，每天早上都被饥饿催醒，身体倒是习惯了，但胃开始抗议。

想到明天早上醒来后可以吃面包喝清水，心里就莫名满足。我把它塞进衣服里，裹紧衣领，出地铁后，快步往家走。

荒废的高楼藏在黑暗里，借着星光，只能看到模糊轮廓。有电的时候，里面灯火通明，每个窗子都是小小的细胞，电梯像血管一样不断将人运输。很多人拼尽一生，只为得到这些高楼里的一个狭小空间。但现在，跳闸了，这些辉煌的巨人正在死去，曾经寸土寸金的房间，弥漫着粪便和尸体的气味。

这时，身后传来稀稀疏疏的脚步声。

谁？我回头问，以为是赵发财不放心，说，我不会跟其他人……

星光隐隐约约，一张脸在街道另一面露出来，我眯眼一瞧，咦，王清纯？

这张脸清秀姣好，笼在星光下，五官有如融化。这就是王清纯，有时候你甚至看不清她的长相，但你见过她，就会有一个印象，那就是清纯。你就会记住她，隔着一条街，你也能认出她。

我们一起在街上慢慢走着。从前我们这样一起闲荡的时候很多，一起找吃的，找到之后，一天就会无所事事。走路成了我们最经常做的事，她跟我讲她当演员的那些事情，我也抱怨一下职场和赵发财。偶尔我们也做爱。但赵发财加入我们之后，她明显倾向赵发财，后来张得帅来了，她又跟张得帅亲近了一阵子。总之我在五个人里面，是最孤独的一个。

但现在，我们不紧不慢地往回走，仿佛时间重回。她低着头，跟我说，要去南方了，她有点紧张。她是个北方姑娘，没见过南方的太阳。她睡不着，出来走走，就看到了我。

我说，很晚了，去我家吧。

2

我知道，你肯定很想听我讲我和王清纯回家之后的事情，说实话，我比你更着急。我已经很久没有做过男女之事，小腹里面总是像藏着一只老鼠，吱吱乱窜。但作为一个负责任的讲述者，在进入那个环节之前，我觉得有必要跟你说说我和王清纯的事情。

王清纯是学表演的，毕业之后，到处参加各种电影电视剧的面试。我跟你说，搞电影的那群人，个个是流氓。这群流氓们聚在一起，像狼一样盯着王清纯，那个时候她还不懂流氓们目光里的含义，屡次被刷下来。整整三年，她都奔波在各大电影公司和皮包公司之间，跟她同级毕业的女孩子们，要么已经崭露头角，要么转了行，只有她还坚持着。后来，她终于拿到了一个低成本电影的女二号。

电影竟意外地拍得不错，上映前拿了几个奖，制片方觉得能以小博大，于是花重金请宣发公司，有她头像的海报贴在各大城市的公交站牌里；又准备了全国路演，第一站就是一座靠海的南方城市。那是她第一次去南方，特别兴奋，早早地来到机场，等着剧组的同事。

但这个时候，"当"的一声响，候机厅里的灯同时熄灭。她还没有反应过来，一架即将落地的飞机笔直砸到停机坪，火光冲天而起。她脸上依然是一片茫然。

仿佛有人拉开电闸，全世界都停电了。

起初，大家都茫然地等待，等着灯恢复光亮，车重新启动，手机里再次传来声音。但这种等待漫漫无期。后来，大家开始意识到，这次停电，可能是永久的了。

我的同事郭忧郁却不再忧郁，高兴地说，也好也好，我们的文明进展得太快。好不容易停一次电，大家可以停下脚步，好好想想要去哪里。

我想，他最后应该还是没有想出这个答案。因为两天后，他坐在街边，晒着太阳，被一个孩子用石头砸破了脑袋。他对这个世界的预判远不如赵发财，他不知道，一旦停电，文明并非停步歇息，而是会急速倒退。

先是有人疯。他们的股票、存款、人脉，全部被清洗干净，流浪汉依然可以躺在天桥下晒太阳，但城市白领们失去了整个世界。然后就有人死。人们三五成群，打家劫舍，搜刮一切能吃的能喝的能杀人的。

最疯狂的时候，只要有人在街上露面，四周立刻冲出来一批人，先是乱砖砸死，再搜刮一空。然后藏在街边，等着下一个走过来的倒霉蛋。

为了自保，我和七八个男人聚集起来，也打算效仿这种行为，拦劫路人。我们穷凶极恶，个个都说自己手里有好几条人命。其中陈害羞说自己杀了仨，杨憨厚说自己杀人够七，我连忙说自己杀了二十一。

我们把守住一个地铁口，打算把每一个单独过来的人拖进去打死。

但第一个走过来的，是一个高大威猛的男人，身上还染了血。我们一冲出来，看见壮汉身上鼓起的肌肉，又哗啦啦退回去。那壮汉冷笑一声，迈步离开。

靠，这样下去不行！我对陈害羞说，不能再怂了。我们人多力量大，心要狠手要辣！陈害羞连忙点头，说，对对对，刚刚是没准备好。下一个不管是谁，看我不把他砍得质壁分离！

鼓足气之后，我们分散在地铁口的各个方位，严密布置。就算是刚才的壮汉，也自信能合而围之。

很快，下一个脚步声响起。

我们都振奋起来，等脚步声迈到地铁口时，一齐冲了出去。然后，我们都停下来了。

来人正是王清纯。

我记得那是一个黄昏，斜照染红了这座倾圮的城市。每个人的影子都被拉得很长，王清纯被我们围在中央，一脸惊慌。

但更惊慌的，是我们。我们已经很久没有见到这样清纯的脸了，有着浓重金属感的夕阳，都不能使她的五官显出攻击性。她胆怯，刘海微微垂下，肩膀像仓鼠一样缩起。还有她的头发，停电这么久，大家都蓬头垢面，她的头发却漆黑纯净，如墨染的匹练。

我们互相看看，各自头顶都是一蓬鸡窝，不由自惭形秽起来。

最先叛变的是陈害羞，他的目光掠过王清纯，冲王清纯背后的杨憨厚打招呼道，哎呀，憨厚，在这里遇见你，好巧啊。杨憨厚把手里的砖块丢一边，说，害羞，真有缘啊，我随便散步都能看到你。走，吃烧烤去。其余人纷纷醒悟，隔着王清纯，跟其他人打招呼，三三两两结队，热络地从各个方向离开。后来我才知道，这群号称穷凶极恶的人，之前都是从事编程工作的。一群程序员，难怪在看到王清纯的第一眼，就失去了战斗力。

王清纯仿佛透明人一样，看着他们从四面八方冲过来，愣了愣之后，他们又结伴从四面八方离开。最后，只剩下我和王清纯站在黄昏的街道上。

我也没回过神，提着半块砖头，在晚风中左顾右盼。王清纯朝我走过来，说，我饿了，你有吃的吗？

我扔下砖头，拍拍手说，不早了，去我家吧。

我和王清纯就这样混到了一起。我们分享寥寥可数的食物，躲避发疯的人，看城市的锈迹一点一点变深。

再后来，人死得足够多，大家也打累了。几个大团伙彼此威胁，不再有人随意动手。所有人都想重建秩序，所以秩序就一直重建不起来。大家开始上街，晃晃悠悠，无所事事，无精打采。

我跟你介绍我和王清纯认识的过程，并没有什么高深莫测的目的，就是想说明王清纯的好看，免得你觉得我骗你。你想想，我骗你做什么呢，我都要去南方了。一个打算去南方的人是不会说谎的。

现在，你知道王清纯很漂亮了，那我继续跟你说我在深夜里遇见她的事情。这样会使我的讲述更加香艳，你瞧，我的目的从来这么简单。

所以第二天一大早，我和王清纯起床后，把赵发财给的那点早餐吃了。接下来，我们再讨论去南方的事情。王清纯问我南方是什么样子，我问她，你就算真没去过南方，以前在电视上没见过南方吗？她迟疑了一下，说，见过，但是停电那么多年，都忘记了，你还记得吗？

听了这句话，我也愣住。我的记忆里也没有了南方。

南方人吃饭用碗不用碟。我绞尽脑汁，说，那里还很温暖，冬天路边都会开花。

王清纯听了很高兴，走来走去，又说，那太好了，我都迫不及待想去南方了。

但我们都要等赵发财收拾好一切，毕竟，没有他的食物，我们很难撑过贯穿南北的千里路途。我们等到傍晚，斜阳下沉，晚霞凄艳，我看到远处的一个湖泊里，水面金黄的波光泛动。我说，我们去打水漂吧？

我和王清纯先是来到湖泊不远处的一个铺子，推开门，把货仓里的一堆堆的手机包装盒抱到湖边。我们坐下来，拆了包装盒，把那款号称最薄的苹果手机拿出来，手腕一旋，手机便在湖面上打着漂儿，不断远去。

这个打发时间的办法，是我和王清纯偶然发现的。我们在寻找食物时，发现了附近的一家手机零售店，早已人去店空，但货仓里码着整整齐齐的手机。这些昂贵的电子器材，在断电时代一文不值，但我们开发它的新用处——打水漂。真的，用手机打水漂特别顺，随便一甩，都能打出十几个漂儿。不信你现在就可以拿手机去湖边试试。

我们就这么甩着手机，有一搭没一搭闲聊。斜阳很快消逝，暮色从四面八方围过来。王清纯突然说，平庸，我们去南方吧。

嗯，我点头说，是啊，我们要去。

我是说，就我们俩去吧。

我一愣，抬起头，看到王清纯在暮色里的脸。最后一抹霞光从她额头划至嘴角，然后湮灭。她的脸即使被黑暗包裹，依然有不可方物的美感。我回过神来，问，你说什么？

她没有回答，看着我。

可是，我们不是跟赵发财他们说好了吗？

王清纯说，赵发财不会带着我们的。而且陈美丽这个人，我不喜欢。

我也不喜欢陈美丽。

张得帅又一天到晚神神道道的，我还是想跟你在一起，李平庸。

我第一次听到王清纯对我说这样的话，她声音里的温柔伴随着夜色，弥漫四周。我心口一热，说，好，就我们俩去南方。那是我的家乡。我们可以在南方落地生根。

那你把赵发财藏食物的地方告诉我，我去弄我们在路上要用的食物。然后趁天没亮，一起出城，往南方走。王清纯说。

我说我自己去找赵发财要食物，但王清纯阻止了我，她说她去要的成功率高很多，让我在这里等她。于是，我告诉了她地址，留在湖边，看着王清纯的身影一点点融入夜色，渐至消失。我在黑暗中把手机扔向湖面，"噗噗噗"的水漂声传来，我却看不到丝毫涟漪。

一直等到天亮，我都没有等到王清纯回来。

3

第二天，赵发财收拾好行李，打算离开。这个时候，下了一场大雨。赵发财看着雨水从高楼间刷刷刷地冲下来，忧虑地说，这雨恐怕要下一阵子，下着雨，我们哪都去不了。

张得帅有些着急，说，不要紧的。发财大哥，你不是有不少存货吗，你肯定也存了雨衣雨具，拿出来我们冒雨也能去南方。

赵发财说，你以为我是叮当猫啊，什么都存。

陈美丽也帮腔，雨太大了，万一感冒了，又没药，肯定撑不过去。帅哥，你就再等几天。

张得帅看向我，赵发财和陈美丽也看向我。我左右看看说，你们看到王清纯了吗？

他们都摇头。我说，那等几天吧，等一下王清纯。

于是，我们决定等雨停了再出发。我回到家。这个年代，本来已经没有家的概念了——我的房子是一个隐蔽的地下室，陈美丽选择一个四十层高楼的办公大厅，赵发财每隔一阵子就会换一个地方，有时在桥下，有时在车里。我们五个人都知道彼此的位置。而那些耸立的小区，大多数已经人去楼空，偶尔也有花了大价钱刚买房子，眷恋不去，哪怕没水没电，臭气熏天，也死守着。

我躺在家里，什么事情都不想干，等着王清纯回来。我的被子里还有她的余温，我蜷在里面，仿佛四周都是她的身体。

这时，门被敲响了。

张得帅鬼鬼祟祟地进了屋子，坐在床边。我斜眼看看他，没有起床，过了好一会儿，听到他说，李平庸，你是不是在等王清纯？我跟你说，你等不到她了，你以为她真的很清纯吗？那是表面上，现在世界这个样子，谁还清纯。我好几次看到她一个人去找赵发财，说不定，他和王清纯想两个人悄悄离开，把我们丢在这里。

我坐起来，想起那天晚上看到的王清纯的背影，仿佛浓雾里的一抹白霞。的确，我虽然跟她做出了要跟她一起去南方的承诺，但相比赵发财的实力，我的承诺不值一提。

那你呢，我斜睨着张得帅，你来找我做什么？

我们一起走！平庸，我跟你说，不能指望赵发财的。这人心狠手辣，不良商人，靠不住。你不是这几天在跟他搬食物吗，走，我跟你一起去把那些食物偷出来，然后我们骑上自行车，晚上悄悄就走了。我带路，很快就能到南方。

看着张得帅殷切的眼神，我默默叹息了一声。我知道张得帅急切地想回到南方的原因。

张得帅跟我是大学同学，以前被许多女孩子追求，但心比天高，只在快毕业的时候，遇见了刚进校的小师妹吴可爱。吴可爱的可爱一下子就俘获了张得帅的欢心。为了她，张得帅放弃工作，重回学校考研，花了三年才跟吴可爱在一起。他还把最珍贵的玉镯子送给了她。他们一起在南方一座靠海的城市买了房子，正准备结婚，这时，张得帅被派到北方出差。

　　这个世界跳闸时，张得帅正在跟吴可爱煲电话粥。电一停，磁暴狂风一般搅乱了联通南北的信号。张得帅先是耐心地等着来电，一切希望断绝之后，他就准备回到南方。但他的打算一直没有成行。他先是躲避混乱期的人们，被吓得胆战心惊，人们开始无所事事之后，他又要收集每天的粮食。在断电年代，长得帅已经不是优势了，反正大家都蓬头垢面。小鲜肉上沾满了灰就不会有人来舔。这个文弱书生几度濒临饿死，在瘦骨嶙峋的时候，遇到了我们，终于靠着赵发财继续苟活。但当他向赵发财讨要大批粮食准备回南方找吴可爱时，却遭到了赵发财的拒绝。这也是张得帅和赵发财关系一直不好的原因之一。

　　如今他这么急切地想回南方，肯定也是为了吴可爱。

　　唉，张得帅啊张得帅，你长得这么帅，怎么就忘记不了一个姑娘的可爱？我感叹道。

　　张得帅说，你是没见过吴可爱，你要是见过了，也会跟我一样对她着迷。她太可爱了，见到谁都害羞，见到谁都微笑。

　　他这番话，说得我也好奇起来。我离开学校的时候，没有见过吴可爱，只在张得帅嘴里听说过。他偶尔从口袋里掏出一张泛白的照片，上面是一张可爱单纯的脸，但很模糊，我每次都没看清。他说的吴可爱这么可爱，让我一时忘了王清纯。

　　但是，我又犹豫道，你这么着急做什么，等雨停了，赵发财会带上食物跟我们一起去南方的啊，到时候，你就能见到你的吴可爱了。其实，你有没有想过……

后面的话我顿了一下，没有说出来。张得帅也明白，闻言便是脸色一变，说，不，不会的，吴可爱这么可爱，谁会伤害她。停了停，他继续劝道，赵发财是不会带我走的，我一直跟他不对付。李平庸，你听我说，好吧好吧，就算你要跟赵发财在一起，至少你帮我偷点儿食物出来好不好？只要有食物，我就能自己走，我可以自己一路走回南方。

去偷赵发财的食物，被发现了，后果很严重的。赵发财可杀过人。

赵发财存的食物多吗？

我又想起了地铁仓库里被食物塞得满满的场景，点头说，多，多得塞满好几间屋子。

那你觉得我们拿个十几斤，被发现的概率有多大？

我一听也是，坐起来说，那好吧，找个赵发财不在的时间，我们一起去偷偷拿一点，让你当作盘缠。

说到这里，张得帅又迟疑起来了，这个这个，你看我一介书生，实在干不来盗窃的事情，这有违法纪纲常，亵渎伦理道德。要不，你去偷，我给你把风？

张得帅的胆小怕事我倒也不意外，想了想，他这么怂的人去了也碍事，就点点头。接下来，我们只需要趁赵发财离开废弃地铁站，就可以行动了。

第二天，雨依旧下个不停。我和张得帅饿了，照例去找赵发财乞讨粮食。我们冒雨走到赵发财的住处，隔着一条街，张得帅说，你去吧。赵发财要是看到你跟我在一起，肯定会疑心，我在这里等你。

我缩着脖子穿过下雨的街，敲响了赵发财的门。里面有动静，同时传出赵发财的声音，进来吧。我推门进去，看到赵发财正压着一个女人。

女人穿好衣服，接过赵发财递过来的一袋子面包，款款离开。赵发财半瘫在床上，看着她的背影。你来找我做什么？

我找你要一个面包。

他拉开抽屉，拿出一个面包，丢过来，又叮嘱道，这几天好好休息。等雨停了，还要一起去南方。

我拿着面包出门，街上雨水如幕。走到街对面，发现张得帅脸色古怪，低着头，手里攥紧，不知在想什么。

你怎么了？我问。

我找到了可爱的手镯。他说着，摊开手掌，手里赫然是一个古朴的玉手镯。

我愣了一下，反应过来，他说的可爱的手镯，并不是说手镯可爱，而是说吴可爱的手镯。怎么可能，我说，吴可爱不是在南方吗？

是啊，但这的确是她的手镯，本来是一对，这是右手手镯。上面的花纹，摔过的痕迹，都一模一样。平庸，我不去南方了，因为可爱来了北方，我要找到她。张得帅说这句话的时候，脸颊抽搐，仿佛疯癫。

我明白他受的打击之大。他以为吴可爱一直在南方，但说不定吴可爱早就来了北方，一直在这座城市里。但街头巷尾，院外墙内，每一个角落都有可能错过。

这并非危言耸听。最从前，哪怕两个人隔着天涯海角，可以骑马去找；再后来，全球各地，凭着一串号码联系；到了现在，人和人之间的距离，就从全世界缩小到了狭窄的视界范围。我们居无定所，每日里漫无目的闲游，哪怕只隔一条街，也可能永远错过。信息时代给人际关系营造的安全感，在没有电的时候，瞬间土崩瓦解。

可是，说不定……

张得帅退后两步，脸上肌肉抖动，喃喃说，一定是她来找我了，她从南方一路走到北方来找我了！她就在这座城市里，我要去找她！

他跌跌撞撞往回跑，雨一下子打湿了他。他边跑边大声喊着，可爱，可爱，我是得帅啊。这声音有些嘶哑，混在雨里，模糊不清。

我们在雨中找了几天。张得帅路过每一个屋檐，都喊一声可爱啊可爱，我是得帅啊。没多久声音就嘶哑了。下雨天人们都坐在路边，继续无精打采，张得帅声嘶力竭地从他们中间路过，人们缓慢地移动脑袋，看着他，兴味索然。

这样持续了几天，一无所获。有一天我们在街上遇到了赵发财，赵发财问，他怎么了？

我说，他在找他的女朋友吴可爱。

赵发财说，他的女朋友吴可爱不是在南方吗？

我说，是啊，但他的女朋友吴可爱现在到了北方，所以张得帅要找到他的女朋友吴可爱。

哦，赵发财点点头，又说，他怎么找不重要，我们来聊聊去南方的事情吧。这场雨就快停了。

我心里放不下张得帅，说，等雨停了再聊吧。对了你知道王清纯去哪里了吗？

赵发财摇摇头。

我看见他的眼神里有躲闪的光，肯定有什么不愿意告诉我的事情。不过以他的习惯，我也追问不出来，也转身离开，沿着张得帅的喊声追过去。

雨是在一个傍晚停的。连日瓢泼，太阳早就憋不住了，雨一停，就立刻冒了出来。一道彩虹在城市的两边架起来。所有人都走到街上，仰头看着彩虹，他们的脸上蒙上了瑰红的色泽，显得有些迷茫。

在我记忆里，这景象已经多年未见，不由看痴了。这时，张得帅突然拉着我，指向对面街道的人群，说，啊，可爱!

我看过去。果然，对街站着一大帮人，正仰头看着彩虹，其中站着一个女人。我对她的背影感到熟悉。

她站在一群五大三粗的男人中间，身姿窈窕，前面凸，后面翘，衣服穿得少。她左边站着的是布满文身的刘凶猛，右边是一身肌肉的周强壮，钱下流站在她身后。这三个人正把手放在她身上，一边游走，一边迷茫地看着斜阳和彩虹。

我终于看清了，这个女人就是我去找赵发财时，在赵发财房间里见到过的。但她并不可爱。

而她的左手上，确实戴着张得帅送给她的手镯。她的面容，确实是那张泛白照片上的模样。

你找到她了，我说，上去啊。你走过去，跟她说可爱啊可爱，我是得帅。

但张得帅只是远远看着，手指颤抖，不敢上前。

打那以后，张得帅就疯了。

4

陈美丽跟我说，你觉不觉得赵发财有鬼？

她说这话的时候，把脸凑近了我，所以她脸上那几乎要把五官淹没的肉堆毫厘可见，非常具有视觉冲击力。我能看到一条肉浪从她额头翻涌到嘴角。我后退一步，警惕地说，什么？

赵发财啊，她神神秘秘地说，你想想，赵发财为什么要去南方呢？

张得帅不是说了吗，这个冬天零下三十多度，我们谁都熬不过去。

陈美丽鼻子里喷出一口气，你还真信了？张得帅那家伙，一心只想回南方去找他那个小女朋友。他的话，我从头到尾都不信！

我一愣，所以你从没想过跟我们去南方？

陈美丽得意地点点头，赵发财在地铁里藏了那么多吃的，只要赵发财一走，我把它们挖出来，以后我就衣食无忧了。

原来这才是陈美丽的计划。我默默叹息。自从赵发财让我跟他一起搬食物后，王清纯、张得帅和陈美丽先后来找我，都是为了那藏在地铁里的食物，那仿佛是黑暗里放出黑色光芒的火焰，吸引着无力的蛾子振翅前往。

你现在来找我，是想让我告诉你赵发财藏食物的地方，是吗？我摇摇头，这件事不能做。王清纯和张得帅都找了我，但现在，王清纯失踪，张得帅发疯，你又会怎么样呢？

我跟他们不一样。

的确，陈美丽跟王清纯和张得帅不一样。事实上，她跟我们所有人都不一样。我试图回忆初识陈美丽的日子，但记忆涌现了氤氲的雾，竟完全想不起她是什么时候加入我们这个小团体的。仿佛有一天我们在街上闲逛，路过一个拐角，陈美丽走出来，我们就从四个人变成了五个人。有一次我问赵发财，陈美丽到底什么来路啊？赵发财罕见地眯起了眼睛，有些迷茫，说，我也不记得她什么时候来的了，但是，他顿了顿，补充说，但是这个女人肯定不简单。

是啊，现在能活下来的人，都不简单。王清纯靠她的脸，赵发财靠他的智慧，我靠赵发财，而张得帅几次险些饿死。至于陈美丽，一个并不美丽的女人，在虎狼环伺的末世里，是怎么活下来的呢？在大家都因为食物短缺而面黄肌瘦的时候，只有她，日渐肥胖，走路肉颤，看着实在可恨，这都没被砸死，可见实在是厉害。

哎呀，你愣着干什么。陈美丽推了我一下，说，你带我去赵发财藏食物的地方。明天你们就要走了，这些食物就留给我吧。

你为什么不去找赵发财？

陈美丽鼻子里喷出一口气，他肯定不会告诉我的。

你凭什么觉得我会告诉你呢，我已经有点不耐烦了，说，难道就因为你叫陈美丽吗？

陈美丽对我的鄙夷置若罔闻。她凑近我，说，我知道你一直看不起我，你喜欢王清纯，认识张得帅，依靠赵发财，一直讨厌我。但我有一个消息，可以跟你换赵发财藏食物的地点。

我往后躺了躺，轻笑一声，我明天就要跟赵发财一起去南方了，以后吃喝全部靠他，我实在想不出什么消息值得我背叛我的老板，我的衣食父母。

我知道王清纯在哪里。陈美丽说。

我和陈美丽趁着夜色遮蔽，来到了地铁，沿着阶梯一步步往下走。

我们没有火柴，黑暗完全将我们浸没，像是在墨水瓶底艰难行进的蚂蚁。我只能凭着手在粗粝墙壁上的摸索，以及记忆里的方位，一步步走向赵发财藏食物的屋子。陈美丽紧紧跟在我身后。

我又想起了赵发财带我来这里时的情景，他捏着一根火柴，火光照亮他的侧脸，另一半脸则藏在很深的黑暗里。他是如此信任我，连藏食物的地方都告诉我，如今我却把并不美丽的陈美丽带过来，洗劫他的食物。不过，明天我就要和他去南方了，他并不知道他藏在北方的食物会丢失。说不定我们一直待在南方，再也不会回来。我这样安慰自己。

随着在地铁甬道里的深入，四周益发浓重，墙壁突然从粗糙变成了光滑。我停下来，敲了敲，铁门的声音传来。

就是这里了，我说，里面就是赵发财藏的食物。

黑暗里，我看不到陈美丽的表情，但能听出她声音里的惊喜。就是这儿？藏得够深啊，怎么把门打开呢？

我扶着门说，打开之前，你先告诉我，王清纯去哪里了。

陈美丽去拉门，但被我按住了手。过了一会儿，她的声音响起，王清纯跟赵发财走了，她的下落，你应该去问赵发财。

赵发财？我一愣，怎么跟他扯上关系了呢？

陈美丽说，那天晚上，我看到她走进了赵发财的房间，我等了很久，都没有看她出来。后来，她就不见了，她的下落，赵发财肯定知道。

我回想起王清纯离开湖边的那个傍晚，她让我等她。她的背影和夕阳一起消失。没想到她去找了赵发财，并且再不归来。我呆呆地想，手上松了劲，陈美丽把手抽出来，去拉门把手。

但这扇门显然被赵发财锁好了，她使劲拉了几次，门没有丝毫晃动。

陈美丽说，哎哎，你帮帮我啊。

我心里想着王清纯，没有理会。她拉了我一把，我顺手拉了拉门，有些松动，正要再拉，却怎么也拉不开。

要帮忙吗？身后一个声音响起。

太好了，需要需要。我话刚说完，才意识到不对劲，转过身，只能看到背后一片黑暗。

"嚓。"一蓬火光划开，随即凝聚成一团火焰，光亮撕开了黑暗。赵发财的脸在火光中显现，线条锋利，眼神如鹰隼。他捏着火柴，火焰沿着细细的柴棍向前蠕动，一跳一跳的火光让赵发财的表情显得格外阴郁。几秒后，火焰涌到尽头，灼到了赵发财的手，但他似乎没有丝毫疼痛。火焰熄灭，他的脸再度沉进黑暗里。

他就这么站着，在我们来之前就站立于此。刚才我和陈美丽的话，全被他听见了，他却一直沉默。我的脸红了，幸好在黑暗里看不见。

火光又亮了。赵发财看着我们，说，哟，难得看到你们两个混在一起。李平庸，你不是一直讨厌陈美丽混在我们中间吗？陈美丽，你不也总是说，李平庸吃我的食物是浪费吗？

我和陈美丽对视一眼，各自后退一步。

火柴燃尽，赵发财把柴棍扔掉，又划开一根。

我说，赵发财，王清纯去哪里了？

赵发财瞥了我一眼，没有回答，却看着陈美丽，说，你是想把这些食物偷走吗？陈美丽，我知道你不简单，你能在兵荒马乱里活下来，但你有没有想过，如果没有我，你守得住这些食物吗？

陈美丽迎着火光抬起头，直视赵发财，说，有时候你也把自己看得太重要了。

这么说，你另有门路了？

我总是有门路。

赵发财点点头，是啊，你比我们都厉害，你是能够想尽一切办法活下去的人。别说停电，就算是小行星撞地球，就算丧尸爆发，你也能活下来。他一边说话一边扭头，向四周看，这么说，现在过来的还不止你们两个？

在幽深的地铁隧道里，火柴只能撑开一蓬狭小的光亮，光亮之外，依旧是蠢蠢欲动的黑暗。脚步声在火光不及之地响起，纷乱踢踏，显然不止一个人。

我诧异地看向陈美丽，她脸上却没有什么表情，仿佛一切顺理成章。从黑暗中走向我们的，一共有四个人，火光逐渐把他们的脸勾勒出来。这四个人我都认识，分别是刘凶猛、周强壮、钱下流和那个作风放荡的姑娘。他们提着钢棍，脸上是不怀好意的笑容。

看来你准备了很久啊，赵发财又划燃一根火柴，说，能把这几个人叫过来，不是一两天的决定吧？

陈美丽说，嗯，一个月之前我就跟他们联系了。

那时候我们还没有决定去南方。

但那时候你给我的食物，已经比以前要少了。

赵发财点点头，看来农夫与蛇的故事，还是有道理的。你很厉害，比我们都适合在这个世界活下去。

说话间，刘凶猛、周强壮和钱下流已经围了过来。他们的影子被火光拉扯着，延伸进黑暗里。唯一的姑娘靠在墙边，笑嘻嘻地看着我们。

赵发财，也别坚持了。你明天跟李平庸去南方吧，这些食物，就留给我们。陈美丽说，也别挣扎了，你年纪大，斗不过他们三个人的。他们每个人手上，都有人命。

赵发财鼻子喷出一口气，说，刘凶猛和周强壮杀过人，我信。呵呵，但这个钱下流，手上要是有人命的话，唯一的可能是手淫过度吧。

钱下流大怒，找死！

几个人要冲过去，但这时，火柴棍熄灭了。黑暗笼罩一切。想跑！刘凶猛说，追过去！

但他们的动作马上就停了。因为火光又在赵发财手里亮起来，而他的另一只手上，握着一把手枪。

枪身纯黑，比四周的黑暗更加沉郁，仿佛是他手里的一团墨汁。枪口对着刘凶猛，刘凶猛脸上横肉抖动，一步步后退。

赵发财冷笑，现在你们知道，我是凭着什么守住我的这些食物的吧？

手……手枪还能用吗？钱下流也在后退，左右看看，结巴道，不是磁暴吗，所有的电子器材都不能用了啊。

一直沉默的周强壮说，这又不是导弹炮，手枪击发的原理不是靠电，是靠火药。他骂完，转而看向赵发财，嗨，赵老板，这事儿就算我们栽了，我们现在就撤。

赵发财举着枪，脸上阴晴难辨。火光又灭，他没有再划火柴，黑暗伴随着沉默，令人窒息。赵发财说，滚吧。

四个不速之客慢慢后退，沙沙的脚步声响起。我愣在原地，脑子里飞速转动：赵发财手里有枪支，在这样停电的年代，就占据了绝对的上风。而我把陈美丽带到这里，陈美丽把那四个人带来，想打劫他的食物库，这种背叛，以赵发财的性格是绝不会原谅的。那他会怎么办呢，处理完陈美丽就来处理我？唉，可惜死前都没有见到王清纯，对了，王清纯去哪里了……

就在我胡思乱想的时候，陈美丽已经开始求饶了，说，发财，我错了。我只是来帮你检查一下食物，我会跟你去南方啊，我不会骗你。我要去南方了我还骗你做什么。都是李平庸，他带我来的，他想跟我在一起，把我从你身边夺走……

赵发财一直沉默。火光不再亮起，也不知道他在黑暗里想什么。时间在这种僵局下过得无比缓慢。我额头沁出汗珠，腿在打战，思考要不要趁黑拔腿就跑。

这时，隧道的另一边，传来了一阵声嘶力竭的喊叫：

可爱啊可爱，我是得帅啊，你不认得我了吗？

赵发财划燃火柴，跳跃的光线里，我看到张得帅跌跌撞撞地跑过来。他边跑边喊，张牙舞爪，摔了一跤后又爬起来，跑向刘凶猛身边的姑娘。

他的样子太吓人了，面目狰狞，额头流血，嘴里大呼小叫。刘凶猛面色一沉，转头看向陈美丽，骂道，我说怎么这么轻易放我们走，原来是要埋伏我们！周强壮和钱下流也对陈美丽怒目而视。

赵发财也愣住了，手上的火柴再次燃烧到尽头。就在黑暗将我们淹没的一瞬间，陈美丽突然扑过来，抓住了赵发财的手。赵发财挣扎，两个人倒在地上，翻滚起来。

哎呀，你是谁！不远处响起了一阵惊恐的女声，你放开我！

可爱啊可爱，你不认得我了吗，我是得……哎呀，谁打我！张得帅的声音也随即响起。

刘凶猛抓住张得帅的头，使劲往地上撞，边撞边骂，你要是壮，来埋伏我也就罢了。瞅你这弱鸡样！哎哎，你们俩愣着干吗，去那边对付赵发财啊！

周强壮和钱下流也反应过来，循着声音，跑向在地上纠缠的陈美丽和赵发财。他们分别从我的左右边跑过去，速度太快，带起的风呼呼地掠过我的脸。

场面一时十分混乱。闷哼惨呼，痛喝怒骂，在这黑暗的隧道里此起彼伏。但奇怪的是，所有人似乎都忽略了我。这让我感觉有点没面子。正懊恼时，脚感觉被什么东西碰了一下，便弯腰摸索，摸到了一个很轻的小盒子，摇一摇，里面传来嗒嗒嗒的声音。

是一盒火柴。

我欣喜若狂，趴在地上，打开火柴盒。里面的火柴不多了，三四根的样子，我划燃一根，四周的黑暗终于被火光逼退了几丈。

我看见赵发财被陈美丽压在地上，两个人的四只手都抓着枪柄；周强壮和钱下流跑错了地方，跑到了隧道的另一边，被火光照亮，都愣住了，连忙往回跑；刘凶猛提着张得帅的衣领，用腿踢打，而张得帅抱紧了放荡姑娘的大腿，兀自嘶喊。

火焰熄灭了，我手忙脚乱又划开一根火柴。

赵发财、陈美丽、周强壮和钱下流四个人手脚相缠，面目狰狞，七只手拽着枪，死活不让。唯一空出的一只手，是钱下流的，正在陈美丽身上摸索；陈美丽破口大骂。张得帅两腿环住刘凶猛腰部，牙齿死死咬住了刘凶猛的耳朵，血从嘴边流出。刘凶猛惨叫不迭，向后退，放荡姑娘则焦急地拍打张得帅的背部。

手一抖，火光又灭。我去找火柴棍，因为颤抖得厉害，火柴盒掉在地上。我趴着摸索了半天，找到了火柴盒，里面是空的。暗骂一声，又四下乱摸，终于找到了一根火柴。几秒后，光明再次出现。

赵发财、陈美丽、周强壮和钱下流围坐成一团，各自把手伸进两侧的人的衣服里，嘴里念叨着，枪呢枪呢。陈美丽最吃亏，衣衫凌乱，但咬着牙，努力想从旁边两人的衣服找出那把枪；张得帅拥着放荡姑娘，两人深情热吻，刘凶猛耳边流血，一脸迷茫。

最后一根火柴也熄灭了。闷哼厮打声再度传来，尤其以张得帅的声音最惨，想来在被刘凶猛使劲儿欺负吧。

大家听我说！我大喊一声。

所有声音同时停下，十四道目光投向我，不过周围如此浓黑，他们什么也看不到。我清了清嗓子，说，打架多不雅，要不坐下来聊……

惨叫和闷哼又响起来，间或还有砖块砰砰击打的声音。我听到钱下流兴奋地喊了声，找到了！但话还没说完，一声惨呼，随后金属与水泥地面摩擦的咔咔声不断响起，想来是他们几个哄抢手枪，枪被踢来踢去。另一边，张得帅的惨叫近乎杀猪，不知道是被折了腿，还是被撕了嘴。

这时，不知谁用力踢了一脚，枪支摩擎水泥的声音变得锐利，且从我身边划过。我奋力一扑，抓了个空。枪支一路向刘凶猛那边滑过去。

几秒之后，张得帅的惨叫戛然而止，随后，一声枪响。

整个隧道被照亮，我看到了张得帅满脸的鲜血和疯狂。

不要啊！我喊道。

放下枪，一切好说。赵发财说。

得帅，别冲动，陈美丽说，我以后就是你的了。

哎呀，拿枪干吗，伤了和气。我们这就走这就走。刘凶猛、周强壮和钱下流同时说。

张得帅两手举枪，对我们的话毫无反应，而是看向被枪声惊呆了的放荡姑娘，说，可爱啊可爱，我是得帅，你不认得我了吗？

放荡姑娘疑惑地说，可爱，可爱是谁？

张得帅说，你不是吴可爱吗？

放荡姑娘说，你是不是认错人了。

这句话一出，我顿感要糟，连忙趴在地上。

果然，啊砰啊砰啊砰啊砰啊砰啊砰啊砰啊砰啊砰啊砰砰砰……张得帅的狂喊和枪声混在一起，震碎了整个隧道的黑暗的安静。

枪声停了之后，足足有五分钟，整个隧道里一片死寂。

我摸遍了全身，确认身上没有出现窟窿，松了口气。隧道如同坟墓，我听不到任何声音，但还是下意识喊道，有人吗？

没有回应。我一阵难过，这么多枪，恐怕其他人很难幸……

念头还没闪过，左边突然响起了陈美丽的声音，咦，我没事？右边响起了放荡姑娘的声音，我也没受伤。刘凶猛、周强壮和钱下流分布在几个不同的方向，但都用惊喜的语气说，都没打着我！

呵呵，不远处，赵发财发出了带着痛意的冷笑，全打在我身上了……

陈美丽和刘周钱三人摸到藏食物的铁门前，用力拉拽，"哗啦"一声，门被拉开了。里面的塑料袋像潮水一样涌出来。

哈哈哈哈，终于找到你们了！陈美丽欢呼道。即使太黑了看不见，我也能想象她脸上因狂喜而泛起的肉层。

她的喜悦感染了刘周钱三人。他们扑向塑料袋，哈哈大笑。再也不用挨饿了，赵发财存下来的这些食物，足够他们吃好几年。至于几年后，谁知道呢？

呵呵……赵发财躺在血泊里，兀自冷笑。

突然，陈美丽的笑声停下来了，刘周钱三人的笑声也停了下来。他们咦了一声，在塑料袋里翻拣，但我只听到吱吱吱的塑料压褶声，非常清脆，一捏到底的那种清脆。空的？陈美丽疑惑道，又转身朝赵发财喊道，你的面包呢？怎么全是空的？

呵呵……

你快说，再不说，我打死——陈美丽突然意识到赵发财中了十几枪，绝无回天的可能了，语气转为央求，你说吧，你都快死了，把藏面包的地方告诉我们吧。

呵呵……早、早就吃完了。

陈美丽说，不可能，你明明有一整屋子的食物。

赵发财有气无力道，我一个人哪能找那么多面包。我藏了不少，但，但这几年供养你们，已经把最后的面包都吃完了。呵呵，你以为我为什么要去南方，难道我真的信张得帅的鬼话吗……那是因为我已经没有食物了，再留在这里，你们很快就会发现……我把李平庸带过来，是想让他以为我还藏着食物，以后去南方了，他还会继续听我的话……

陈美丽朝赵发财踹了一脚，但因为太黑，踢到了石头，疼得直抽凉气。她舍了赵发财，拉住刘凶猛说，凶猛哥，你看，我早就知道这个赵发财不靠谱了。今天在凶猛哥的帮助下，终于拆穿了他的虚伪面目，从此以后，我就跟凶猛哥了。凶猛哥让我做什么，我就做什么。

刘凶猛骂骂咧咧，带着周强壮和钱下流转身，那姑娘也跟他们一路离开。陈美丽连忙跟上，不停地向刘凶猛献谄媚。我相信陈美丽能很快融入他们，做出牺牲，得到庇护。从我们这个五人小团体，到他们的五人小团体，陈美丽能够无缝转换。她一直这么厉害，她是能够活得最久的人。

他们的脚步声还未完全消失，张得帅突然醒悟过来了。他刚才在暴怒下开枪扫射，没打中一个人，随即陷入了呆滞，但姑娘的离开，让他恢复了神智，大喊一声，便追了过去。

于是，隧道里便只剩下我和赵发财了。

我向赵发财爬过去，手摸到了黏稠温热的液体。我再上前两步，把手放在他脸上，拍了拍，喂，死没有？

还没……

哦。

过了一会儿，我问，你知道王清纯去哪里了吗？

赵发财喘息着，在黑暗里听得格外明显，像是即将烧完的蜡烛，在熄灭之前，烛火跳得尤其剧烈。我生怕他会在某一刻突然停止呼吸，又问了一遍。

她……她去南方了。

我呆了呆，想起王清纯在那个黄昏离去的背影，摇摇头，不会的，她让我等她，跟她一起去南方。

嗯，她也想跟你一起去，但她来找我要面包，我把她……嘿嘿，你不会想知道的……我跟她说，我已经没有食物了，而且，她不能跟你一起走。

为什么？

因为，李平庸，因为你是我的……你要听我的话，不管在南方还是在北方，有电还是跳闸，我都是你的老板。我剩下的食物，只够两个人去南方，我一开始就只打算带你过去，张得帅、陈美丽、王清纯，都会被抛弃……你逃不出我的手掌。所以王清纯就先去南方了，因为她知道我的手段，我想做成的事情从来……赵发财仿佛突然来了精神，一口气说了这么多，随后再度萎靡，如果你跟我去了南方，说不定还能找到她。

我揪住赵发财的衣领，急切道，可是王清纯一个女孩子，没有食物没有武器，怎么去南方？她走了多久了？从哪路走的？安全吗？

但我再也没有听到赵发财的声音了。我把手放在他脸上，感觉他的肉已经僵硬，触感冰凉，像即将到来的冬天一样。

尾　声

这一年冬天很快就来了，天气出奇的冷。十一月还没过完，树叶就落光了，风中除了萧瑟，还有能刺痛肌肤的寒冷。这样的天气里，人们都不愿意再闲荡，纷纷把自己锁在家里。

我只在街上见过一次陈美丽。她跟刘凶猛一行人一起，边走边窃窃私语，我跟她打招呼，但在她眼里，只是空气。张得帅不远不近地跟在他们后面，失魂落魄。我同样跟他打了招呼，他把我当作空气。

我在家里缩了几天，猛一发狠，卷起行李往南边走。我想象着南方的模样，想象着再见到王清纯时的情景，越走越开心，很快就出了城。这时，我远远见到一棵枯树下，躺着一具尸体。尸体身上的白色衣服非常熟悉。

树上栖息着几只鸟，冷得羽毛直颤。它们在磁暴中无法辨明方向，失去了去往温暖南方的最后机会。

我站在原地，瑟瑟发抖，不知道是因为天气还是别的什么原因。我想上前，确认尸体的身份，但又不敢。树上的鸟挤成一团。过了好久，我转过身，往城里走。

我回到家，在身上裹了三层棉被，依然冷得发抖。我躺了很多天，外面时而滂沱大雨，时而簌簌落雪。寒冷穿墙而入，透进被窝，渗到骨头里。张得帅说得没错，这个冬天会到可怕的零下三十几度，谁也熬不过去，但我们没有一个人能够去往南方。

宋秀云

文/阿　缺

这一天晚上，吴璜刚吃完饭，扔下碗筷就回到房间，戴上了脑控头盔。她妈隔着门抱怨了几句，但声音像是被头盔过滤掉了，飘飘忽忽的。她也不在意，启动头盔后，迅速连上了头盔内部伸出的海绵状探头，脑信号被发射器放大之后，连接上了几百米外车库里的脑控汽车。

这年头，脑控汽车已经不是新鲜玩意儿，大城市里几乎满街都是。但吴璜生活的这座小县城，还处在紧跟时代变化的早期。它的西边是崎岖贫瘠的山区，南边是日新月异的大城市，它就像一只蚂蚁，挤在野蛮与文明的夹缝中。在这里，脑控车还不多见，每次吴璜接到网约车的订单后，远程控制轿车出门，乘客坐进来，看到车里一片空荡荡，还是会目露惊奇。

当然，为了买这辆车，她不但花光积蓄，还贷了款。明天就是除夕，节后应酬多，她得多跑几单，把春节期间的花销挣出来。

现在，这辆纯黑色的轿车在她的操作下，驶出了车库。吴璜躺在床上，换了个舒服的姿势。头盔投射的全息界面能让她看到车身周围的景物。她这才发现，外面已经下雪了，白色的鹅绒漫天飘荡，地面已经铺上一层银装。

在吴璜记忆里，小城已经很多年没下过雪了。她以为今年会像往常一样，在阴沉的天气里度过，没想到在除夕的前一天，突然满城落雪。

但下雪也带来了坏消息——街上行人寥寥，手机里也没有约车提示。转了好半天，才接了两单。她不死心，让脑控车驶上大道，碾压雪层，一路向悬铁站开去。

她在车站门口等了一会儿，好不容易出来几个返乡的乘客，又都被更便宜的老式出租车拉走了。她把车停在一片风雪里，通过车顶的仰视镜头看着夜空，一片片轻盈的雪花从夜空中涌现，划过黑暗，落进路灯昏黄的光团里，仿佛也被沾染成浅黄色。但不一会儿，镜头被雪盖住，她只能看到一片白茫茫。

看来今晚是没有收获了。她想着，启动汽车引擎，打算回家。这时，有人敲了敲车窗。

吴璜把视线切换到车窗镜头，看到了一对母子。

母亲接近六十的样子，脸上木讷，个子矮小，但背着大包，显得有些佝偻；灯光斜照下来，能看到她脸上纵横交错的沟壑，显然是常年烈日风霜刻出来的。儿子站在一边，倒是高大很多，穿着风衣，虽不花哨但很得体，一看就是在大城市里待了很多年的人。

但看他一身轻松，与旁边背包的年迈母亲形成鲜明对比，吴璜本能地对他产生了反感。

"师傅，走吗？"母亲又敲了敲车窗，话里方言味很重，是小城西边山区的口音。

这个老土的称呼像刺一样扎在吴璜眼皮上，这下她对母亲的好感也没了。"我这不是出租车。"她一边说——声音通过头盔，传到脑控车旁的喇叭里——一边看了下手机，还是没有网约车的约单。

"那……"母亲迟疑地说，"那姑娘走吗？"

"我也不是黑车。"

母亲"哦"了一声，转头看了看儿子。儿子微微低头，表情藏在灯光的阴影里。"妈妈，别担心。"他说。

吴璜正要走，又多嘴问了句："你们去哪里？"

"去汽车西站。"

汽车西站跟吴璜回家倒是一个方向，如果顺路载客，说不定能把这一趟出来的电费给挣回来。但那是个老汽车站，在悬铁线路开通后，几乎就废弃了。

"现在过去，还有班车吗？"吴璜问。

母亲连忙点头说："有的，十点半有一班。"

吴璜记起来了，车站近乎废弃，但每天还是有一趟人工驾驶的班车从夜里出发，沿着崎岖的国道，穿山过岭，途径许多小山村。车站垂垂老矣，这趟唯一的班车，就是它呼吸的最后一抹气息。

吴璜说："那你们上来吧，我带你们过去。"

母亲却站着没动，问："收多少钱？"

"一百……一百五十块。"

母亲后退一步说："太多了吧，坐公交车才十块，两个人才二十。"

"那你看现在还有公交车吗？"

对面的公交站牌下，确实空空荡荡，只有雪花簌簌落下。"但一百五也太多了……六十！"

她们还了一会儿价，这位老妇人的嘴太紧了，吴璜好几次都想直接走人。最后她们商量好，送到吴璜小区门口，剩下的两公里路，他们自己走过去。

车门打开，母子钻进来，坐在后排。母亲哈着手，头上几缕白色，不知道是苍发还是落了雪，或者兼而有之。

吴璜这才意识到，刚才他们讨价还价的时候，自己躺在家里温暖的床上，而这对母子站在车外，寒风冷雪，想必冷极了。她不禁有些歉意，启动了车里空调，说："暖和些了吧。"

"嗯嗯。"母亲说，"那就走吧，得早点儿。"

这下倒轮到吴璜诧异了——母亲坐进来后，神态如常，似乎对这辆没有司机的脑控车见怪不怪。她把自己的脸投影在车前屏幕上，一边启动一边问："您这是从哪里回来啊？"

"打北京回来。"母亲的声音带着一点骄傲。

从大城市回来的，那就难怪了。吴璜说："去探亲吗？"

"接儿子回来，"母亲转头看了下儿子的侧脸，"回家过年。"

儿子依旧坐得端端正正，点了点头。

透过车内的高精度摄像头，吴璜认真地看了看这个年轻人。三十出头的样子，脸庞消瘦，但眉宇精致，看得出平时是有保养的。还是很帅嘛，吴璜想，有种禁欲系大叔的气质。不过他大部分时候沉默着，表情介于礼貌与冷漠之间——这倒是很符合大城市里白领的特征。

吴璜看着他，说："你是做什么的呀？"

儿子扬起嘴角笑了笑，却没有回答。

母亲连忙说："是做设计……嗯，在家里办公，为疆域公司工作，你听过没？"

吴璜当然听过。脑控车运行的基础是意识操作系统，而这个系统就是疆域公司研发的。她不禁对这对寒风中赶路回家的母子改变了看法，问："那很厉害了！"

"是啊，我儿子是村子里的骄傲哩！"母亲的眉毛动了动，表情活泛起来，"他有七年没有回家了，今年终于可以在家里过年。"

"七年？那够长的啊。"吴璜应道，"不过他在大城市待了那么久，应该是他接您去城里过年嘛，怎么您带他回来呢？"

母亲显然愣了愣，表情灰暗了些，"我儿子……生病了。"

听到儿子生病的消息后，宋秀云心都揪起来了。但回乡的铁柱也语焉不详，挠挠头，解释道："我哪知道得那么清楚？我就是去商场买东西看到阿川了，跟他打招呼，他没讲几句话就咳嗽，脸上也白。怎么回事我也不知道啊，他现在混得那么好，平时跟我们都没联系……还有，别叫我铁柱了，我在城里的名字叫詹姆斯。"

宋秀云又给儿子打电话，李川在那头说一切都好，就要挂掉。她连忙说："你今年回来过年吧，都这么多年没回来了……"

"不了。"李川说。

"那我来找你。"

"别闹，你怎么过来，一辈子没出过村子的人。"

电话挂断之后，宋秀云心潮难平，想了半天，找出了儿子以前寄回来的快递单，指着上面的地址，对铁柱说："铁……詹姆斯啊，你帮我买下票，我把钱给你。我要去接儿子回来。"

就这样，宋秀云走山路去镇上，再坐摩托来到国道边，央求路过的货车带她去县车站，买票之后上了去小城的班车，最后取了悬铁车票，一路去往北京。唯一的麻烦是，在过安检时，她给儿子带的肉和腌菜全部被扣下了，只有她专门炒的那包葵瓜子能带走。她心里疼得滴血，在安检口闹了好半天，最后保安威胁不让她坐车，她才抹了抹眼泪，看着那群年轻人把上好的山货扔到一边。

总之，她只身来到了北京。这里的一切都很新奇，甚至跟电视里都不一样，人人都用上了脑控技术，躺在家里都可以操纵汽车在路上行驶，闭着眼睛也能在电脑上办公。只是街上的人比印象中少多了。

从车站出来的时候，天刚破晓，时辰尚早。坐了一夜车，她已经很倦了，身体里像有根年久失修的琴弦一样颤动着，这颤动随时会令她摔倒。于是她找了个早餐铺坐下，点了一碗白粥，花了二十块钱。大城市果然贵，要是在村子里，这种粥都是乡亲们随便端着喝的。她这么想着，从兜里拿出两张十块，递给了那个脸上带着明显鄙夷的胖子老板。

对于鄙夷，宋秀云早已习以为常。在漫长的一生里，她见过了太多太多鄙夷，但没有关系，她还有儿子——

想起儿子，宋秀云身体里一直颤动不休嗡嗡作响的弦突然停下。她重新获得了力量，一口气喝尽白粥，站起来，拖着两个硕大的包裹走上了大街。

她叫了一辆出租车，习惯性地跟司机讨价还价，对方告诉她有计价器，是多少就是多少。她只得作罢，在路上的时候，看着计价器上的数字跳动，心也一上一下。

不久之后，她就到了儿子住的小区，却被门卫拦住了。门卫压根不信她有亲戚住在这个高档小区，死活不让她进。有个路过的业主看不下去，让他们查一下名单，一查，李川的名字确实在，便拨通了李川的门禁系统。

"谁啊？"门铃响了很久，才传来一声懒懒的声音。

门卫还没说话，宋秀云抢着凑到话筒前，说："李川啊，是妈。妈来找你了。"

那边显然愣住了，停顿了很久。门卫看宋秀云的眼光再次变得狐疑。幸好这时李川终于说话："你等下，我下来接你。"

这一等，又是半个多小时，李川总算走到了门卫室。宋秀云眼眶一下子湿了，低着头，怕被别人看到——她自己倒是不在乎，就怕别人看到了笑话儿子。

"走吧。"李川说完便转身带路。

宋秀云连忙提上包裹跟在后面。

"听起来，"吴璜压低了声音，"你儿子不怎么热情啊。"

说完她就后悔了。她的话是通过车内音箱说出来的，环绕音，母亲能听到，儿子也就能听到。但她瞥了眼儿子，见他依旧端正坐着，挂着浅笑，丝毫不以为意的样子。

"热情的热情的，"母亲忙说，"不过可能很多年没见了吧。"

"那他到底……看他的样子，不像生病了呀？"

母亲点点头："是啊，我住进儿子家后，开始还担心，但他气色很好，也有力气，一大桶水说抬就抬……就是总待在书房里，不怎么出来。住了几天，我就放心了，铁柱尽是瞎说，从小嘴巴就没把门的。"

车子驶上主道，两旁路灯撑开了一团团光晕，光晕中雪花飞舞。吴璜操控车子，撞进光晕中，车旁带起了两道气流，落雪在空中打着旋儿。

街上人少车稀，路途畅通，吴璜不用把全部注意力放在开车上，又问："您在北京住得怎么样？"

"不习惯啊，"母亲大概暖和起来了，挪了挪身子，"你说你们城里人，过得跟我们真的太不一样。就你这个脑……脑控车吧，人人都有，戴上头盔就能开车。还有机器人，也能被脑袋指挥，你要是不想出门，头盔一戴，机器人能代替你出去，见人啊说话啊，还能打球！"

吴璜点头，母亲说的脑控机器人，也是疆域公司新出的产品，对于只想宅在家里的人，无疑是天大的福音。上次她出去跟朋友聚餐，五个人里，其中三个不想出门，就派脑控机器人过来。一张饭桌上，两个真人，三个机器人，相谈甚欢。机器人不用进食，聊完后，它们还在远程脑控下，打包了一份饭菜，带回去给主人吃。听说除了脑控模式，机器人还有自动跟随功能，能永远陪在主人身边。当时吴璜特别羡慕，打算还完车贷后，也去买一个。

母亲没有留意到吴璜的走神，还在絮絮叨叨："……家里做饭啊打扫啊，一个念头，电器就把饭煮好了，我还没回过神，屋子里就干干净净了。我看除了吃饭和上厕所，这里啊，"她点了点自己的太阳穴，"能把所有事情都做完。你说，还要手脚做什么？"

"这不是更方便了嘛。"吴璜赧然道。

"方便是方便，就是有点……"母亲试图组织词汇，最后放弃了，"说不好，就是看上去变好了，但总觉得怪怪的。"

她大概是想说过度安逸的日子会让人变得惰性。吴璜想，这个观点也有很多人提出过，但时代就是这样，科技发展，人就得适应。

"您肯定不太适应吧？"她问。

母亲点头如捣蒜，"那还用说。我打算劝儿子回去，但他不答应，我就住了几天。出去太乱，又没熟人，太无聊了。哦对了，儿子养了只猫，叫豆豆，本来我还想逗猫玩，但这城里的猫也不一样，又懒又不热情，每天就是趴在阳台上，叫它它也不应。唉哟这日子，跟坐牢似的。"

"他不陪你吗？"

"他忙啊，每天都在书房里工作。我心疼，就亲手做饭，小炒辣鸡，鱼炖萝卜，都是他小时候爱吃的菜。你说机器做的，还能有人做的好吃？饭好了之后，他就端进去吃，每次都吃得干干净净。"

她们聊天的时候，儿子端坐一旁，表情纹丝不动，似乎她们谈论的是另一个人。

这时，母亲的语气低了些，说："不过我除了做饭，也就没别的用处了，他工作的那些事情，我看都看不懂，更别说帮忙。每天他忙的时候，我就在小区里面转。小区的环境还真不错，我们是住在一楼，他还在楼下停车场角落里，租了一间地下室。"

汽车停在路口，对面红灯闪烁。吴璜看着跳动的数字，随口问道："里面是放杂货的吗？"

"不知道，"母亲说，"他不让我进去。"

宋秀云站在地下室的门口，非常犹豫。停车场的灯斜照下来，她的左脸被灯光照着，光线在皱纹的沟壑里游弋，她的右脸沉在阴影里。这让她的表情看起来十分纠结，一如她的内心。

进去，还是不进去呢？

她来这里看儿子，已经快十天了。李川家里的格局她都熟悉了，但唯独这间地下室她不能进，一问起，李川就说地下室是他专门用来放废旧作品的地方，是隐私，不能进。

隐私……宋秀云在农村待了一辈子，不太理解隐私这个词。在老家，大家沿着山脚修房子，家家户户离得很近，去串门时从来不敲门。但这里是城市，宋秀云时刻提醒自己，城里人截然不同，他们修建高得一眼望不到顶的楼房，把自己关在钢铁隔出的空间里，戴上头盔就能完成所有事情，甚至不用说话。儿子现在也是城里人了，而且还算艺术家，他说隐私，那就是隐私吧。他说不能进，那就不能进吧。

这么想着，宋秀云收敛了自己的好奇心，不过她还是走上前，敲了敲地下室的门。敲门声在走廊轻轻回荡。许久没有回应，她便转身离开。

将逝的斜阳里，黑猫豆豆从阳台上站起来，抖了抖毛，身体弓直，似乎在伸懒腰。它转头看了眼宋秀云，眼睛里一片漠然，跳下阳台，慢吞吞走进房间。

啧啧……宋秀云心里咕哝着，这城里的猫，不捉老鼠就算了，还不亲人，冷冰冰的，一天到晚不是睡觉就是晒太阳，或者一边睡觉一边晒太阳。她才来不久，豆豆不搭理她，这好理解。但她觉得奇怪的是，豆豆连养了它六年多的李川也不愿意亲近。有一次李川给它喂猫粮时，想去摸它的头，它却警觉地闪开了，直到李川退后了才踱到食盘旁。

"唉，城里的猫……"她又咕哝了一句。

进了屋，李川正在书房里看书，房间里面一片幽暗。她把带来的葵瓜子放在果盘里，推开门，突然意识到什么，又敲了敲门。

"你都把门打开了，敲门还有什么用？"李川把书放下。

宋秀云讪讪地说："没想起来……下次一定先敲门。"她讨好似的端起果盘，放在李川的书桌上，"这是我炒的瓜子，小时候你最爱吃，来，你边看书边吃。"

李川看了眼果盘，没有理会，抬头道："还有，告诉你了，别靠近地下室。这很重要，麻烦你尊重我的隐私！"

宋秀云一愣道："你怎么知……好好，我不去了不去了。"

见她一脸惶恐的神色，李川语气缓和了些，问："有什么事吗？"

"快过年了，你这家里什么都没有，不像是过年的样子。我想着，明天天气好，一起去买点年货吧。"

李川皱着眉头，"你不是过两天就要走了吗？又不留在这里过年，买什么年货。"

"但你要过年啊，要不……"宋秀云顿了一下，看着眼前这个人——自己的儿子，声音里带着一点点乞求和讨好，"要不你跟妈一起回家过年吧。你都七年没回过家了，你还记得你外甥吗，他现在都长大了，可壮呢！还有……"

"你别说了，我不会回去的！"

宋秀云顿时停止说话，但眼中的乞求更浓，在幽暗的光线里像两汪深沉的潭。

"我走的时候就说过了，这辈子不会再回去！你以后别提这个事情了！"

宋秀云咕哝了一句什么，然后按开灯，屋子里顿时涌出明亮温和的光线。"敞亮点儿才好看书。"说完，她转身走出去。

李川继续看书，但拿起书又放下了。"等一下，"他也犹豫了一下，"明天去趟商场吧，但是别太早，我还要睡懒觉，也别太久，我还要工作。"

宋秀云听了这话，重重地点头，似是得了奖励，却不敢再说多话打扰他，退出书房。屋里的家居系统她至今没有摸熟，而此时天已黑，阳台外一片空荡荡黑森森。她摸索了一下，没有找到灯的开关——宋秀云素来有眼疾，视野非常狭窄，而且随着年龄愈加狭窄，光线幽暗时就更看不清。她只记得儿子房间的灯。她想了想，开口说："给开灯。"

屋子里幽暗如常。

"请开灯。"

柔和的光线一刹那充盈了整个客厅，墙壁也发出幽幽荧光，正对玄关的一整面墙壁都成了显示屏，一个憨态可掬的机器人形象出现了。宋秀云记得儿子解释过，这是智能家居，她搞不懂，但墙壁上面显示这样一个东西，还是让她感觉很别扭。

"你在这墙里面，会舒服吗？不憋得慌？"

机器人做出沉吟的样子，然后咧开一个笑容，说："壁面屏就是我的家啊，就像这间屋子是你的家一样。"

"我的家不在这里，离这里很远呢，你听说过红安村吗？"

壁面屏上立刻显示出一幅地图，上面标注了二十几个红点。"这是所有叫红安村的地方，哪个是你的家呢？"

宋秀云凑过去，一个一个看，喃喃道："这些我分不清呢。我家在西边。有一条河，叫观音寺河，哦，在我们这个村子叫观音寺河，因为有一座观音庙。但这条河流过村子，在别的地方，就有别的名字……"她絮絮叨叨地说着，随着她的话音，地图上的光点一个个消失，最终只剩下一个红点。随后这个红点所在地方被放大，成了卫星扫描的三维图，沿着一条山脉，一间间平房排列着，除了山和房子，四周都是高高低低的田野。此时已经是深冬，麦子全都收割了，田野里只留下一茬茬麦秸。

"是这里，看，这就是我家。"宋秀云指着地图上的一间房子，这是典型的山区建筑，小平房依山而建，因年代久远，墙壁有些斑驳。

"是啊，很美的地方。"机器人附和道。

宋秀云痴痴地看着地图，过了很久，突然说："马上就到种油菜的时候了……"这句话说完，她微不可闻地叹了口气，走向自己的房间。机器人调低了墙壁亮度，跟着宋秀云在壁面屏上行走，但当她走进卧室时，它就停下来了。客厅也暗了下来。

第二天上午，他们出门去商场。宋秀云心疼钱，便打算坐地铁，但快走到安检门口时，李川突然站住了，说："地铁人多，我们还是去打车吧。"

"来都来了，这几天人不多的。"宋秀云说，"省着点吧，你挣钱也不容易。"

但李川不由分说，转身向地铁出口走去。宋秀云只得跟上。

他们打车到了商场，买完年货就是中午了，正值饭点。宋秀云小心翼翼地说："现在回家，再做完饭就是下午了，不如我们就在这里吃吧。你天天吃我做的，换换口味也好。"

儿子却摇头说："还是回家去吃吧。"

"该省的省，不该省的就花嘛。没事的，我也带了钱，我请你吃。"

李川沉默了一下，然后说："我还是想吃你做的，小炒辣子鸡。"

"做得也没那么好吃……"宋秀云虽然客气着，但很明显地高兴起来了，"那我们回家！"

刚要出商场门时，迎面走来两个挽着手的男人。其中一个打扮前卫，一身银白金属风格的皮衣，最引人注目的还是他的头发，居然在不时变换颜色。

李川突然站住了，拉着宋秀云，转身要往另一个门出去。

但那个头发变色的男人已经看见他了，脱口道："阿川？"

"好巧啊，"李川勉强笑笑，"在这里看见你……们。"

男人似乎有些尴尬，松开了挽着另一个男人的手，头发也逐渐变成暗灰色，说："我听说你……"

"我很好！"李川打断他。

男人转头看着宋秀云，愣了一下说："是阿姨？阿姨好，很多年没见了。"

宋秀云盯着他，回忆了很久，突然一拍脑袋说："是你啊。哎呀，好久没见了，我来看李川。你们……"

男人的表情有些哀戚，头发也随之变成了蓝色。但在他说话之前，李川抢着说道："我们有事，就先走了。你们慢慢逛。"说完就拉着宋秀云离开了，那男人在背后喊了几声，他也没回头。

回家后，李川一直脸色铁青，沉默地坐在书房座椅上。屋子没开灯，书架的阴影遮蔽了他。

"阿川啊，"宋秀云站在一旁，欲言又止，"有什么事情，可以跟妈……"说到这里，她才意识到，其实儿子的很多事情，她并不懂，于是也沉默了。

她转头看向窗外，外面是一个她全然陌生的世界。到处都是看不到顶的高楼，高楼被街道切分，每条道路上都布满了汽车，连半空中都布设了悬浮轨道。她努力仰着头，视线穿过重重建筑看到了天空，但天空都是灰色的，是钢铁的颜色。

"儿子，要不，我们回……"

她的话没说完，因为李川突然斜倒在她怀里，像又变成了很多年前的那个孩童。唯一不同的是，这一次，儿子失去了意识。

母亲暂停了述说，车里一下子寂静无声。雪越下越大，在风里翻卷，每一片雪花都被车灯染上了朦胧的昏黄色。

"那，"吴璜沉吟了一下，想问那个男人跟儿子是什么关系，但想了想，说，"商场遇到的那个男人，您以前见过，是吗？"

"是的，七年前，我儿子回家过年，特意把他带回来了。"

这跟吴璜猜想的一样。她点点头，没有说话。

"当时我们以为他只是带一个城里朋友回老家来玩，来看个新鲜，看看农村人是怎么过年的。"母亲接着说，"我们当然很高兴，把家里平时舍不得吃的舍不得喝的，都拿出来了。他估计不习惯我们那里的生活，但总也还开心，直到……"

母亲看了眼儿子，儿子依旧微微含笑，拉起母亲的手，说："别担心，妈妈，别担心。"

母亲点点头，抹了一下眼角，然后说："直到过年前一天，儿子跟我说了。我们没有见过世面，不知道外面已经变了，当时，我跟他吵了很久，让他把他的……把他的朋友赶走。但儿子已经有自己的主意，不再像小时候一样听我的话，就在当晚，他们连夜走了。那年过年，只有我一个人，后来的七年，每年过年也都是我一个人。"

吴璜不知道怎么安慰，想了半天，说："都过去了，您看，您儿子今年这不是回来陪您过年了吗？"

"是啊，都过去了……"

"那他昏倒过去之后呢，"吴璜想起来，"送医院了吗？"

"没有。"

宋秀云抱着昏迷的儿子，觉得他格外重，她用冷水拍他的脸，拍了好久都不见醒来。她感觉自己身体里的血都快凉下去了。这时，她想起了那个住在墙壁里的机器人，儿子说过，一切事情都可以吩咐它来做。

"给开……请开灯！"她喊道。

书房的灯应声而开，墙壁屏幕上浮现了机器人的形象，说："请问您有什么吩咐吗？"

"我儿子昏倒了，你赶紧给医院打电话。"

"不用担心。主人设置过，出现任何问题后，会自动呼叫费列曼医生。"机器人说，"费列曼医生已经在过来的路上了，他是主人的家庭医生，也是最好的朋友。"

"那我现在怎么办？"

"看着就行。"

"你是说，我儿子昏倒在地上，我现在就光看着，什么都不做？"

机器人露出笑脸说："您要是觉得无聊，我可以放电视剧给您看。"

宋秀云骂道："你是缺心眼吗！"

"这不是傻，这是被人类称之为幽默感的高级情感。"

正在宋秀云着急而又束手无策的时候，门铃响了，壁面屏提示来者为费列曼医生，属于可信任级别，屋门自动打开。

费列曼医生是个矮胖的美国中年男人，头发稀疏，一身衣服既传统又怪异，运动裤加夹克。他进书房后，先是用英文跟宋秀云讲了一通，还没讲完就看到宋秀云一脸茫然，于是用蹩脚的汉语道："是宋女士吧，李川先生经常提起你，正如他所说，你果然体现了中华传统的美感。我喜欢你的头发，这种灰白掺杂的染发技术很罕见，比外面那些跟着心情变颜色的头发高级多了，哦不对，这只是因为衰老而产生的白头发……总之请放心，你儿子没事的，你等等就好。"

让宋秀云惊讶的是，讲完这句话，费列曼医生就转身离开了。走到门口，他回头看见书桌上摆着的葵瓜子，又走回来抓了一把，说道："中国美食！"然后就离开书房，走过客厅，出门不见了。

宋秀云过了好一会儿才反应过来，呆滞地对机器人说："这也是幽默感吗？"

机器人沉默。

所幸这位医生虽然疯疯癫癫，说的话却是真的，不一会儿，李川就悠悠转醒。

"儿子你怎么了？要不要紧，要不要送医院？"

"没事。"李川站起来，揉揉太阳穴，"可能是最近太累了。"

正如李川所说，接下来的几天，这种突然昏厥的情况再没有发生。只是他把自己关在书房里的时间更长了，但宋秀云只要一敲门，门后总会响起儿子的声音："妈，我没事。"

慢慢地，宋秀云也就不再担心了。之前的昏迷，可能是因为在商场里受了刺激，年轻人的事情，她也不是很懂。

"不过，儿子啊，"她坐在书房门外，犹豫道，"等过完年，你就三十三了，是不是……也可以考虑一下成家了？"

李川在书房里沉默，许久才说："为什么人一定要成家？"

"每个人都要成家啊，"宋秀云一愣，"都要结婚生子……"

"然后像你一样？"

宋秀云的手一下子僵硬了。她知道儿子在说什么——她的丈夫十几年前外出打工，除了每年汇钱回家，就再也没有音讯。她的婚姻并非出于爱情，很仓促，结局也很不幸。

"对不起。"李川闷闷地说。

她想了想，说："我说不了那些大道理，我自己也不是什么榜样。但人应该有人陪着，不然一个人整天在家，尤其是老了之后，到了我这个年纪，一个人会很……孤独吧。"

"那是以前，生活不方便，也没有网络。现在不一样了，网上到处是朋友，家里也有机器人。就算年纪大了，也不会无聊。现在很多夫妻丁克，还有人选择独居，这都是新的生活方式！妈妈，你不懂，也不要把你的想法加到我身上！"

宋秀云听得一愣一愣。她确实不懂儿子说的情况，只能说："可能你说的是对的吧。但妈妈心里还是想，你生病或者不高兴的时候，身边有人能够照顾你，抱抱你……"她停了一下，声音有些发堵，"就像小时候那样。"

这一次，书房里的沉默持续了很久。

"妈妈，我还有你。"李川的声音隐隐约约，"你可以抱我。"

吴璜从床上坐起来，视线穿过头盔的缝隙，看了看紧闭的屋门。不知道她妈妈是不是还坐在客厅里，给自己织毛衣。她劝过妈妈很多次，织的毛衣款式太旧，她不会穿的，放在衣柜里都发霉了。但妈妈每次都答应得好好的，转过头又继续织。

她又看向衣柜，第一次觉得那些毛衣还挺好看的。

头盔视界里，一辆车突然从拐角里转出来。她连忙把注意力放回驾驶上，一个急转，躲开了对面的车。

车里的母子晃了下，母亲一手扶住前面座椅，一手抓住儿子。儿子轻轻说："别担心，妈妈。"

"对不起对不起……"吴璜连忙道歉。

"没事。"

车继续往前开。路过了吴璜所住的小区，但她没有停，一路驶向汽车西站。

那天过后，母子关系缓和了许多。宋秀云宽慰不已，也看到了儿子确实没有生病，便打算过完年就回家。

她不太好打扰儿子工作，在家又闲得无聊，每天打扫完，就出门活动活动身子。小区门口还有跳广场舞的，大都是跟她年纪差不多的大妈们，也掺杂有机器人。她性子怯，在一旁看着也过瘾，到了跳舞结束才回屋做饭。

这一天晚上风大，跳舞的人很早就散了，宋秀云也往家里回。推开门，却愣住了——李川正坐在沙发上，怀里抱着黑猫豆豆。豆豆一改平时的冷漠，格外亲昵，一边喵喵叫着，一边用头蹭着儿子的下巴。

"咦，它今天怎么……"她话没说完，看着儿子，脸上的笑容凝固了，"你脸色怎么这么差？"

的确，李川脸上清瘦，嘴唇泛白，眼睛里格外萎靡，倒是跟铁柱描述的一样。但她明明记得晚上出门时，还去书房里看了一眼，儿子气色很好，一如往常啊。

"你回来这么早？"李川挣扎着坐起来，放下豆豆，往书房里走去。

宋秀云追上两步，说："你是不是感冒了呀？要不要叫那个费……费医生？"

"没事，"李川拉开书房门，犹豫了一下，"就是拉肚子，休息休息就好了。"说完匆匆走了进去，关上房门。

宋秀云刚要点头，但这一瞬间，透过即将合上的门缝，她看到书房阴暗的角落里，还站着一个人影，非常模糊。正要细看，书房门已经关上了。

吴璜开着车，隐隐觉得哪里有些不对。她切换了摄像头视角，仔细看着儿子，儿子似有察觉，抬起头，微笑着与她对视。

"这个，"她干咳一声，移开目光，"阿姨您不是打算年后回家吗，怎么现在就带着儿子回来啦？"

"过年嘛，还是在老家过好啊。"

"那他年后什么时候回北京？现在工作压力这么大，在家里也待不了多久吧。"

母亲呵呵一笑说："儿子以后就在老家啦！他把房子卖了，以后就不出去了，反正老家很快也会有网络。在家里一样热闹的。"

吴璜看着儿子，心里"咯噔"一声。

过小年这天，宋秀云正忙着张罗家里，李川突然说："妈，我要出个差，出门几天。这几天你先在家，等我回来。"

宋秀云疑惑地说："你不是在家里办公吗？这又是年关，怎么还出差？"

"公司有事，而且外国人又不过年。"

"那他们多可怜啊……"宋秀云讪讪地说，"那还是工作重要。"她坐下来，有点闷闷不乐。儿子在一旁看着。过了一会儿，她点点头说："工作重要。那你什么时候回来，过年能回来吗？"

"应该可以。"说完，李川收拾了一些行李，往家里四周看了看，似乎有些舍不得。

宋秀云连忙说："反正就是几天，妈就在家，家里我帮你看着。"

李川的目光挪到母亲脸上，静静地看着。这个眼神让宋秀云有些奇怪，她正要说话，李川突然上前一步，抱住了她的肩膀。

"怎么了？"宋秀云有些别扭，轻轻挣扎了一下，然后安静地站在儿子的怀抱里。

李川没有动。

这样过了一会儿，宋秀云突然说："你长高了啊，比我高很多，比你爸也高……"她喋喋不休地说着，掩饰着心里的喜悦和不自然，"别抱了，又不是小孩子了。"

李川松开手，说："我先走了，等我回来。"

"我送你吧。"

"不用了，你就在家，等我回来过年。"

李川提起行李，走出屋子。黑猫站在阳台上，伸长脖子，看了一会儿又懒懒地躺下。屋子里静悄悄的，宋秀云心里有些不安，走来走去，最后站在阳台前,看到林立的高楼。钢铁丛林间，已经看不见她的儿子了。

第二天，宋秀云坐立不安，干脆打扫起卫生——即使屋子里已经很干净了。她想起儿子还租了地下室，那里没有机器打扫，便兴冲冲地提着扫帚来地下室门口，把积灰和一些细小垃圾清理干净。

扫帚掠过，从门缝里带出几个瓜子壳。侧面灰白，中间黑色，很熟悉——正是她带过来的葵瓜子。

她想起给儿子书房里放着那一盘瓜子，儿子一直没吃。唯一有人吃的那次，是费列曼医生来家里时，从果盘里抓了点儿。

但费列曼医生随后不是离开家了吗，怎么会来到地下室？

宋秀云百思不解，索性继续打扫，把垃圾扫进金属簸箕里后，提到楼下垃圾池，倒了进去。

垃圾池旁边有个保洁阿姨，正在弯腰翻拣，打开垃圾袋，把能回收卖钱的扔在一边。她正打开的垃圾袋有些眼熟，宋秀云眯眼看着，发现那正是自家的垃圾袋。袋子有紫色提环，很好辨认。

"大过年的，你辛苦呐。"宋秀云冲保洁阿姨寒暄了下。

"谈不上辛苦，也挣不到钱，就是看不得浪费。"保洁阿姨抬头冲她笑了笑，"您看现在的人，明明能省着，却都给扔掉。您看看，这家人最浪费，"她把垃圾袋的东西倒出来，一股馊味弥漫，"每天都有很多没吃完的饭菜，直接就给扔了。瞧，这是昨天扔的，大米饭，小炒辣鸡，鱼炖萝卜，都臭了。您说，既然顿顿都吃不完，干吗做这么多？"

宋秀云呆在原地，昨天李川走前，她做的正是这两道菜，还给儿子端到了书房里。她看着污水横流的饭菜，分量跟她端的一模一样——儿子一点都没吃？

她又想起保洁阿姨的话，喃喃地问："你是说，每天都扔掉了这么多？"

"是每顿。"阿姨低着头，边忙活边说，"每天早中晚三顿，都扔在垃圾袋里，瞧瞧，刚好一个人的饭量，我出生那会儿，要这么浪费，可是要坐牢的啊……"

宋秀云已经听不见阿姨在说什么了，失魂落魄地往家里走，进了家门才反应过来，连忙给儿子打电话。

无人接听。

"喵……"一声猫叫，却是黑猫豆豆从阳台外跳进来，叫了一声，懒洋洋地卧在沙发上。它转过头，看了宋秀云一眼，眼神一如既往地冷漠。

宋秀云脑中却猛地划过几天前它趴在儿子怀里的情形。那时，它的眼神不再警惕，跟儿子格外亲昵；儿子的脸色却罕见地惨白。

一阵不祥如冬风般掠过她的身体。她打了个寒战，继续给儿子打电话，但死活打不通。她一咬牙，从家里翻出榔头，拎着来到地下室，"当啷"一声，把门锁给砸开了。

借着停车场斜照进来的灯光，她探身进去，看到里面摆放着复杂的器械，地上线路横七竖八，落脚也难。桌上还摆着一个头盔。她往前走了两步，突然"哎呀"一声，吓得够呛——地下室角落里，躺着一个人影。

环境幽暗，宋秀云一时看不清，摸到墙边，按开了灯。炽亮的光一下子撕开黑暗。她看清了那个人影，她的心跳突然慢了半拍。

那是她的儿子，正闭眼斜躺在墙角，一动不动。她把手伸过去，李川遍体冰凉，鼻下没有呼吸。

吴璜已经猜到大概了，没有作声。

车子驶出小城，窗外一片漆黑，只有车灯照着前方。灯光的尽头，已经隐隐可以看到汽车西站的轮廓，如一只衰老的巨兽，在黑暗里盘踞着，无声地喘息。冬雪依旧簌簌落下。

很快就要送到了。这个夜晚实在太长，吴璜想，这单结束了就回家吧。

"后来呢？"她沉默了一会儿，问道。

"还是被你发现了，果然是伟大而聪明的东方女性！"

说这句话的，是费列曼医生。显然，地下室被砸开的同时，家里的门禁系统优先将消息发给了他。

"我儿子怎么了？"宋秀云浑身筛糠似的颤抖。

费列曼医生深吸一口烟，表情逐渐严肃，说道："李川先生生病了，很重的病，因为长年累月的辛苦工作。但你放心，地上这个人，并不是你真正的儿子。"他把地上的人翻过来，拉开后衣领，只见脖子往下，赫然有两个黑洞洞的插口，以及一个条形码。

"这是？"

"脑控机器人。"

宋秀云凑到机器人跟前，睁大眼睛，越看越觉得这侧脸跟儿子一模一样；她想把它再翻过来，看看正面，却发现机器人重得异乎寻常。她这才放心——这么重，确实是机器人了。

"这个机器人是按照李川先生的身体模板来制作的，自带体温，瞳孔也能收缩，凝聚了疆域公司的最新技术，仿真度接近百分之百。当然，真人模样的仿生机器人在伦理和法律上还有一些问题要解决，所以这只是内部测试版。"费列曼解释道，"他知道你要来，不想让你看到他生病的模样，所以他平时都是待在地下室里，用头盔操控机器人跟你相处。但他还是怕你发现，所以绝大多数时候让机器人躲在书房。那天他操控机器人跟你一起去商场，遇到了……咳咳，太过激动，晕倒在了地下室，房子里的机器人没人操控，也跟着晕倒了。"

宋秀云恍然道："原来是这样……"这一瞬间，她明白了很多事情。儿子把饭菜倒掉，是因为机器人不需要食物，他不愿意坐地铁，恐怕也是担心安检的时候露馅。

"尽管他嘴上不说，但实际上，他很在乎你。"

"那我儿子现在在哪里？"

费列曼医生说："在医院，正在动手术。手术成功的话，他很快就能回来了，再也用不着这个脑控机器人了。不过手术还是有风险，希望上帝保佑他。"

"我要去看他！"

费列曼微微弯腰说："我带你去。"

宋秀云又看了眼地上的机器人，忍不住问："那这个儿……这个机器人怎么办呢？"

"既然被你发现，它当然是要被回收了。上市之前，它还要再完善。"

"回收是什么意思？"

费列曼解释道："就是重新拆解，把芯片拿出来，数据导进电脑里。"

"那……那你们轻点儿。"

在去医院的路上，宋秀云攥紧了拳头。原来跟自己相处的，是儿子的替身，而他一直躲在幽暗逼仄的地下室里，即使拥抱，也是用机器人的臂膀。她那天站在地下室门口，敲了下门，儿子在里面，通过摄像头看到了她。他们只隔着一道门，一个在光亮中，一个在黑暗里，如果她推门而进，就能看到儿子，但她最终还是转身离开。想到这里，她鼻子一酸，眼圈红了，怕被费列曼医生看到，连忙别过头。

那个起风的晚上，她提前回到家，看到的脸色苍白神情委顿的儿子，应该是真人。李川以为她会看广场舞看到很晚，才从地下室里回到家中，却被她撞见了。所以那天，一直警惕而疏离的黑猫豆豆，才会趴在他怀里——这是它真正的主人。

见宋秀云表情凄苦，费列曼医生想劝慰，但嘴唇动了动，最终什么话都没说。

到了医院，他们来到重病室。医生说李川正在里面接受手术，不能探视，挡住了宋秀云。她站在手术室外，隔着蓝色帘布，只能在玻璃上看到自己的倒影。

"手术完就能好吧？"她拉着医生，哽咽着说。

"不好说。虽然科技这么发达了，但这种病一直没有被攻克……"医生斟酌着说道，看了眼费列曼，又说，"不过你放心，先回家吧。我们尽力而为，手术成功的概率还是很大的！"

一墙之隔，就是正在做手术的儿子，宋秀云无论如何也不肯离开这里。她坐在长廊上，盯着手术室的窗子，眼睛都不敢眨。

走廊里灯光明亮，她觉得有些冷，缩了缩脖子。一个护士瞧她可怜，给她送了条毯子过来。她紧紧捂住毛毯，一直等到深夜。手术还没有结束，医生进进出出，额头上都带着汗，但她怕打扰医生，忍着没有去问。

后来，这个年近六十的妇女实在熬不住，眼皮阖上，就这么坐着睡着了。

她做了一个漫长的梦。梦里她还年轻，儿子也只是一个赤着脚奔跑的小男孩。她在田里耕作，抬起头，看到儿子跌跌撞撞地跑过田野，嘴里叫着"妈妈妈妈"，跑向自己。在儿子身后，群山巍峨又静默，山的另一边是城市和大海，儿子以后终将离开她，去向那个全新的世界。她感到骄傲，又有些失落，放下农具蹲下来，抱住了儿子。她抱得很紧，对她来说，抱住儿子就是抱住了整个世界。

"宋女士，醒一醒……"有人轻轻地推了推宋秀云的肩膀。

她醒过来，揉揉眼睛，看到了费列曼医生的脸，还有其他医生和护士。她一个激灵，睡意全消，问道："手术结束了吗？他怎么样了？"

费列曼医生握着她的手，表情夸张："恭喜你，手术非常成功！"

"我儿子没事了？"她有些不敢相信，又看向其他医生和护士，但他们转过头去，不与她对视。

"完全好了！以后就是完全健康的人，而且经过这个事情，他决定辞职离开北京，跟你回家，以后都陪着你。"围着她的人群里，只有费列曼医生一脸欣喜，说得很快，跟连珠炮似的，"你放心，他这些年挣的钱足够你们用很久，房子也卖了，手续我来完成。以后每年我会去一趟你们老家，看看你们。还有，你放心，我会领养豆豆的……"

这一连串话里太多信息，像是轰炸机一样在宋秀云脑子里轮番丢下炸弹。她有些晕乎，正要说话，这时手术室的门打开，儿子走了出来。

费列曼医生的话顿时格外遥远，她挤开围在身边的人，过去抓住了儿子的肩膀。温热的触感让她的心一下子定下来，也让她的泪水涌出。那些浑浊的液体划过脸颊，落到地上。

李川轻轻擦拭母亲眼角的泪痕，微笑着，语气缓慢而温柔地说："别担心，妈妈，别担心。"

"嗯嗯，不担心了。"她拉起儿子的手，"回家吧，跟妈妈回家过年。"

"所以我们就回来了，"母亲长长地舒了口气，"明天就是除夕夜，我们还来得及回家。"

"嗯，"吴璜心里有些乱，"过年还是在家里好。"

母亲结束了述说，儿子依旧沉默，车厢里一点声音也没有。吴璜不知该说什么，一时有些尴尬，好在目的地已经到了，她把车停在西站门口。

"才刚过十点，进去还能买得到票。"

母亲点点头，道了声谢，便带着儿子下了车。

雪花从车门外飘进来，落在座椅上，又融化成斑驳湿痕。这明明是脑控头盔在吴璜眼前投影出来的景象，但那雪花仿佛穿过了镜头，落在她的眼睛上。她下意识摸了摸眼角，手指微微湿润。

车外，这对母子已经走远了。吴璜将视野切换到车灯旁的摄像头，只能远远看到他们的背影。母亲背着大包，有些佝偻，儿子低着头，不紧不慢地跟在她旁边。雪地里，两行脚印迤逦延伸，很快又被新雪遮住。

吴璜看着儿子的背影，心里一动，想到了什么。她让摄像头对准儿子的脖颈，调整精度，白皙的脖子在她视野里不断放大，雪花也变得更大更透明。她看到儿子后衣领下面，有两团黑色阴影，但隐隐约约，看不真切。她继续调节摄像头，想再放大一些，但调着调着，她又停下了。

这样就很好了，她想。

那对母子已经进站，落雪渐渐掩埋脚印，一切仿佛没有发生过。吴璜给汽车开启自动回家模式，摘下头盔，深深吸了口气。

"妈？"她打开房门，看到她妈坐在沙发上，戴着眼镜，手上针线缠绕，果然是在织毛衣。

妈妈抬起头，手上依旧没停，问："怎么了？"

"我饿了。"吴璜说。

阿波那玛雅里的烟火

文/张 冉

"把果子吃掉。"爸爸停下脚步，说。透过孔雀豆树叶的缝隙，阿波看到喷吐着深红色云雾的皮纳图博被朝阳照亮，这是山神发怒以来他们第一次下山——也许是最后一次。

阿波·奎诺张开拳头，犹豫地瞧着掌心的四颗野橄榄。

"吃掉。"爸爸重复，不耐烦地摇晃身体。

阿波向四周发出享用美食的邀请，确认没有其他人存在，慢慢地吃掉果子。在下山的路上她找到一棵橄榄树，爸爸要她感谢山神阿波那玛雅里的赐予，许诺将种子播撒在别处，然后替她摘下十五颗绿橄榄。果子酸甜可口，但阿波吃不下全部，她想偷偷带回去给妈妈。

"把高地水果带到低地，你会变成瘸子，直至死去。"爸爸说，"每个阿埃塔人都知道，蠢货。"

阿波将橄榄种子埋进土壤，爸爸用弓拨开杂草走在前面，她快步赶上去。奎诺是住在皮纳图博山东面最高处的部落，距离最近的阿埃塔村子有两个小时路程，他们很少下山，除非去山下的萨庞巴图村用猴子皮跟低地人交换盐巴、箭头和布料。

"奎诺有八条河流的统治者阿波那玛雅里守护，不需要什么天主和西班牙人。"爸爸常说。这些年来很多阿埃塔村民在低地人的帮助下盖起防雨的窝棚和砖瓦房，他们开始穿色彩鲜艳的化纤衣服，停止捕猎，将粗糙的木雕卖给游客换钱。这在奎诺部落眼里是种可悲的堕落，"阿波那玛雅里会生气的。他会派皮纳图博爷爷降下惩罚，给那些蠢货。"很多个晚上，在火把摇曳的光和充斥洞穴的蝙蝠粪味道里，爸爸一边整理弓弦，一边说，其他家庭的男人会随声附和。奎诺人的洞穴是他们引以为豪的财富，数百年来他们靠这个深不见底的洞穴躲避野兽、蚊虫和暴风雨，用爸爸的话说，他们借住在山神阿波那玛雅里的身体里面。

直到山神发怒的那天。

阿波记得那是月圆之后的第四个晚上，天气相当炎热，白天男人们猎到两条肥硕的碧塔塔瓦巨蜥，于是晚餐的炖菜变得非常丰盛。晚饭后，男人们聚集在一起高谈阔论，几只猎犬啃咬着巨蜥骨头，妈妈用火烤热石刀，继续阿波背上那副未完成的文身。粗糙的刀锋划破皮肤，阿波咬紧嘴唇，上一次文身的伤口刚刚结痂，现在是加固图案的最好时机，如此重复三次，图画就会烙印在皮肤深处，一生不会消失。

"你叫阿波，这是向阿波那玛雅里借来的名字。"妈妈说，将刀上的血珠甩向火塘，"山神哪，请闻一闻我们贡献的烟，保佑我们不被暴雨淋湿，降福于我们潮湿的双脚。"

"谢谢山神大人和皮纳图博爷爷。"阿波向火焰低下头。

这时低沉的轰鸣从岩石深处传来，几只狗儿同时竖起耳朵，有人说："是石头滚入溪谷了吗？水要是浑浊，明天就没法捕鱼了。"

"我在老鹰岩下面的树林看到很多猴子，我们可以去捉猴子。"另一个人说。

一阵来自地心的咕哝声过后，头顶某个地方忽然炸裂开来，猎犬们哀嚎着蹿出洞穴，天空轰隆隆地翻滚，无数蝙蝠从洞穴深处飞来，遮蔽了火把的光。阿波随人们踉踉跄跄冲向外面，看到高耸入云的皮纳图博山笼罩着一团血红色的云彩，那云像内脏一样蠕动着，散发出刺鼻的味道，月亮扭曲了，天空变成不认识的模样。

人们向山神下跪，就算部落最老的男人也没见过这幅景象。妈妈将阿波搂在怀中，告诉她不要害怕，这只是山神对低地人和改变信仰的阿埃塔人发怒而已，可阿波感到妈妈比自己颤抖得厉害。爸爸用额头触碰大地，不住称颂慷慨的阿波那玛雅里的名字，许诺用一个月的猴子肉、香蕉和米糠换取山神的怜悯，但高山以灼热的低鸣作为回应，用血色的云朵俯视着瑟瑟发抖的人群。

那天晚上没有人能安心入睡。当晨光照亮洞穴边缘的矮墙时，人们探头出去张望，山峦没有改变，天空也恢复了原样，只有一圈红色烟雾环绕着皮纳图博，像祭祀用的绣球花环。

奎诺部落在惴惴不安中开始一天的劳作，人们很快察觉到异样：野兽们在黎明前逃离了这片山丘，猴子、野猪和孔雀都不见了，连洞穴深处居住的蝙蝠都消失无踪；溪水中的鱼儿也变得稀少，熟练的猎人们空手而归。那些前往采摘的女人却惊奇地发现许多果树在一夜之间开花结果，只消花半天时间就装满了所有的篮子。

这是山神的愤怒所致，还是某种恩赐？夜晚到来，男人们点燃从低地人那里换来的卷烟，敬畏地讨论着阿波那玛雅里的旨意，可没人能得出答案。妈妈不再给阿波文身，她害怕是这个举动激怒了山神。吃完稻米、猴子肉干和甜瓜的晚餐，阿波背对大人们躺下来，用鼻尖触着冰凉的岩石。她的铺位在洞穴内侧，旁边的岩缝通往更深的地方，那是蝙蝠们的居所，奎诺人从不探索那片禁地。阿波不喜欢参与大人的讨论，不喜欢爸爸说话的方式，也不喜欢妈妈带给她的疼痛，她喜欢对着岩石自言自语，假装能听到阿波那玛雅里的回应。

从会说话以来，她自言自语了十年，这个夜晚，神迹发生了。

"山神哪，山神哪，你为什么生气呢？"

她说，用耳朵贴紧岩石。

"……你是谁？"

一个声音从岩石深处传来，阿波从没听见过那样深邃、低沉而空洞的声音。她猛然坐了起来，望着篝火中忽明忽暗的大人们的脊背："……妈妈，是你在说话吗？"

妈妈看她一眼："我在缝衣服，没有人对你说话，睡吧，阿波。"

阿波手抚怦怦跳动的胸膛，躺下来靠近山岩。"我是阿波啊，阿埃塔人奎诺部落的阿波，今年十四岁的阿波。"她悄声说，"是山神大人在说话吗？"

"……你能听到我吗？"声音透过花岗岩、透过山峰、透过阿波那玛雅里的身体传来。

"能的能的，我听到你。"阿波捂住嘴巴，"阿波一直一直对你说话，山神大人，你一直都能听到我吗？"

"……阿波。"声音似乎思考了一会儿，"……你在哪里？"

女孩回答："我在皮纳图博爷爷东面的山腰，四条溪水交汇的地方，奎诺部落的洞穴里面。"

"……我不知道那里。"声音显得迷惑，"我在靠近边界的地方，这里变得很冷，又很轻，我不知道该去哪里。"

"山神大人在生气吗？"阿波问，"因为低地人在砍伐树木，还有信天主的阿埃塔人不再对你祈祷……"

"我不生气，我感到害怕。"

"山神大人也会害怕吗？你在怕什么？"

"害怕被丢下。"

"被谁丢下？"

"被同伴。我睡了很久，醒来之后，同伴们都不见了。只剩我一个。"

"他们去了哪里？如果去狩猎的话，一定会回去的。"

"可是……"

地面震颤起来，皮纳图博打了个饱嗝，洞穴里的奎诺人齐声发出惊呼，来自地心的声音消失了。

"山神大人？"阿波双手在石头上拢一个圆圈，向里面轻声喊着，"山神大人，你还在吗？你要走了吗？"

慌乱的脚步和叹息声中，爸爸的一双大脚出现在阿波眼前。"你在做什么？"男人的声音叫嚷着，"不要打扰阿波那玛雅里，去睡觉！不乖的话，明天会被山上的石头砸中脑袋。"

阿波蜷起身子假装睡着："山神大人？"她向沉默的岩石不断呼喊，直至黎明到来。

几天后，爸爸决定下山一趟，除了为部落补充盐巴和卷烟之外，顺便去低地人那里打听皮纳图博的消息。阿波抱着爸爸的腿央求同行，她非常喜欢低地人的玩意儿，那些叫电视、汽车和可口可乐的东西实在棒极了。爸爸并不情愿，因为阿波的第一个哥哥在一次下山途中被眼镜王蛇袭击，没等送到镇子就死去了；第二个哥哥见识到山下的世界，再也不愿回来，被方德维拉修女收养定居在文明世界。"下山"对奎诺人来说，是个诅咒。

最终爸爸妥协了，因为他已经四十二岁，几乎是部落里年纪最大的男人，而阿波是他现在唯一的孩子。

他们花六个小时下山，在正午之前到达萨庞巴图村。看到那些红砖小屋和屋顶的卫星天线，爸爸深深地皱起眉头，他放下弓箭和长矛，整理好身上的披布，戴上护身符和耳饰。"我去修女那里打听消息，然后卖了这些猴子皮，你不要走远。"他说，"不要吃奇怪的东西，即使他们按照阿埃塔人的习惯招呼别人分享。记住了吗？"

"记住了。"阿波用力点头，她知道爸爸会先去看望那个被逐出家族的儿子。

他们踩着泥巴走进镇子，穿着花哨T恤的阿埃塔人在路边打招呼，爸爸昂着头并不理睬。几名游客举起相机，他用冷酷的眼神和口水加以警告："呸！别靠近我！"

"Mira aquí！"游客们大笑起来，挥舞手臂。

他们来到一间红砖屋子。"方德维拉修女！"爸爸站在门外喊，"奎诺人从皮纳图博爷爷那里来了。"

修女出现在门口，她是阿波见过最白的人，白得像满月时的月光。"我知道你来干什么。"五十岁的修女说，"来喝杯茶，我告诉你发生了什么。你好吗阿波？你的哥哥很好，他昨天坐车去伊巴市了，萨庞巴图村一半的人已经离开。"

"她没有哥哥。"爸爸板着脸，"我不喝茶。"

修女说："有几个阿埃塔部落也向低地转移了，你们也必须走。一周前，皮纳图博山开始出现红色烟雾，我向马尼拉政府报告了这件事，火山学家普诺巴耶博士带着调查小组登上山顶，一天之内测到200多次震动。听着，火山要爆发了，而且很快。政府的传令员正在去往通知每一个阿埃塔部落的路上。"

爸爸的眉毛抖动一下："皮纳图博爷爷不是火山。"

"它是座火山。"

"它从来没有爆发过。"

"五百年之内没有过，但不代表未来不会。"

爸爸大声说："阿波那玛雅里对两万阿埃塔人是仁慈的！"

"神爱世人。灾难会到来，但神会向依靠他的人发出应许，擦去他们一切的眼泪，不再有死亡，也不再有悲哀、哭号、疼痛。"修女回答，"我们应该勇敢面对苦难。"

"你的神，不是我的神。我们走！"爸爸向修女的长袍上吐了一口唾沫，怒气冲冲地离开教堂。他们离开村子踏上归程，阿波没能见到汽车、电视，更没能喝到可口可乐，她不敢开口同爸爸说话，她从没见过爸爸如此生气的模样。

直至再次见到那颗野橄榄树，爸爸才停下脚步，让气喘吁吁的阿波慢慢赶上来。"不许对任何人说起修女的话。"男人把猴子皮丢进树丛，对女儿严厉地说，"否则阿波那玛雅里会生气，明白吗？"

阿波噙着眼泪点头，其实她根本没搞懂发生了什么。

第二天下起了雨，一个身穿土黄色衣服的人来到洞穴门前，声称自己是马尼拉政府的传令员，爸爸带着几个男人用长矛赶走了他，说他的证件是伪造的。这一天，猎人没有取得任何收获，洞穴里储藏的稻米不多了，女人们忧心忡忡地摘回水果，这些奇怪的果子长得又甜又大，但纷纷在枝头腐烂，就像几天之内过完了整个雨季。

晚上，外面漆黑一片，雨点击打着香蕉树叶，大人们沉默地坐在火塘前抽烟。阿波再次对岩石说："山神大人，山神大人，你在吗？"

久违的答复出现了："你是谁？"

"我是奎诺的阿波啊。"女孩惊喜地捂住嘴巴，"你去哪里了？你还好吗？"

"我在向更冷更轻的地方前进。"声音说，"我分不清方向，可有一股力量推着我向那里去，我想伙伴们是用同样的方式离开的。"

"我听说，你要用'火山'来降下惩罚，是这样吗山神大人？"阿波忍不住问，"我们会死吗？其他阿埃塔人呢？那些低地人呢？"

声音停了一会儿。"我不懂。"它略显迷茫地回答，"我一直生活在这里，一个方向很热，很重，越靠近，四周就变得越黏稠，甚至坚硬；

而另一个方向很冷，很轻，若深入，会感觉失去束缚。有一层边界在冷的方向，我从未跃过那道边界，可伙伴们都消失了，我想他们去了边界另一边。"

"就像山下的世界一样，你要去的，是马尼拉吗？"阿波说，"我听说那里什么都有。"

"我不知道，我很孤独，也很害怕。"

"不要怕。"阿波张开手掌，用掌心温暖着岩石，"我和山神大人在一起。"

"就要到达边界了。我的方向是正确的吗？"

"爸爸说，阿波那玛雅里永远是正确的。"

地震开始了，洞穴顶部的蝙蝠粪如雨落下，地面裂开，喷出浑浊的泉水，奎诺人惊恐地抱起陶罐、藤篮和肉条离开洞穴，在夜色中瑟瑟发抖，爸爸用身体护着火种，在雨水中哭泣起来："八条河流的统治者，至高的阿波那玛雅里，你要抛弃我们了吗？你不再享用我们献上的烟火、水果和米糠了吗？你不再保佑我们的双脚不被雨水沾湿了吗？"

雨水浸湿了阿波的披布，背上的伤口疼痛起来，她跪在泥浆中尝试与山神沟通，可天摇地动，世界喧闹而寒冷，再也听不到一声答复。

朝阳终于再一次升起，地震停止了，疲惫的奎诺人惊讶地发现皮纳图博山恢复了平静，血红色的云雾消失了，可以清楚看到山顶反光的黑灰色岩石。爸爸吹亮奄奄一息的火种，点燃浸油的火把，向天空举起双臂。"阿波那玛雅里息怒了！"他用尽全身力气叫嚷，"山神原谅我们了！皮纳图博爷爷不会再喷火了！"

"阿波那玛雅里！"人们向皮纳图博跪拜，向山神跪拜，将仅剩的稻米和肉干撒向火焰，他们相信烟雾会将献祭送到神灵面前，因为火焰是沟通两个世界的通道。

狂欢过后，奎诺人整理洞穴，躺在柔软的稻草中香甜睡去。阿波倒在妈妈怀里睡着了，不知过了多久，一阵急促的语声将她吵醒，她坐起身来揉揉眼睛，发现天色已接近黄昏，多数奎诺人都没醒来，几个人站在洞穴外争吵，其中有那个穿黄色衣服的政府传令员，还有个穿着猎装的白人老头。

阿波慢慢走向外面，听到爸爸说："就算你是修女所说的什么博士，也不代表你所说的全都正确！"

男性白人用更大的音量回复："我是火山学家普诺巴耶博士，我再重复一遍，你们必须马上下山转移到安全地带，来自华盛顿的科学家已经到达马尼拉，他们认为皮纳图博火山喷发的规模不亚于1883年喀拉喀托火山爆发，那是历史上最具毁灭性的灾难之一，你们会死的！全部！"

"蠢货！你看！"爸爸冷笑，"皮纳图博爷爷已经不生气了！"

博士手指山峰："这种异常的寂静代表火山能量无法顺利释放，正在聚集起来，酝酿一场巨大的爆发，你闻到的这种臭味就是岩浆中二氧化硫的味道，这说明岩浆已经升上地表，随时可能喷发出来！"

"不要用你的脏手指着皮纳图博爷爷！"几名奎诺人同时大喊，爸爸挥动长矛击中博士的手背，老人惊呼一声后退几步。黄衣的传令员从怀里掏出手枪。"他们要攻击我们！"爸爸立刻发出战斗的呼号，许多刚刚醒来的猎人冲了出来，弯弓搭箭，淬毒的箭头在夕阳里闪闪发亮。

博士捂着左手摇头："没有时间了，还有两个阿埃塔部落等待拯救，放下枪，我们走，让直升机在萨庞巴图村待命，一旦华盛顿发出信号，就立刻撤离！"

黄衣人忍住愤怒收起左轮手枪，一名奎诺猎人松开弓弦，利箭贴着传令员的裤腿刺入地面。博士和传令员跌跌撞撞地跑下山坡，"噢！"奎诺人哄然大笑起来，发出胜利的呼叫。

阿波小声说："我听到山神大人的声音，他说要到边界那边去……"

没有人在意女孩说的话。爸爸在人群中央扬扬得意地嚷着："那个白人说地球是个球，里面是地核，外面是地皮，核又热又重，皮又软又轻，岩浆从底下往上走，喷出来变成火山，你们听，他连山神都不知道！他又哪里知道阿波那玛雅里用手托着一万座山峰，保持着整个世界的平衡……"

男人和女人附和着他，大声嘲笑着。阿波独自回到洞穴，倒在岩壁前，抚摸岩石，觉得石头不再冰冷，而是带着某种奇异的体温。

夜晚降临，又下起雨来，人们沉沉睡去，山神的声音终于出现。

"我到边界另一侧了。这里……很奇异。但这里还是同一个世界，我要走得更远。"

阿波脸颊紧贴石壁："你找到伙伴了吗？"

"没有，他们已经离开了。离开这个世界，到另外一个世界。"

"那你要怎么办？"

"我也要去那里。我们一直在睡眠，然后一个接一个醒来，我睡得太久，所以忘了回家的路。现在，我想我明白了。"

"去另一个世界……你害怕吗？"

"怕得不得了，因为路上要花去很久的时间，我会长久地孤独下去。我怕再次醒来的时候，还是孤单一个。"

"你可以跟我说话。"

"如果……可以的话。"

"当然可以。"

他们聊了很久。

他们没有任何相同之处，却心灵相通。夜越来越深，岩石却越来越灼热，睡着的奎诺人在梦里与山神共舞，阿波却知道某个时刻即将到来。

"你是谁？我应该记住你的名字。"

"我是来自奎诺十四岁的阿波，总有一天要到马尼拉去看看。你呢？"

"我没有可以用语言诉说的名字。"

"不，你叫阿波那玛雅里，山神大人。"

"……我是来自地心古老的阿波那玛雅里，现在要去宇宙看一看。"

"地心是哪里，宇宙又是什么？"

"地心是你我生活世界的中心，宇宙是另一个天地，我伙伴们去往的地方，我的家在那里。"

"你听见皮纳图博爷爷叹气了吗？"

"那是为迎接我的到来。"

"你会带来灾难吗？"

"我不懂什么是灾难，如果那让你伤心，对不起。"

"什么是伤心？"

"伤心就是……永远无法再见。"

"那我会伤心的。"

"那么对不起。"

"阿埃塔人不说对不起，因为我们是一个整体。彼此不分。"

"那么，不要死，阿波。躲起来，看着我。"

"再见，山神大人。"

"再见，阿波。"

岩石已经烫得无法触摸，山神的声音消失了，阿波摇醒爸爸和妈妈，要他们躲起来，可大人们所能做的只是望着洞穴外通红的天空惊恐地祈祷。

阿波钻进洞穴尽头的缝隙，踏着软软的蝙蝠粪向深处走去，炎热的黑暗包围了她，她不知走了多久，走向什么方向，忽然整个世界开始摇晃，无比巨大的响声从四面八方传来，阿波被包裹在蝙蝠粪中，如乘船般上下颠簸，每次呼吸都像浸着滚烫的油。在这个时候她做了一个梦，梦见一个年轻又苍老的人牵着她的手，带她在皮纳图博爷爷头顶轻盈地跳着舞。

洞穴崩塌了，来自山洞深处灼热的气体将蝙蝠粪喷出，下一个瞬间，被雨水泡软的山坡化为泥石流将山洞完全掩埋。热雨洗去脸上的泥浆，阿波睁开眼睛，看到橙红色的夜空正在燃烧，皮纳图博爷爷改变了形状，山林消失无踪，亮红色的河流从山顶缓缓流淌而下，周围的一切都在燃烧。

"阿波那玛雅里……"她轻声呼喊。

火焰喷薄而出，在遮天蔽日的赤炎中，一道银线冲出火山口，如利箭般刺入苍穹，几秒钟后，尖锐的啸音泻地而来，阿波捂紧耳朵，就算仰痛了脖子，也再看不到那道转瞬即逝的银光。她知道那是阿波那玛雅里留下的痕迹，山神向伙伴们所在的地方出发了，再也不会回到这个世界。

滚滚浓烟升入高空，滚烫的雨水席卷灰色的灰尘落下，阿波扶着一棵树撑起身子，剧烈咳嗽起来。直升机的声音在远处嗡嗡作响，在这一瞬间，阿波忽然明白了伤心的感觉，为消失在文明社会的哥哥，为消失在洪流中的爸爸妈妈，为消失在星空中的朋友而感到伤心。

但她同时感到喜悦，因为她明白带来灾难的并非山神阿波那玛雅里的愤怒，而是另一种生命的涅槃。这个世界远比她想象中广阔，除了奎诺，除了萨庞巴图，除了马尼拉，除了这个叫作吕宋的小岛，还有更远的地方可以去，山的尽头、海的那边，有着梦境中都未曾出现的人和事。爸爸所划定的边界并不存在，或许有一天，她也可以到星星当中去看一看，去寻找阿波那玛雅里和他的伙伴。

她永远都不再孤独。

备注：

1. 这是"茧"世界观的一篇小说，"茧"是一种在地核中繁衍的铁基生命，会以茧的形态在地核和地幔中度过漫长岁月，遵循来自宇宙的指令苏醒，随着地幔热柱升上地壳，在火山喷发时飞入太空，前往基因中烙印的目的地。

2. 故事基于以下真实背景：皮纳图博火山位于菲律宾吕宋岛，1991 年 6 月 15 日的爆炸式大喷发是 20 世纪世界上最大的火山喷发之一。阿埃塔人是吕宋岛的土著居民，世代居住在皮纳图博山周围，火山爆发前方德维拉修女察觉到异样，通知普诺巴耶博士，后者告知政府疏散居民，使得灾难减轻到最低程度。

起风之城

文/张 冉

09:52

窗外掠过一间废弃的加油站。一辆停在加油机前积满灰尘的大众甲壳虫轿车被 300 公里时速飞驰的高速列车甩在后面，我忽然觉得这个场景似曾相识。铁路线与荒废的三号公路平行，死亡小城镇的废墟并不罕见，我闭上眼睛，花了几分钟才找到熟悉感觉的源头。

在我很小的时候，住宅楼后面是一片杂乱无章、积满垃圾的灌木丛，不知谁将一辆报废的甲壳虫汽车驶到灌木丛里，拆走所有值钱的内饰之后扬长而去，那个锈迹斑斑的空车壳从此成天用一对解剖后青蛙般的无神眼睛盯着我的卧室，让我整夜不敢拉开窗帘，知道窗外漆黑的夜里会有汽车尸体那莹绿色的邪恶目光。

一开始，会有流浪汉在甲壳虫轿车内烤火过夜，后来，灌木丛开始在车内生长，透过破碎的车窗、机器盖和天窗钻了出去，将废旧的雨刷器举上天空。远远望去，仿佛树丛将汽车吞噬了，蓝色的甲壳虫渐渐与幽暗的丛林融为一体，再看不到车灯阴冷的表情。

再后来，一场突如其来的大火烧掉了整个灌木丛，火焰烧了三天两夜，留下一片焦土，草木灰被北风吹散，露出甲壳虫汽车干瘪的残骸。作为人类工业文明的结晶，它算是以自己的方式战胜了自然。

那是我最后一次见到它，大火之后没多久我就离开了出生并长大的城市，之后再未回来。

09：10

两天之前，一封信出现在我的邮箱里，这个信息爆炸的时代人们越来越开始怀念纸制品的芳香味道与墨水书写的柔和触感，收到一封手写的信我并不感到奇怪，但邮戳表明这封信来自一个特别的地方。从机器人秘书的托盘上拿起信封的时候，我的手指出现了不自然的颤抖。

我不愿再与那座城市产生任何瓜葛。自从改名换姓、在大企业谋得一份体面工作之后，我以为已经完全摆脱了背后的阴影，没想到整整十年平静的日子只是自欺欺人而已，看到那个地名的时候，我的心脏猛烈地收缩起来。"谢谢。"我竭尽全力保持仪态，说出得体的礼貌用语，机器人秘书同样礼貌地做出回答，收起托盘，驱动 16 只万向轮挪出了办公室。

我明白即使故意视而不见，好奇心最终还是会驱使我割开信封，将不详的字句一一阅读，所以在片刻思考之后我坐定在转椅上，打开做工并不考究的木浆纸信封，取出薄薄的一页信纸。

"大熊"。

信的头两个字将我狠狠地击中。我倒在座椅里，呆呆地望着工业美术风格的白色天花板，花了5分钟才调匀呼吸，让宝贵的空气重新回到我的胸膛。在这个城市没有人会如此称呼我，我的身份是大企业的高级工业设计师，循规蹈矩的中产阶级白领，工业社会最稳定的构成，这个干净整洁、充满艺术气息的城市必不可少的一部分。

我不需要改变，也不需要回忆。但这封信只用两个字就唤起我的回忆——在我的字典里，回忆就意味着改变。

我无法停下，唯有继续阅读下去：

"大熊：你知道我是谁。我要做一件事情，需要你的帮忙，如果你还记得从前的事情的话，一定要来帮我，如果不记得的话就算了。对了，时间紧迫，我应该提前告诉你的，对不起。从11月7日下午六点起，你要在72个小时内赶来，不然就不用来了。就这样。"

这封信并未遵循信件的格式，没有署名和问候，在这个社会精英阶层看来，就算小学生也不该写出这样不合规矩的信件。我认识的所有人中，只有一位会写出这样肆无忌惮的信笺。

办公室在眼前远去，记忆将我扯回12岁那年的夏天，在卧室的床上，我拥抱着那个穿着白色棉袜子、身上散发着水蜜桃味道的女孩。

我的手指因紧张而僵硬，透过T恤衫与牛仔裤的间隙偶尔触到滑腻的肌肤，指尖的每一个细胞都能感觉到她身体的温暖；一床如云朵般柔软的棉被搭在我们身上，我裸着双脚，而她穿着一双洁白的棉布袜子；我的鼻子埋在她的发中，不由自主地扇动鼻翼，将她发丝和白皙脖颈传出的体香吸进鼻腔。

没错，就是那甜甜的水蜜桃味道，在夏季成熟的、甘美醉人的水蜜桃味道。

08：54

钢蓝色烟雾出现在遥远的地平线，那就是我出生的城市，坐落于生长着仙人掌、红柳、风滚草和约书亚树的戈壁中央，因煤矿与铁矿大发现而一夜兴盛，被蒸汽轮机和铁路线推动向前，就算在经济危机时代也不眠不休制造出崭新的汽车与机械设备，却在十年前突然衰败的城市——我的故乡。

就算冬季的信风吹起，也驱不散城市太厚的烟尘。自工业革命时代开始熊熊燃烧的炼铁高炉将铁灰色微粒洒遍城市的每一条街巷，让城市变成匍匐在尘烟中的洪荒巨兽。没人说得清这种沉重的灰色浓雾为何不会随着第四次工业革命带来的科技进步而消失无踪，两百年的岁月早已将它与城市的生命捆绑在一处，就算最先进的空气净化设备也对它束手无策。炼铁厂高炉的巨大烟囱已失去功能，成为矗立在城市角落供后人观瞻的古老遗迹，可每当太阳从东方的沙漠地平线升起，雾气总是如约而至，将这个毫无生气的城市悄悄拥入怀中。

步下火车的一瞬间，我无比厌恶地皱起眉头，脸部、脖颈和手背，所有裸露在外的皮肤都能感觉到雾气的潮湿，仿佛雾中无数奇怪的生物在伸出舌头四处舔舐——这种恐怖的幻象从小就折磨着我的神经，离开故乡的十年没能让我忘记不快的幻象，我裹紧大衣，告诉自己回来是一个错误的决定。

"您去哪儿，先生？现在不大好召出租车，转乘地下铁的话会比较方便。"在通过闸口的时候，穿着高速铁路系统深蓝色制服的老人接过我的票根，殷勤询问。与我一同走下火车的只有寥寥几人，迷雾笼罩的庞大火车站仿佛钢铁建造的蚂蚁农场，我们沿着曲折的金属路径不停折返，最终在出站口汇合。

"只是随便走走。"我提着行李箱走过老人身边。他应该是这个车站的最后一名人类雇员了，廉价的机器人劳动力将人类逐出机械性劳动岗位的浪潮行将结束，这是一个旧时代的尾声，就像这名高速铁路职员一样寿命太过长久、迟迟不肯走入坟墓的漫长尾声。

捏着票根走出大厅，两架圆滚滚的服务机器人迎了上来，电动机驱动万向轮碾过光滑的大理石地面，发出滋滋的轻微噪声。"您好，先生。请问有什么可以帮助您？"一架机器人展开顶端的三维投影屏幕，将城市地图展现在我面前，另一架机器人默默地站在旁边，等待为我提供其他服务的机会。

准确地说，它们应该被称作"机器公民"，这一称呼是州议会立法规定的。每架机器人自中枢处理器激活的刹那就背负着与人类相近又相异的原罪，必须依靠社会劳动赚取生存所需的电力、配件和定期维护。这是一种单纯的按劳分配制度，机器人与企业或公权部门之间形成雇佣关系，双方权益受到法律保障，近几年机器人的福利问题也被提交州议会讨论，有人坚称机器人群体也应该纳入社会保障制度，因为从形式上来说，机器人的维修保养与人类的体检医疗并无不同。

制造这些机器公民的，是名为罗斯巴特的企业联合体，在这个州的任何城市都能见到罗斯巴特的盾形标志，就算在这荒芜之地也不例外。

机器人用四个语种耐心地复述了问题，并在屏幕上演示着地图、电话黄页、交通指南、在线博物馆等功能。第二架机器人的顶盖关闭着，显得有点闷闷不乐。

我目光扫过公共交通系统指南。没有变化。公共交通是一座城市的生命线，十年未变的生命线，说明这座城市确实已经死去了。"谢谢，我不需要什么帮助。"我提起行李箱绕过两架机器，投影屏幕如花瓣般失望地合拢。"祝您愉快，先生。"毫无感情色彩的女性合成音在背后留下违心的祝福。

"希望如此。"

在接到信件50个小时后，我从办公桌后站起来，吩咐秘书延迟例会的时间，向副总经理递交了事假条，给家里打了个电话，声称自己有紧急任务必须立即飞往东海岸出差，吩咐妻子取回干洗店的衣服，锁好屋门，不要忘记喂狗。

然后提着行李箱独自来到中央车站，登上了开往这座城市的高速列车。我的行李箱里只装着一件干净衬衣、一部便携电脑、一瓶功能饮料和一个文件夹。我不知道为何会做出这个决定。

我明白我疯了。

08：12

腕上的手表显示"08：12"，那是按照她给出的期限设置的倒数计时，"从 11 月 7 日零点起 72 个小时内赶来"，距离期限还有八个小时。

我前方的空气中悬浮着投影式广告牌，但画面恼人地闪烁着，断断续续的声音从破裂的头顶扬声器传来："……市发生一起……事件，警方已经逮捕了……将以非法集会罪与违反社会安全保障条例罪被……将于……开庭……"

我的心情像一瓶冰镇后的碳酸饮料，寒冷彻骨，不知何时会彻底爆发开来。这座被遗弃的城市的一切都在压迫着我，那肮脏的街道、缺乏修缮的楼宇、破碎的路灯、无精打采的行人、灰色的天幕和蓝色的雾气与我居住的城市形成鲜明对比，在属于我的城市，一切都是整洁的、有序的、高尚的，那是属于现代工业文明的天然骄傲。

我害怕如潮水般涌起的回忆，害怕唤出藏在我体内那个生于斯长于斯，如同整个城市一样肮脏卑微的孩童。不由得隔着衣袋抚摸着信纸，我尽力以美好的回忆驱赶如影随形的灰蓝迷雾——12 岁那年的秋天。

12 岁那年的夏天天空晴朗，甲壳虫汽车在灌木丛中露出枝枝丫丫的笑容，我们坐在床上，我从身后环抱着她，将头埋在她的发丛中，嗅着甜蜜的水蜜桃味道。她咯咯笑着说："别闹了，大熊。再不开始练习，准没办法通过珍妮弗小姐的选拔。到时候我会狠狠地踢你的屁股的。"

我回答道："好吧。我还是搞不懂这样做有什么好玩。——你是说，在那个东方国家，这是一种表演形式还是什么来的？"

她扭回头用黑色的眸子狠狠瞪着我:"我说过好多遍了,这叫作'二人羽织',是很有历史的东西,只要你能够稍微聪明一点,不要总是笨手笨脚打翻东西就好了!"

"好啦好啦。"我嘟哝道,"那再来试一次吧。"

她拉起又轻又软的棉被,一边嘟哝着这样的棉被不合用,一边将我们两人整个罩在其中。世界黑暗下来,我感觉温暖而舒适,双臂轻轻将她搂紧。

"好,现在端起碗……再右边一点,再右边一点……再往右,你这个笨蛋!"她大声指挥着,我摸索着端起大碗,右手拿起一双名叫筷子的餐具,试着夹起碗中的面条送进她的口中。

07:52

地铁列车缓缓减速,停泊于寂静无人的站台,我步出车厢,提着行李箱走过布满涂鸦的阴暗通道,沿着停止工作的自动扶梯走上地面。风中飘着的碎纸是这街区唯一的亮色,一名机器人警察慢悠悠驶过,5个监控摄像头中的一个扭向我,一闪一闪的红灯仿佛代表它疑惑的眼神。"需要帮助吗,先生?"外形如同老人助步车一样可笑的机器人警察开口问道,将眼柄上的5个球形摄像头举起,上下扫视着与街道格格不入的陌生人。

"我很好,谢谢。"我摇摇头。

"那么祝你拥有美好的一天,先生。"警察摇摇晃晃地驶离,履带底盘后部的红蓝双色警灯无声闪耀,将布满灰尘的金属外壳映得忽明忽暗。

我抬起头。巨大的冷却塔像史前动物的遗骸一样匍匐眼前，龙门吊车横亘头顶，粗硕的管道遮蔽天空。她给我的信中没有明确指示，我不知去哪里寻找这个深埋于记忆中的童年伙伴，陈旧的记忆驱使着我不自觉地来到这里，城市东部的重工业区，我出生、长大，然后用尽后半生逃避的地方。

阳光黯淡着，废弃的机械散发着钢铁的腥甜味道，锈迹斑斑的管道尽头，一只蝙蝠从厂房破碎的玻璃窗里振翅飞起，消失于钢蓝色的迷雾之中。这死亡城市的尸体以绝望的、腐朽的、失去灵魂的形态静止在时间的凝胶里，钢索将阳光割裂，地面上铺满墓碑般的片片光斑。

我长久地望着那锈结的齿轮、干涸的油槽、长满衰草的滑轨与绞索般摇摇晃晃的吊钩，情不自禁打了一个寒战。我犹记得在灾难发生之前的日子里，机械师在罢工游行的间隙，还会为心爱机械的传动链条添加润滑油，期待漫长冬季过后它还能再次发出震耳轰鸣。我的父亲，那位终身为汽车制造厂服务，却因高效而廉价的机器人劳动力而丢掉工作的蓝领工人，曾经无比乐观地对我说总有一天炼钢厂高炉的火焰会再次燃起，城市会再次充满机械运转的和谐之声。"一切都会变回老样子的，我保证。"他用仅余的一点钱购置了丰富的食物，满心期待着好事到来。

等我回过神来，他已经化为瓶中的白色粉末——那么健壮的一个男人居然能够装进小小的瓷瓶，这让葬礼的场景显得有点讽刺。

裹紧西装外套，我迟疑地向前迈着步子，小心地踏过光与暗的斑纹。要去哪里呢？比起这个富有哲学性的问题，我用了更多精力遏制猛然漾起的回忆，危险的东西正在脑神经突触之间蠢蠢欲动……不要乱想！我严厉地呵斥自己，奋力驱走脑中的幻影。

从这里向前，丁字路口对面是冲压机床厂，而汽车制造厂就在右转之后的道路尽头。在那个遥远的时代，我爷爷的爷爷随着人潮涌入这个戈壁滩中央的城市，成为一名产业工人，从此代代传承。我父亲本人就完全无法想象外面的世界是什么样子，对他来说，接受职业教育、接替父亲的职位站上生产线几乎是命中注定的事情，拧紧面前的每一颗螺丝，这是男人最踏实的工作，也是最美妙的游戏。

她如今又在做什么呢？这座城市已经死了。炼钢厂死了；发电厂死了；轮机厂死了；汽车制造厂死了。留在这座城市中的只有绝望的酗酒者、等死的老人、麻木的罪犯和丑陋的妓女，徘徊在死亡城市的她，是否仅仅是残存着水蜜桃香味的白色幽灵？

07：37

我不得不放松警惕，让有关她吉光片羽的记忆溃堤而来。

她的名字叫作"琉璃"，那是一种源自东方的美丽彩色玻璃，我很喜欢这个名字，她本人却不太满意，说那是极其昂贵且易碎的玩物，在她祖辈所在的国度，只有古代的君王才有幸可以赏玩。

我父亲与他父亲不在同一车间，不过不约而同选择居住在公寓楼，主动放弃了市郊的独栋住宅。我的父亲要承担母亲的昂贵赡养费——事实上我对母亲的印象很淡薄，她对我来说只是每个月要分走一大笔生活费的陌生女人罢了——而她的父亲则是由于股票投资失败，欠了一大笔外债，不得不节衣缩食寄身于免费的公寓楼中。

我们很小就认识了。在废弃的甲壳虫汽车出现的时候，我们总是一起骑着自行车去上小学；当甲壳虫汽车里长出茂密灌木的那一年，我们早已是无话不谈的玩伴，那个年纪的男孩女孩会将感情当作羞耻的事情看待，情窦初开的我不敢坦白自己少年维特的烦恼，而她似乎迟迟不肯长大，只对耳机中的摇滚乐着迷。

之所以对 12 岁那年夏天发生的事情记忆深刻，不仅因为那是我初尝感情甜蜜与苦涩滋味的日子，而且是由于一件大事在这个城市发生。第十四届"世界机器人大会"在这里召开，全球最新的各式机器人云集于此，这是所有喜爱机械与新潮电子的孩子的饕餮盛宴。我从小迷恋着机器人，而她也对这些钢铁造物很有兴趣，我们被学校的机器人协会推举出来，要在世界机器人大会开幕式上代表整个城市表演节目，我一下子慌了神，不知该准备些什么，而她一下子就想到了"二人羽织"。

"你不觉得那很像机器人吗？我是头脑与面孔，而你在后面负责双手的动作，扮演着我的手臂，那不正像人形机器人刚学会走路时的奇怪样子吗？一定可以使所有人都大吃一惊的！"她盯着我，粉嫩的脸颊映着下午学校的阳光，纤细的汗毛若隐若现。

"……听你的。"我情绪复杂地回答道。

07: 12

汽车制造厂的大门紧紧锁闭，不远处的墙上有一个崩坏的缺口，我从那里轻松翻越进去，站在长满齐膝野草的大院中。我的正前方是办公楼，左手边是碰撞车间，右手边是试车车间，底盘、承装、制件、喷涂、焊接、总装和检测车间以棋盘形左右排列。在制造业鼎盛的时期，这片 20 公顷的土地挤满了 1.5 万名来自全国各地的蓝领工人，生产汽车的工时被压缩到惊人的 12 个小时，每 6 秒钟就有一辆崭新的汽车驶下流水线。

我闭上眼睛，想象满载汽车的载重货车呼啸而过。短短十年时间，缺乏保养的水泥路已经被野草侵蚀得支离破碎，四周散发着青草和油泥混合的奇怪味道，当啷一响，脚尖踢起一只空荡荡的威士忌酒瓶。靠近大门的厂房窗户全部破碎了，里面能拿去换钱的东西早被游民洗劫一空，墙壁画满充满性暗示的暗红色涂鸦。"赶走木偶！保卫生产线！"高居于涂鸦之上的是十年前罢工运动的口号，字迹已经模糊不清。

愈行向厂区深处，流浪汉活动的迹象就越少，巨大的墓园中只有我在默默行走。名为"恐惧"的无形怪兽将右手搭在我肩上，让我不断回头惊惧地环视四周，幸好透过雾气射来的阳光给予皮肤些许温暖，我松开领带，让喉结可以轻松咽下加剧分泌的唾液。

到达目的地时，我才发现自己的目的地所在，潜意识将我引领至这熟悉的角落——当然，除了这儿，还能是哪儿呢？

六层高的公寓楼恰好遮住阳光，公寓外墙残留着灼烧过的痕迹，四层最右边的那扇窗户，玻璃破碎，以不详的寂寥眼神凝视我的那扇窗户，正是我卧室的窗子，年少的我曾经无数次从窗口向下眺望，而如今我抬头看去，肮脏的窗帘随风轻摆，看不清那后面是否有一张静止不动的孩童面庞。

"喳！"一只惊鸟穿林而出，凄厉鸣叫着飞入高空。已经完全看不出那场大火的痕迹，被烧得精光的灌木丛如梦魇般重生了，开着黄色花朵的沙冬青与叶子油绿的野扁桃被多刺荆棘缠成扭曲的形状，这片林子几乎与童年的记忆一般无二。我手指颤抖地拨开一束梭梭草，甲壳虫汽车的残骸出现在眼前，那被火焰炙烤成炭黑色的钢铁骷髅如今再次被植物占据，灌木以疯狂的姿态从每一寸缝隙中挣扎而出。

我忽然想起童年的一种玩具。那是世界机器人大会为感谢我们表演节目而赠送的礼物：具有行走能力的机械人偶。人偶的面部是一个棉质的圆球，只要按照自己喜爱的偶像的照片在圆球上相应位置植入草籽，每天细心浇灌，7天之内小草就会长成这位名人的五官轮廓，同时这种由基因工程制造的草会将光合作用制造的糖类输送给人偶内部的化学能燃料电池，驱动小机器人向着光线更强的方向行走。我不知是谁设计出这种奇怪的玩具，表现最基本的机器人生存原理是可以理解的，但绿色头发的迈克尔·杰克逊迈着僵硬的步伐在写字台上追逐阳光，这不是儿童玩具应当具有的模样。令我更加恐惧的是，一个月过后，那些基因变异的青草开始不受限制地疯长起来，迈克尔·杰克逊的眼睛、嘴巴、鼻子、耳朵喷出长长的草叶，机器人行走的速度也因能量充足而加快了，那个七窍流草、在屋里四处狂奔的怪物是我一生的噩梦。

——迈克尔·杰克逊是我最爱的歌手，我还喜欢罗比·威廉姆斯、布鲁诺·马尔斯和芮阿娜。她的音乐播放器里装满更加过时的摇滚乐，皇后、枪花、滚石、金属乐队、邦·乔维和涅槃。我从来不能理解她的想法，而她从未试图了解我的想法。

在机器人大会之后，她与我的关系渐渐疏远。不知从什么时候起，我们每天的对话变为简单的"你好"和"再见"，我再没有触碰过她柔软的肌肤。

甲壳虫汽车的残骸就像那具机器人一样散发着邪恶的气息，令我胃部收缩，有一种想要呕吐的感觉。做了几个深呼吸压下不适感，我放下行李箱，弯下腰拨开汽车内部的灌木。

回到汽车制造厂，来到这个隐秘的地点，一切都是自然而然发生的，我根本没有考虑这样做的合理性。但回过头来想想，如果她只有一封没头没尾的信件召唤我前来，没有留下任何联系方式，那么还有什么地方比这里更适合隐藏留言呢？毕竟在曾经亲近的孩提时光里，我们总是一起坐在卧室的床前，望着这辆被遗弃的车子，编造着一个又一个光怪陆离的恐怖故事，以吓坏彼此为快乐之源。

在一簇结出鲜艳红色果实的沙棘之下，甲壳虫汽车的地板上，我发现了一个白色的信封。我转身逃离汽车残骸，撕开信封，一张照片轻飘飘地掉了出来，照片上是一个男孩和一个女孩，12 岁的我和 12 岁的她。

照片是家用打印机打印的，显得陈旧易碎，我和她的笑容却透过模糊不清的像素点溢出纸面。她坐在床沿，我坐在她身后，那正是我记忆中最美好的夏日时光，为机器人大会排练"二人羽织"的那个午后。

仿佛被看不见的重拳击中鼻梁，我感到眩晕、疼痛，眼睛酸涩，趁着视线没有因此模糊，我翻过照片，看到后面用碳素笔写着："很好，起码你来了。接下来想起些什么吧，你会找到那个地方的，就是那里。"

06:35

我在寂静的城市里独自行走，感觉昂贵的西裤和衬衣被汗液黏在皮肤上，真丝领带令我窒息。我毫无目的地走着，直到街巷行到尽头，空旷广场与巨大的机器人塑像出现在眼前。那是十四届世界机器人大会纪念广场以及双足机器人"大卫"。

"大卫"有 55 米高，钢骨架，镀铬铝合金蒙皮，以金属黏合剂定型，外表大致符合人体比例，看起来不大像米开朗琪罗的名作，倒更接近古老动画片《阿童木》里面的主角。在我 12 岁那年，银光闪闪的机器人在吊车的帮助下立起在世界机器人大会园区中心，市长带头热烈鼓掌，我和她自然起劲地拍红了掌心。"这是具有划时代意义的一天。"市长清清嗓子，"罗斯巴特集团捐赠的'大卫'将作为城市的象征永存于世，感谢他们带来日新月异的机器人技术，将我们带向人类与机器人和谐共处、创造更文明高效社会的美好明天！"

市长的话没有说错，直到今天机器人还倔强地站立着，即使十年前的一场大火将每一寸表皮都烧成炭黑色，身上布满铁锤砸出的凹痕。事实上，至今没人知道那天究竟发生了什么。很多人死了，而直至今日，死亡者的确切数目还是没人知晓。

"大卫"是罗斯巴特集团最后一件人形机器人制品，复杂的双足机器人淡出了历史舞台。科技的车轮开始加速转动，具有划时代意义的模拟神经元处理器给机器人带来相当程度的思考能力，随着各式各样的机器人走向社会，伦理学问题被摆上台面。几年前，州议会在州宪法中加入了"新机器公民"的条款，正式承认机器人的独立人格存在，同时规定机器公民的权力、义务及社会角色，使它们可以"在一定的约束条件下以同等身份获得法律权利、社会权利、政治权利和参与权利"。

当时没人意识到，人类在漫长的文明史上第一次要与自己的创造物展开生存权利的残酷竞争。罗斯巴特集团由机器人制造厂摇身一变，成了全州数百万名机器人的经纪人，每名机器人都要通过公平竞争谋得工作，赚取一般等价物，换取维持生存所需的电能、油液、零件和保养。罗斯巴特公司抽取 50% 的佣金用来偿还机器人的制造贷款，通常这份价格高昂的分期贷款需要用 30 年乃至更长时间来偿还，但机器人的服役寿命高达八十年，它们终将可以获得自由。

企业非常欢迎这种做法。不同外形的专业机器人有各自适合的岗位，很容易在生产线上找到理想位置，它们薪酬低廉、工作时间极长（州立法规定每天不得超过 22 个小时）、附加支出极少，不需要解决住房问题，没有生育和休假困扰，不会通过工会提出不合理需求，即使抱怨也只是在机器人权益保障者那里吐吐苦水，只要稍微提高厂房里令机器人感到舒适的白噪音就可以解决问题。

唯一的受害者，就是被夺去工作岗位的产业工人。在需要情感、主官感受、逻辑判断力和决策的岗位上人类牢牢坚守战场，但我父亲那样的蓝领工人被机器人成批驱逐。他们亲手制造了潘多拉的魔盒，禁不住诱惑掀开盒盖，却发现盒中的瘟疫已经长出翅膀，再不受造物主的管辖。

这就是那场史无前例的大罢工的缘由，导致这座以重工业为基础的城市死亡的缘由。全机器人生产线（不同于传统意义上的"机器人"生产线，电脑控制的机械手臂与具有主观能动性的机器公民不可相提并论）能够将生产效率提高 4 至 5 倍，厂房必须重新设计以适应高效化与极度精确的工作流程，厂区不再需要臃肿的生活配套区，只要留有足够的停放空间（州立法规定机器人的最小休息空间为该款机器人体积的 1.5 倍）即可。改造旧厂区意味着天文数字的投入，重型企业已经因解约赔偿而元气大伤，它们不约而同地选择在更靠近罗斯巴特集团总部的城市新建厂区，放弃了这座戈壁滩中央的孤城。许多未能顺应时代潮流雇用机器人工作的企业很快倒闭，失业率扶摇直上，社会动荡，城市衰落，用州政府的话说，这只是走向新时代必须经历的阵痛而已。

我远走他乡，进入大公司工作，工作两年后才知道所服务的企业是罗斯巴特集团的下属企业，在那座崭新的城市，汽车厂、钢铁厂、精密设备厂、机床厂、数码仪器厂已经以崭新的姿态重生。那些新生的工厂都有着低矮洁净的白色厂房，厂区充满电流的嗡嗡噪声和万向轮碾过地面的吱吱声。

喜欢机器秘书和机器巡警，喜欢代表先进生产力的机器人技术。一想起现在脚下这座笼罩着迷雾的钢铁城市，我就尝到肺中驱之不尽的油烟的苦涩味道，感觉到指甲缝里塞满黑黑的油泥，想起父亲临死前强颜欢笑的卑微样子，听见汽车制造厂最后一次下班汽笛声的清鸣。

是的，我离开了这个鬼地方，同其他上百万人一样。这样做有什么不对？

我紧紧捏着手中的照片，穿过窄街大踏步走向双足机器人的方向。如果答案存在的话，一定就在那个地方。

06:12

"二人羽织"这种表演的意义到底是什么？是笨拙的喜剧，和谐的正剧，还是滑稽的悲剧？这种源自东方的奇异文化我到最终都没有理解。第十四届世界机器人大会在凉爽夏夜开幕，中央展馆大舞台的幕布缓缓拉开，六盏聚光灯穿透厚厚的棉被射来粉红色的辉光，喧哗声渐渐平息，奇异的静谧统治了会场，即使躲在她的背后，我也能感觉到5000名观众视线的灼热。"别怕。"名叫琉璃的女孩对我说，"有我在。"

我什么都看不见。在这个棉被制造的小小空间里，我拥着让我神魂颠倒的女孩的柔软躯体，却紧张地弓起后背，保持着尴尬而礼貌的距离。我垂在琉璃身前的双手能感觉到空气的温度，幸好一万只窥探的眼睛被关在棉被外面的世界。我的鼻尖埋在她的发中，嗅着让人迷醉的甜蜜桃子味道，整张脸都因紧张和幸福而充血、发热。我能感觉她的身体也在微微颤抖，那是12岁少女面对5000名旁观者的天然恐惧，也是从小听着古老摇滚乐长大的灵魂面对5000名观众的天然亢奋。忽然间，颤抖停止了，她自言自语道："忽然肚子饿了。那么就吃一碗面吧。"

这是表演开始的信号。我轻轻活动一下僵硬的手指，开始摸索装满面条的大碗，奇怪的是，那时我却完全没有想着表演本身，脑中莫名其妙地蹦出一个念头：如果她身上能够散发成熟桃子的味道，那是不是说明所有女孩都是水果口味的？隔壁班的凯茜·布雷迪是不是草莓味道的？班主任提摩西夫人应该闻起来像坚果吧？我自己又是什么味道的？如果我与琉璃结婚，会不会生下一大堆桃子味道的可爱女孩？

许多年以后，我拥有了一个闻起来像香奈儿5号香水的妻子，养了一条酸奶油味道的大狗。我决心不再回忆这座雾气笼罩的钢铁之城，却在偶尔闻到桃子味道的时候心中一荡，胸腔中的某个部位传来针刺般的疼痛感——比如现在。

如果心电图和冠脉造影解释不了心脏的疼痛，那么只能相信那是灵魂借宿的地方吧。

我踏上纪念广场的黑白两色地砖。整个纪念广场由第十四届机器人大会的几栋主体建筑改建而成，棋盘状地砖应该是对"深蓝"电脑的致敬，而环绕整个广场的单轨轨道，不用说是地球环日轨道的拙劣模仿。在我 12 岁那年，这条轨道上有着骑单车的人形机器人不停穿梭往返，向世人展示其高妙的平衡感；如今铁轨早已锈迹斑斑，在那个脏兮兮的移动物体高速驶来的时候，松动的螺栓发出不详的嗒嗒震动，铁锈簌簌掉落，整条轨道都在上下起伏，看起来像泡在咖啡里的早餐麦圈一样随时可能粉碎坠落。但悬浮在永磁场之上的轨道不可能原地坠落，就算那些七零八落的碳纳米系带全部断裂，它也只会被高高弹起来，扭成麻花型散落到鬼知道什么地方去。

我停下脚步，放下行李箱，干脆把领带扯掉揉成一团塞进衣兜，松开了衬衣上的三颗纽扣。一个嗡嗡作响的家伙沿着轨道驰来，吱地停在我面前，这个轨道机器人形状像个饭盒，一停下来就开始叮叮咚咚地播放《献给爱丽丝》，将盒中售卖的物品展示给我看。左边一半是平凡无奇的旅游纪念品，右边一半是冷冻的速食品，包括饮料和水果。我的眼睛望向哪种食品，机器人就殷勤地放出一丝含有食品味道的香氛喷雾，当视线掠过水蜜桃，化学合成的桃子味道令我悚然一惊。

"仅售 3 元，先生，保证新鲜的南方农场水蜜桃，从采摘到冷冻保存只用了 5 分钟，就连南方农场充满阳光味道的美味空气都被一起冻了起来呢先生！"用不知藏在哪里的摄像头捕捉到我的神态，机器人用不知藏在哪里的扬声器发出欢快的合成音。

"好吧。"我犹豫了一瞬间，掏出皮夹数出三张零钞递过去。

"感谢光临！T00485LL 发自 CPU 地感谢您，先生！"刷的一声，钞票被不知藏在哪里的触手夺走了，一颗速冻的桃子弹出机器，在空中漾出一团水蒸气的云雾，接着轻轻跌落在托盘上，-18℃急冻的水果被定向微波快速解冻，休眠与唤醒都只用了短短一秒钟。"这是您的南方农场水蜜桃，先生，如果愿意的话我可以介绍一下这些可爱的纪念品，比如可以自动下楼梯的势能转换器、能够看护婴儿的恐龙玩偶、印有'大卫'图案的夜光纪念章……"托盘升起在我面前，桃子同屏幕上显示的样品一样饱满可爱，新鲜得像刚从树上摘下来。

"不必了。"我拿起那颗水蜜桃。

没有味道。看似美味多汁的桃子没有任何味道，水蜜桃底部有个小小的标签，上面的日期显示这颗桃子已经在机器人的冷库中沉睡了 4 年 11 个月，但距离保质期限还有很长一段距离。

按照食品安全法规定，桃子的营养成分流失最多在 5%，它的本质还是一颗营养丰富、汁水充盈、健康纯粹的桃子。——这就是文明的力量。

我随手将水果丢进垃圾箱，走向纪念广场北侧的巨大人形机器人。售货饭盒机器人乖乖闭嘴不语，但鬼鬼祟祟地沿着轨道跟在我身后，滑轮摩擦铁轨发出难听的刮擦声。无论它还是轨道本身都需要一次从头到脚的保养，或者在不远的某一天彻底沦为废铁。

"不要跟着我。"我没有回头，冲身后挥挥手。优先级更高的服从逻辑战胜了求生欲望，售货机器人的身形静止了，孤零零地凝在铁轨上，像冬季瑟缩在电线上忘记南飞的孤鸟。

整个广场没有其他的游客。离得越近，伤痕累累的机器人雕像就

130

显得越发丑陋,我皱起眉头,掏出照片细细观看。一件事忽然浮现于脑海,却远远飘在意识的捕捉范围之外摸不到轮廓,照片上是 12 岁的我和 12 岁的她,在 12 岁的夏日与 12 岁那年的卧室房间,12 岁的年纪里,应该还有一个若有若无的阴影存在。

而那个影子,也是我远离这座都市的原因。但现在绞尽脑汁也看不清那个影子的面目,一旦意识到这个死角存在,大脑就开始用尽力气破解回忆的谜团,像水蜜桃一样被冻结的往事坚冰慢慢溶解,一个接一个的画面浮出水面。我和她。我和爸爸。我和提摩西夫人。我和巨大机器人雕像。在浓雾中迷失而被吓坏的孩子。放学后的秘密基地。草稿本上的机器人图纸。用晾衣架、电动车马达和易拉罐制造的机器人。被丢弃的甲壳虫汽车。每个画面都有那个影子存在,如同无形的手在按下快门将回忆定格的时候,总是将一条徘徊于身边的幽灵记录其中。

越是努力捕捉,神秘的影子就越轻飘飘地溜走,我不禁开始怀疑自己的记忆,怀疑自己的大脑,怀疑我海马回的每一个神经元和神经突触在联合起来欺骗这具身体的主人。——童年的记忆如果这么不可靠,为何琉璃肌肤的温热触感和身上散发的甜蜜味道显得如此鲜明?

头痛开始袭来。"见鬼……"我从裤兜里摸出尼古丁咀嚼片丢进嘴巴,用咬嚼肌的运动缓解疼痛。尼古丁渗透进血管,这种在禁烟运动中奇迹般存活下来的安慰剂让我精神立刻振奋起来,但这无助于思考,我只能暂时将打结的记忆丢在一边。

巨大机器人塑像遮住朦胧的阳光,庞大的双脚逐渐与我的视线齐平。经过修葺的大理石基座用四种语言刻着拍马屁的美术评论家的华丽辞藻,他们居然认为这一团焦黑扭曲的金属是现代文明史上妙手偶得的极佳创作。作为设计师的一员，我深深地难以苟同，甚至不大敢直视那丑陋的金属骨架。

机器人塑像凝视着五百米外的机器人大会主场馆，我和琉璃曾在那栋蛋壳形的乳白色建筑中登台表演，收获了 5000 名观众的热烈掌声。我们搞砸了好几个地方，却意外地赢得哄堂大笑，或许这正是这种表演形式的高明之处吧。灯光亮起，大会正式开幕，每一个小舞台都有吸引人的各式机器人登场，我们两个趁没人注意偷偷溜了出来，爬上机器人塑像的基座，望着远处流光溢彩的场馆和亮着灯带的长长轨道，等待烟花升起。

那时我们都说了些什么？ 12 岁的我们，或许正试图表现自己成熟的一面，谈论着音乐、电影、书籍，也许聊起学校中发生的事情，更可能谈着机器人的话题，想象着我们的未来将会是一副什么样子。

到如今，我知道我的未来是什么样子，而她的未来呢？

我在我们曾经并肩坐着、悬空摇晃双腿的地方找到一个白色的信封。那时我们花很大力气才爬上高高的基座，如今看来，那不过是齐胸高的台阶罢了。我的心境非常复杂，但走到这一步，除了打开信封之外没有其他选择。

撕开信封，薄薄的信纸上只写着一个名字：乔。

05:36

乔是谁？

这个名字没能将沉睡的记忆唤醒，看起来有点陌生。"乔"应当是

"约瑟夫"的缩写，现在已经几乎没有人将男孩命名为约瑟夫了，因为那听起来又老气又陈旧，一点不时髦。我的交际圈当中没有人叫作乔或者约瑟夫，与琉璃共同认识的熟人更是屈指可数，我静下心来梳理了一遍记忆，确实没有这么一个名字存在。

"搞什么鬼？"我皱起眉头，感觉有点烦躁。这游戏已经走到了尽头，是该放弃的时候了，现在搭乘地铁回到车站的话还能赶上四点钟回程的高速列车。我将信纸狠狠揉皱塞进衣兜，拎起行李箱向纪念广场外走去，走出一百米，又忍不住将信纸掏出，展开，抚平，看一眼那个名字，又回头看一眼巨大机器人塑像。

死亡城市的铁灰色遗骸像一个魔咒，逃离的念头一次又一次升起，身体却一次又一次背叛意志。不管望向哪里，都能看到童年的我的影子。我漫无目的地慢慢行走，圆形轨道上寂寞的铁盒子进入我的视野，"喂，售货员。"我开口道，"现在是午饭时间了吗？"

"早一分钟，晚一分钟，都不是比现在更适合吃午饭的时间！T00485LL 的流动餐馆向您介绍今日推荐菜单，先生！"机器人立刻发出兴奋的电子合成音，驱动滑轮飞速驰来，五颜六色的诱人食物影像在面板上跳跃起舞。——若说起机器人与人类思维的最大不同，就是它们似乎不大能理解人类对于长串数字的差劲记忆力。它的名字对我来说只是一串毫无意义的字符串罢了，可听它可怜巴巴的语气，似乎还挺希望我记住这个莫名其妙的名字，以熟稔的口气来跟它寒暄几句。

"墨西哥卷饼？"我将脑中浮现的第一个食物名字告诉它。

"在这样一个温度 19℃、湿度 65% 的美好初冬日子里，热气腾腾的墨西哥玉米卷饼是最适合户外环境的餐点了！您可以任意搭配豆子、白米、生菜、牛油果、辣茄子、鸡肉、牛肉、奶酪、酸奶油、莴苣和蘑菇内馅，并可以免费添加番茄酱、芥末酱、辣椒酱、酸辣酱、甜辣酱和沙拉酱……"T00485LL 的显示屏上飞速掠过一连串食物图片，快得让人根本没办法看清。

"怎样都好，给我生产日期最近的吧。"我摆摆手，望着漆皮剥落、尘埃满身的机器人，思考着这区区几块钱收入能够换取几天续航电力。我们曾经那么憧憬机器人走入现实生活的美好未来，但孩子如果以超然的眼睛看到今时今日的画面，或许会完全推翻幼稚的愿景吧。

我的要求可能给它添了一些麻烦，几秒钟后，滴滴答答的《献给爱丽丝》响了起来。"生菜牛肉墨西哥卷饼配辣椒酱，附赠大杯可乐及洋葱圈，感谢惠顾，先生！一共是 9.9 元。"食物啪啪弹起在空中，被定向微波瞬间解冻并加热，冒着蒸汽准确降落在托盘中，一支细长软管蠕动着不知从哪里伸出，向一次性纸杯中注入气泡丰富的冰可乐。

我将钞票递给它，接过托盘，略犹豫了一下，还是坐在肮脏的轨道基座上开始用餐。冷冻了不知多久的食物看起来十分诱人，但缺乏让人大口咬下去的诱惑力，我拿起卷饼咬了一口，慢慢咀嚼着这些据说是玉米煎饼、牛肉、生菜和辣椒酱的东西，用可乐将它们冲下食管。不知道它们用什么方法保存可乐，饮料的味道还算正常，碳酸噼里啪啦刺激着口腔黏膜，感觉不错。

"在用餐的时候，您是希望我简单介绍一下纪念广场的历史和'大卫'的来历，还是播放一首佐餐歌曲呢？与套餐搭配，每首歌曲仅需 0.99 元，既可以使用我的立体声扬声器播放，也可以传送至您的随身设备中，一次购买，终身受益……"殷勤的机器人展示着一长串歌曲列表，我心不在焉地瞟了一眼，忽然脑中蹦出一个念头："有没有名叫'乔'的歌手或歌名？"

墨西哥卷饼让我模模糊糊地想起什么，这种食物与某种音乐之间产生了尚不清晰的关联，此情此景忽然觉得相当熟悉，似乎在某个不知是真是幻的记忆片段里，我就坐在这里，一边将食物塞进嘴里，一边听着广场上的音乐声。食物和音乐我都不记得，但这应该是某种线索。

"以 Joe 为关键词查询得出 153328 个结果，您要找的是不是 Joe Cocker、Joe Jonas、Joe Nichols……"T00485LL 欢快地唠叨着，我赶紧伸手加以制止："不不，我想想……"

音乐声响起，来自我深深的脑海。

"Joe Brown，Joe Lattice……"

"闭嘴！"

世界立刻清静了。我放下托盘，用力回想模糊的片段，直至一阵剧烈的头痛突如其来爆发，轰的一声炸开在头盖骨里，浑身上下每一个神经末梢都接收到了短暂而强烈的疼痛脉冲。

"先生？您怎么了，先生？您需要帮助吗，先生？需要我为您叫救护车或者联系家人吗，先生？"T00485LL 欢快地呼喊道，我知道那不是它的本意，毕竟一个语音合成器只有一种基调，最适合售货员的就是这种该死乐天派的语气。

"我没事……我没事。"我深深曲着身子，将头藏在双膝之间，直到难挨的疼痛过去。这种疼痛我一点都不陌生，自从离开这座城市之后，有许多次我尖叫着从噩梦中醒来，因头痛而彻夜无眠，医生说我的检查结果完全正常——一如我的心脏——健康得可以活到世界末日的那一天。随着年纪增长，头痛的次数逐渐减少，自从结婚以后这种电击般的苦刑已经极少干扰我的生活，我也乐于在妻子面前将秘密深深埋藏。

我知道两分钟过后疼痛就会暂时退去，像潮汐暂时远离沙滩，如果此时立刻服下安眠药入睡，就可以阻止下一拨疼痛袭来。但这次我所做的是猛地站了起来，双手抓住机器人的铁盒子摇晃着："我想起来了！我不知道歌手的名字或者歌的名字，但我想起了一段旋律，你可以通过旋律找到歌曲吗？"

"您这样做让我很困扰，先生，通常来说我们是不太喜欢身体接触的，您身上的汗液对我的皮肤——我是说烤漆——有害。不过我确实提供哼唱旋律找歌的服务，只需 2.99 元即可，只要激活服务，一份已付费的 APP 拷贝就会出现在您的移动终端中……"T00485LL 轻快地答复道。

我立刻哼出那段曲子。在头痛的黑暗深海中微微发光的是一小段歌曲的旋律，非常简单的曲调，短短两句，没有歌词。在遗忘之前，我将这段旋律连续哼唱了三遍，然后紧张地盯着机器人的显示屏。

"有 15 个近似结果，先生，如果有歌词或者下一段旋律的话……"T00485LL 犹豫道。

"对了对了，类似于二重唱，不，我是说两个短句每个都重复两遍……"我立刻补充道。

"啊，这就好多了！"机器人快乐地叫道，"匹配结果是唯一的，这是一首创作于 1911 年的歌曲，歌名是《牧师与奴隶》，作者是乔·希尔，您非常幸运，先生，这首歌的原版录音没有留下，幸好有另一名歌手犹他·菲利普斯在整整一个世纪之前翻唱的版本，现在为您播放 30 秒试听。"

沙沙的背景噪声响起，接着音乐声传来，伴奏只有一把吉他，一个苍老的男声唱道：

> 长发的牧师每晚出来布道，
> 告诉你善恶是非。
> 但每当你伸手祈求食物，
> 他们就会微笑着推诿：
> 你们终会吃到的，
> 在天国的荣耀所在。
> 工作、祈祷，简朴维生，
> 当你死后就可以吃到天上的派。

伴随着撕裂般的声响和天旋地转的失重感，记忆的冰山轰然崩塌。"乔"这个名字是一颗铁钉，音乐是将名字敲进冰山的铁锤，小小的裂缝不断扩大，悬浮在记忆之海中的坚硬核心终于分崩离析。在失去意识之前，我想来了。乔。琉璃。我的父亲。十年前的那一天。"大卫"身上熊熊燃烧的火焰。鲜血和汽油。这座城市的最后一日。

我想起来了。

05：11

我从昏迷中醒来，T00485LL 刚好数到第 580 秒。"先生！先生！你醒了！"它大声嚷道，"若是 10 分钟之后你还不醒来，我就必须联系医疗卫生部门，并作为第一旁观者接受警察部门的讯问了……你没事吧，先生？需不需要药品？我认识一个在附近卖药的家伙，它的药瓶上没有条形码，不过对治疗头痛非常有效……"

"我没事。我要走了。"我用力一撑地面站了起来，忍受着眉心后面一阵阵的刺痛，用手拍打身上的灰尘。

"您确定不是因为我提供的食物或者音乐而感到不适？"机器人可怜巴巴地问，屏幕上播放以绿色和蓝色的波纹来表示情绪，"我已经有两次不良信用记录了，如果被那些官僚发现……"

"与你没有关系。谢谢你。再见。"我将西装外套搭在肩上，眺望四周景物确认一下方向，然后大踏步走去。

"谢谢！……你的箱子，先生！"T00485LL 叫道，伸出软管手臂拎起那只行李箱，沿着轨道追来。但我前进的方向与圆形轨道几乎垂直相切，铁盒子机器人焦急地左右横移，用最大音量播放《献给爱丽丝》，希望能唤起我的注意。

我没有回头。

我想起了许多东西。模糊的阴影显露出面目，那是一张我无论如何不应该遗忘的脸庞。我与琉璃坐在卧室的床上开心微笑，是他用相机将这一刻定格；我第一次骑上父亲的自行车，是他在旁边帮我保持平衡；我惹怒提摩西夫人，是他陪我留堂罚站；我在雾气浓稠的清晨迷路，是他用手电筒的光芒引导我走上正确的方向；我放学后的秘密基地是他一手建造的；我在草稿本上画下机器人图纸，是他用晾衣架、电动车马达和易拉罐将潦草的蓝图化为实物；我们共同玩耍、长大，看着被丢弃的甲壳虫汽车一天天被灌木丛吞噬，看着琉璃从邻家女孩成长为窈窕淑女。

属于我与她两人的瞬间是虚假的，每一个画面都有他的存在，是他为我们讲解"二人羽织"的表演要领，在上台前为我们鼓气加油，带我们逃出热闹的中央展馆，坐在"大卫"的大理石基座上望着灯火辉煌的城市，等待烟花升起。我们三个人讨论着关于音乐的话题，我们都喜欢老歌，我爱迈克尔·杰克逊、芮阿娜和阿黛尔·摩根，琉璃喜欢皇后乐队、蝎子乐队、邦·乔维和夜愿，而他的播放器里装满鲍勃·迪伦、琼·贝兹和朱蒂·考林斯。

那是我在这个小小的群体中第一次被疏远。或许，也是最后一次。

琉璃身上的甜蜜桃子香味还残留在鼻孔，但她却不再向我看一眼，只用亮闪闪的眼神望着那个男孩，同他谈论着音乐中的力量与反抗精神。我试图插进对话，却发现他们在用一种我不理解的语言交谈。

"民谣与摇滚的精神核心是重合的，它们拥有同一个根源。"

"如果说根源的话，应该是日升之屋吧？"

"啊，你一定要听一听动物乐队的版本，在那个年代的英国乐队当中算是最棒的另类。我的播放器里应该有的……就在这里。"

他们分享同一副耳机，身体挨得那么近，以至于我听不清他们的窃窃私语。我无聊地望着天空，直到第一朵烟花在夜空绽放。"放烟火了！快看啊！"我大叫道，扭过头，发现他们之间的最后一丝距离已经借由双唇轻轻弥合。

乔。

他的名字叫作乔，我怎能忘记他？我最好的童年玩伴，我的朋友，我的兄弟，我最敬佩的人。他是个心灵手巧的人，在秘密基地简陋的环境中制造出那么精致的双足机器人，那早就超过了手工课的范畴，简直可以拿到现代艺术品画廊中去展览。他学习成绩极好，喜爱摄影，会弹吉他，拥有一头浓密的褐色头发和一双明亮的灰绿色眼睛。在 12 岁那年，他就长到五尺九寸高，拥有强壮的肌肉和敏捷的身形。他是个值得信赖的人，具有领袖的天然气质，身边从不缺乏追随者，我不知道他为什么喜欢和我厮混在一起，只知道与他一起玩耍的日子，我快乐得像国王身边受宠的小丑。

有一次我问乔为什么那么喜爱 20 世纪的古老民歌，他对我说在遥远的 20 世纪初，有一位诗人、作曲家、工会组织者，为了工人运动写出无数振奋人心的民谣歌曲，最终被资本家以杀人罪处决。那个人的名字叫作乔·希尔。现在可能没人记得这位民歌复兴运动的精神领袖，但这个名字将永远铭刻于反叛者的墓碑上，永不褪色。

"我们名字相同。"乔笑着说，"有时候我觉得，这是上帝的安排。"说这话的时候，他的脸上带着与年纪还不相称的成熟。

自从 12 岁那年世界机器人大会烟花缭乱的夏夜之后，乔与琉璃逐渐淡出我的生活。乔并不理解我的冷淡，下课后依旧找我来玩，但我心中已经筑起高高的墙壁，将国王的邀约一次次拒绝。终于，三个人之间疏远了，12 岁男孩的自尊让我不得不独自品尝被遗弃的苦果，躺在床上想起他们成双入对的影子，痛苦地屈起身体忍受深深的孤独。

我恨他。恨国王将他的小丑遗弃（尽管那是我自己的选择），恨他与琉璃在一起的每一秒时间。

日子过得很快，我们渐渐长大，琉璃在高中毕业之后进入汽车制造厂控股的维修公司实习，乔依照父亲的意愿进入职业技术学院学习机械电子工程，而我在社区大学攻读现代工业设计学位，准备在取得学位之后考入著名大学的研究生院，彻底离开这座嘈杂而阴沉的城市。

那一年，白色的高塔用了短短一个月就出现在城市的正中心，罗斯巴特集团的盾形徽标高高悬在塔楼顶端，像一只奇怪的眼睛在俯瞰整座城市。街道上开始出现各式各样的机器人，起先做着一些机械性的简单工作，随着州议会政策的逐渐宽松，这些怪模怪样的家伙开始走上正式工作岗位——说是机器人，其实没有一个是人形的，只是一些会移动、举起物体和发出声音的机械而已，当然，据说还会思考。

也就是从那时起，萧条的气氛开始笼罩街道，工人们不安地议论减薪和裁员的话题。我的父亲说一定都会好起来的，历史就是这样，城市已经挨过了那么多次经济危机，不会被暂时的不景气击倒。

终于，裁员计划被提前泄露，工业区即将整体关闭的消息如同重磅炸弹爆炸，一切都乱了套。工会立刻组织罢工——事后想想，资本家早已做好割掉古老工业体系、建立新秩序的觉悟，罢工和游行又能威胁到谁呢？

我就是在这样一场游行中听到唤醒记忆的那首歌曲的，乔·希尔在1911年为工人运动而创作的《牧师与奴隶》。对了，那天我穿过街道从社区大学回家，被游行示威的人流席卷其中。"喔，老克劳福特的儿子！"有人认出了我，立刻我的手中就多出了标语牌、头巾和啤酒，"为什么没有人发给你啤酒？喝光啤酒，举起牌子，再走20分钟我们就吃午饭！"

我不想参与，但没能说出拒绝的话。人群呐喊着口号走过国王大街、绿洲路和铜矿路，兜了个圈子到达纪念广场，在这里休息、午餐。吵吵闹闹的工人坐满了圆形轨道基座，就像下雨时电线上密密麻麻挤满的麻雀，有人在我手中塞入热狗与凉啤酒，广场中心搭起临时高台，四个巨大的马绍尔牌音箱接通话筒，有人登上台向大家讲解下午的游行路线；接着另一个人花了 10 分钟宣讲机器人末世论，说这些拥有了身份的铁块总有一天会反过来成为人类的主人；最后乔和琉璃双双出现在台上，乔抱着他的吉他，琉璃穿着白色棉质 T 恤衫和蓝色背带裤，短短的头发用红色头巾扎起。

"乔！乔！"工人们举起啤酒喊道。

"这首歌叫作《牧师与奴隶》。今天，资本家说用钞票买断我们未来的工作年限，将我们安置在新移民城市，让我们可以在机器人的服务下舒舒服服过完一辈子，每日做着虚幻的工作，而明天，我们，我们的儿子，我们女儿，我们的孙子、孙女和所有后代，就会成为被世界遗弃的垃圾！"乔已经成长为一个英雄般的高大男人，他握着话筒，整个广场的光仿佛集中在他身上，让他吐出的每一个字眼都带着来自天堂的雄浑力量，"这些资本家正在用无所不在的机器人抢走我们的工作、我们的土地、我们的生活和我们的城市，两百年前，我们的祖先在戈壁滩中央建立了这座城市，如今城市的灵魂就要死去，高炉不再流出铁水，水压机不再锻打金属，石油不再流动，蒸汽不再喷发，一切将在我们的手中终结。……全部终结。"

全场鸦雀无声，音箱中传来空洞的啸音，空气绷紧了，我望着乔和他身边的女人，艰难地咽下口中的食物。

乔没有多说一个字。他引燃了 3000 名工人的炙热情绪，又任由它在等待中发酵、膨胀，演变为超过临界力量的风暴。所有人都在等待他继续说下去，他却退后一步，抱起怀中的吉他。琉璃轻轻握住话筒，闭上眼睛，翕动嘴唇。

纤弱而有力的女声响起：

> 长发的牧师每晚出来布道，
> 告诉你善恶是非。

吉他扫弦声响起，如遥远天边隐隐滚动的雷雨。

> 但每当你伸手祈求食物，
> 他们就会微笑着推诿……

乔开口了，充满力量感的男声接替了女声：

> 你们终会吃到的，
> 在天国的荣耀所在。
> 工作、祈祷，简朴维生，
> 当你死后就可以吃到天上的派……

随着简单旋律的不断重复，工人们开始加入叠复句的合唱：

> 工作、祈祷（工作、祈祷！），简朴维生（简朴维生！），
> 当你死后就可以吃到天上的派！
> 各国的工人弟兄团结起来（团结起来！），

当我们夺回我们创造的财富那天，

我们可以告诉那些寄生虫（寄生虫！），

你得学会劳动才能吃饭！

纪念广场沸腾了。音乐的力量让这些卑微的、绝望的、疲倦的工人发出海啸般的怒吼，我相信即使远在那座白色高塔中，大人物们也听得到这种震耳欲聋的呼喊。

在这一刻，我却感觉到彻底的绝望。他与她站在高高的台上，唱着一百年前的歌，他是她的约翰·列侬，她是他的小野洋子，他是鲍勃·迪伦，她是琼·贝兹，他们是一体，彼此契合，无法分割。

我恨自己打开记忆的封印，让这种痛苦再次置我的灵魂于嫉妒的炼狱。我沿着国王大街快步向前，走过肮脏的街道、破碎的路灯和飘满纸屑的路口，我已经知道琉璃尝试将我引向何方，最后一封信一定藏在那个地方，我曾经忘却，又终于想起来的开始与终结之地。

我们的秘密基地。

也是乔死去的地方。

03:54

我不知道儿时的记忆缘何被封闭，只知道随着回忆的恢复，某种东西悄悄改变了。这破败的城市、无精打采的阳光、钢蓝色的雾气开始变得熟悉而亲切，空气中有一种让人心惊的温暖味道。快步走了20分钟，我才发现行李箱和外套被丢在了纪念广场，但那些已经无关紧要，我最需要的是一个答案，而答案就在前方。

邮电大楼出现在街角，这栋六层高楼房表面的绿色油漆已经剥落，大门紧紧锁着。我的心脏不由自主地加快跳动，左右看看，街上并没有行人，远方一架清洁工机器人懒洋洋地挪动八条吸盘腿在一栋建筑物的外立面上行走，街对面的消防栓损坏了，一摊污水汩汩冒着气泡。

我咽下唾液，慢慢绕到邮电大楼侧面，在这栋大楼与隔壁"罗姆尼螺丝世界"五层楼房的夹缝处，摆着一个立体花坛，这种砖木混合结构的花坛在城市兴盛的时代大量出现于街头巷尾，花坛分为7层到12层，层架上装有培养土或水槽，里面种植着三色堇、毛蕊花、波斯菊和蝴蝶兰，每个季节都有不同的鲜花开放，让花坛看起来像一道依序移动的彩虹。当然，现在的花坛只是一堆腐朽的木头和生满杂草的泥土罢了。

我蹲下来，一眼就看出新近有人来过的痕迹。这座花坛是秘密基地的入口，钻进花架底下，抽出六块底座的红砖，就可以钻进两栋大楼之间的夹缝，那是专属于我与乔两个人的天地。在热衷于机器人的童年时代，我们每天放学后来到这个秘密基地，在机械图纸、组合玩具和稀奇古怪的电子零件上消磨时光。我居然会忘了这美妙的一切，这简直匪夷所思——就像我居然会忘记乔一样离奇。

我挽起袖子，手足并用爬进花架下方，四周阴暗下来，能勉强看清布满灰土和烟蒂的地面。一行清晰的爬行痕迹出现在尘埃里，消失在花坛底座前，我伸出右手与灰尘中的手印比较，手背完全遮盖了那小小的掌印，娇小掌印的主人一定是位女性。我悚然一惊，鼻端仿佛闻到了水蜜桃的香甜味道，用力吸气，却只嗅到飞扬的尘埃。

灰尘让我咳嗽起来，在文明的世界居住太久，差点忘记了尘埃的味道，这种由尘螨、虫尸、沙粒、垃圾粉末和金属颗粒组成的灰土几乎令我窒息。在一阵剧烈的咳嗽过后，我伸手摸索砖墙，那六块砖只是搁在原本的位置，轻轻一抽就掉了出来。但我没办法穿过砖墙的洞口，一次冒失的尝试差点让我卡死在秘密基地的入口处，红砖挤压着我的胸腔，肋骨在咯咯作响，昂贵的真丝衬衣被砖块磨破，我用尽全身力气才退了出来，在灰蒙蒙的花架下大口喘息着。

花了15分钟时间，我才用钥匙链上的袖珍军刀撬下四块红砖，将洞口扩大到成年人的宽度。这次我顺利地爬了进去，手脚接触到秘密基地的刹那我彻底放松了，一转身仰跌在地呼哧呼哧喘气。这里几乎一片漆黑，两栋楼房相接的遮雨棚没有留下一丝天光，一米多宽的夹缝被两侧的花坛完全封闭起来，或许是设计的疏漏，或许是规划问题，原本应该毗邻建造的两栋大楼并未实际贴合起来，除了城市建筑管理委员会之外没人知道这个隐秘空间的存在。

知道这里的只有我和乔两个人。在我们逐渐疏远的日子里，我不时会回到这里独自玩耍，也会看到他曾来过的痕迹，秘密基地成了维系我们关系的最后纽带。

直至十年前的那一天。

我的记忆从未如此鲜明，以至于一闭上眼睛，就能看到死去的乔那张英俊面孔上的诡异表情，他一只眼闭着，另一只半睁着，眸子变成一种雾蒙蒙的灰色，鼻孔微微张开，嘴角上翘，露出几颗沾血的牙齿，齿缝里咬着一截黑色的物体，后来花了好久我才想到，那应该是他的舌头。因为被殴打的痛苦，乔咬断了自己的舌头。

那是一个雾气蒙蒙的清晨，大罢工的第十六天。由产业工人掀起的大规模罢工运动已经由这座城市扩展到这个州所有的工业城市，人们扎着红色头巾，挥舞着标语牌、大号扳手和铁锤走在街上，唱着一个半世纪以前那个名叫乔的男人写下的歌谣。我不知道资本家和政客们是否感到害怕，电视上看不到真实的信息，即使人群包围了罗斯巴特集团的白色通天塔，也无法看清高居塔上的大人物们的表情。

我也不再去社区大学上课，整日混在游行的队伍里。我的父亲非常反对我参加游行，严厉地训斥我，说那不是我该干的事情；可我选择无视他的意见。参加罢工运动对我来说并非出于阶级、道德或政治原因，回头想想，或许我只是想喝到免费的啤酒，然后远远地看琉璃一眼罢了。那时乔和琉璃每日都会登台演唱，将乔·希尔的歌曲教给大家，当台下的声音掩盖了音箱的音量、每个人开始挥舞拳头大声歌唱的时候，琉璃脸上的那种光芒令我无法直视。我心碎地、痛苦地、嫉妒得快要发狂地望着那对高高在上的恋人，品尝着扭曲的蜜水与漆黑的毒药。

我恨他。

我爱她。

所以更恨他。

后来，他们的位置似乎被另一伙人取代了，为首的人整天喊着蛊惑人心的口号，罢工运动正在悄悄向极端的方向发展，乔和琉璃不再出现在台上，工人们也不再唱歌。

第十五天夜间，一场冲突发生了，没人知道混乱因何而生，血与火笼罩了钢铁之城。整座城市都在熊熊燃烧。电力供应中断，手机失去信号，电视新闻没有报道，无数人在呐喊，汽车爆炸的火光在一条条街道如烟花般闪烁，烟雾升起，星空黯淡，每个人都疯狂了。我对这一天的记忆非常模糊，只从很久以后的新闻片段中看到了这可怕的画面。

第十六天，由工人组成的城市防卫队——那时刚刚出现的机器人警察已经全部被砸毁了——在巡查中发现了乔的尸体。他倒在邮电大楼旁边，身体因殴打和践踏已经不成形状，左手藏在身下，右手伸向花坛的方向，指甲在地面留下长长血痕。在他之前，我所在的这支防卫队已经找到了 60 名遇难者的尸体，其中包括我的父亲。在这一刻，我很奇怪地陷入了游离的精神状态，镇定自若地用酒精棉球擦去乔脸上的血污，将他装入黑色的裹尸袋。

我知道他最后想要到达的地方，不是那座花坛，而是花坛背后的秘密基地。但我没有任何反应，甚至没有去思考其中的意义。

剧烈的头痛忽然袭来，阻止我继续回忆下去。我慢慢站起来，掏出手机照亮秘密基地狭长的空间，这里的一切都没有变，我们用硬纸板分隔的工作间、储藏室、书房、食品间和机械库依然如旧，只是以成年人的视角来看，这里的一切都像幼稚的过家家游戏的道具。

一个洁白的信封摆在工作间的书桌上，那张桌子是我们费了好大力气偷偷运来的，桌上积满厚厚灰尘的机器人画册、图纸和照片曾是我们最珍贵的宝物。我拈起信封，撕开封皮取出信纸，纸上写着：

"你终于做到了，大熊。你想起一切了吗？我在工作地点等你，你知道我在哪里。P.S：这是最后一次反悔的机会。"

03:20

我当然知道琉璃在哪里工作。事实上，我曾不止一次在那间隶属于汽车制造厂的机械维修公司外面驻足观望，希望在裸着上身的机修工人、冒着热气的液压举升机、坏掉的汽车和沾满机油的墙壁中间找到黑发女人的轮廓。我从没看到过她，她也未曾感觉我灼热的视线，这是件好事，我心中一直迷恋着这个遥不可及的女人，却不知怎样开口说出一句问候。距离 12 岁已经太遥远，我们之间的距离将我对她的感情酿成有毒的苦酒，将她对我的回忆装进疏离的坟墓。

手表显示 3 小时 20 分，那是她给我的最后期限，游戏已经结束了，只要沿着铜矿路走到尽头，就能在右手边找到"吉姆——吉姆尼"机械维修公司的大楼，找到那个有着水蜜桃味道、穿着白色棉袜子的东方女孩。

铜矿路是贯穿城市中心的主干道，我背后矗立着罗斯巴特集团分公司的白色高塔，前方是空阔无比、迷雾覆盖的道路。这时候阳光隐去，雾气仿佛变得更加浓密，一辆布满灰尘的汽车从雾中驶来，有气无力地按了一声喇叭，掠过我的身边，卷起刚刚落下的一捧黄叶。一架体型跟雪纳瑞犬差不多大的机器人不知从哪钻出来，利索地将落叶吸进集尘器，然后用盒装身体上顶着的摄像头眼巴巴地看着我。

我知道它在等我吐出口中的尼古丁咀嚼片。"不。"我做出拒绝的手势继续前进，机器人失望地垂下摄像头，钻回道边的排水沟。现在的我感觉疲惫、头痛、胸口疼（应当是爬进秘密基地时弄伤了肋骨）、心慌意乱，此时口腔中释放的每一毫克尼古丁对我来说都无比重要，用力咀嚼着口中的东西，我咽下带着薄荷味道的口水，佯装这能够带给我力量。

回忆仍然在不断苏醒，乱哄哄地挤进我的脑袋，我竭力什么都不想，机械地抬起脚、落下，抬起脚、落下，经过一间又一间贴着封条的店铺，在一架又一架清洁机器人的注视中前进，就这样走完了整条铜矿路。橙红色的建筑醒目地出现在右前方，"吉姆——吉姆尼"机械修理公司大楼看起来像一个超大号的圆柱形油桶，当时算是这座严肃城市中最新潮的建筑物之一，这里除了修理汽车、工程机械、机床设备之外，还开展了机器人的保养与维修服务，不过自从罗斯巴特公司的白色高塔出现，就没有过一名机器人顾客光顾。

几名吸毒者在路边谈着什么，一看到我就隐入雾中不见踪影。机械修理公司大楼没有如整座城市般褪色，依然是耀眼的橙红，不过楼顶似乎有些异样；我眯起眼睛望去，发现那是一大群黑压压的乌鸦，无数乌鸦安静地站在大楼顶端一动不动，如同一个古怪的黑色花冠。

这可不是什么好兆头。我的脑袋又开始疼痛。

大楼的门紧紧锁着，贴着黄色封条，透过蒙尘的落地玻璃我看到了自己的形象：穿着卷起袖子的肮脏衬衫，头发散乱，满脸污痕。短短几个小时，我就从系着真丝领带、端坐在办公室里啜饮咖啡的中产者变成了这副狼狈的模样。够了。5 秒钟以后我就能让这一切结束。见到她，拒绝她，无论她提出什么要求。结束这一切。

我从地上捡起吸毒者丢下的空酒瓶，用力向玻璃门砸去。"砰！"瓶子立刻粉碎，警铃声响起，接着迅速微弱下去，一定是电池耗尽了能量。

"要跟人打架的话，酒瓶可以随时变成刀子，但一定要记得，用整瓶啤酒去砸才能造出锋利的刃口，空瓶子的话，会碎得只剩下一个瓶颈握在手中。"放学的路上，乔如此对我说道。——他似乎什么都懂。见鬼。

我开始捶打那扇门，捶得如此用力，以至于整条街道都回荡着拳头与玻璃碰撞发出的闷响声。我不知道警察是否会赶来，铜矿路是这座荒芜城市中机器人最密集的地方，州财政拨款维护着这条主干道，为破产的城市留下最后的尊严。在这一刻，我心中甚至生出一个想法：如果警察现在能够将我拘捕也未尝不是一件好事，在缴纳罚金之后我就可以乘坐警车去往中央车站，头也不回地离开这里，再不回来。

"喂。"

琉璃的声音说道。

心脏传来熟悉的疼痛悸动，这一声呼唤犹如闪电击穿灵魂。我的动作静止了，透过玻璃门看到自己目光游移的身影。我这一生从未感到如此狂喜，也从未感到如此恐惧。直到这一刻，我才明白一路彷徨只是自欺欺人的伪装，深藏心底的炙热情感一旦打开缺口，冲动就化为滚滚流淌、散发着毒气的熔岩，为了见到她，我愿意与魔鬼签订契约抛弃一切；但她是真实的吗？在这么多年之后？是否我抬起头来，看到的只是镜花水月的幻影？

"喂，上来吧，别闹了。一层的门是打不开的。"

我慢慢抬起头。动作如此缓慢，以至于全身上下每一条肌肉都僵硬而发出颤抖。午后的阳光穿过雾气，洒下柔软的金黄辉光，二楼一扇窗子打开了，她在那里，带着笑，轻轻挥动手臂。

我听到自己胸口传来爆裂的声音。格林童话《青蛙王子》中王子的仆人亨利看到主人变成一只青蛙之后，悲痛欲绝，在自己的胸口套上了三个铁箍，免得他的心因为悲伤而破碎。当王子被公主唤醒，忠心耿耿的亨利扶着他的主人和王妃上了车厢，然后自己又站到了车后边去。他们上路后刚走不远，突然听见噼里啪啦的响声，好像有什么东西断裂了。路上，噼里啪啦声响了一次又一次，每次王子和王妃听见响声，都以为是车上的什么东西坏了。其实忠心耿耿的亨利见主人如此幸福而感到欣喜若狂，于是那几个铁箍就从他的胸口上一个接一个地崩掉了。

此时此刻，我胸口的铁箍正因无限巨大的幸福而一个接一个爆裂，那些为了不再想起她而筑起的钢铁樊篱。我是爱上公主而背叛王子的亨利，3650个自我逃避的日子过去，这一刻，我获得了新生。

"消防楼梯在大楼后面，慢慢爬，有些地方生出了青苔，有点滑。"她说。

"知道了。"

懊恼、疼痛、疲惫、失望、愤怒如初雪融化，心情瞬间平静得如同冬季月光下的密歇根湖。这种改变让我觉得奇怪，但又不纠结为何奇怪，仿佛知道任何不合理的事情一定可以得到合理的解释，也就不再在意解释本身。心脏仍在激烈地跳动，但手指已不再颤抖。

我绕到大楼背后，在遍地垃圾中找到防火梯，小心地踏着滑腻腻的苔藓攀上二层。跨过一道门槛（也可能是一道窗棂），我见到了琉璃。

她穿着白色棉质T恤衫、蓝色背带裤，戴着白色耳机，头发短短的，明亮的眼中带着笑意。在这一刻，我忽然发觉其实一直以来我都不记得琉璃的样子，就算刚看过她与我 12 岁夏日的合影，转眼脸孔就会变得模糊；但我如此确定现在站在眼前的人就是她，她并非泛黄照片上的空洞笑脸，而是温热的、活生生的、散发着水蜜桃香味的氤氲光影，就算闭上眼睛，也能感到她的存在，那个 12 岁女孩笑靥如花的灵魂。

一种名为"幸福"的甜蜜物质被心脏泵入四肢百骸，我感觉舒适的温暖与辛酸的疲惫，眼睛打量着对面的女人，不愿挪动视线一分。

"大熊，我以为你会变很多，没想到还是这副模样。"琉璃歪着脑袋打量我，露出尽力忍住笑的表情。她脸上擦着几道黑黑的机油痕迹，手上戴着脏兮兮的工装手套，看起来刚才还在工作。

"那个，全都弄脏了，还划破了几处……谁让你把信藏在那种地方的？"我有点尴尬地掸着衬衫上的泥土，鼓足勇气反过来质问道。

"我怕你的记忆不容易恢复，就想办法尽量帮帮你。看来你都想起来了对吗？"琉璃的眼睛弯弯的，几道俏皮的鱼尾纹出现在眼角。

"很多。"我回答道，"我居然会彻底忘掉乔的存在，真是太奇怪了……还有惨剧发生的那天晚上。乔是死于暴动的游行者手中吗？……对不起，我不应该提起的。"

琉璃用黑色的眸子盯着我："没关系。这么说，你还没完全想起来。或许只要这个程度就够了吧。……大熊，你愿意为我做一件事情吗？"

"愿意。"我回答道。

"可我还没有说是什么事情。"琉璃惊讶道。

"那你说说看。"我说。

"是关于……"琉璃开口。

"愿意。"我再次回答道。

"让我说完!"琉璃怒道。

"好吧。"我说。

"我要你陪我去做一件事情,可能会死的——不,应该说一定会死的吧。"琉璃犹豫地说。

"愿意。"我说。

"为什么?"琉璃显得有些不解,"我知道你和乔的关系,如果你想起了最要好的兄弟的事情,应该会帮助我的。但你明明没有全想起来……"

"想起什么?你可以告诉我吗?"我问。

"不,别人告诉你的话,你会认为那是一个谎言。"琉璃指着自己的太阳穴,"只有相信这里。靠自己吧,大熊。在此之前,你还愿意帮我吗?"

"愿意。"我说。

"好吧。"她说。

她带着我穿过房间。房间乱糟糟堆满图纸,一台老旧的电脑显示着机械的复杂蓝图,墙角高高摞着罐头盒子和啤酒易拉罐,空气中有一种机油味混合烟草味的熟悉味道。"啊,抽烟吗?"她掏出烟盒抛过来,"在大城市不太容易买到香烟吧。"

我很自然地吐出尼古丁凝胶,抽出一根烟衔在嘴里:"有火吗?"

"什么?"琉璃停下脚步转回头,"哦,抱歉。"她摘下耳机揉成一团塞进兜里,"正在听歌。喏,打火机。"

"谢谢。"我接过打火机点燃香烟。在我所居住的城市,这意味着高达五十元的烟草税、环境税与健康税，加上体检报告上的鲜红图章。不过此时，我感觉到的只有醇厚的舒适感，让咀嚼片见鬼去吧！这才是真正的尼古丁。

琉璃在前面带路，我跟在后面。她的头顶只到我下巴的高度，从这个角度可以看到她如男孩一样的短短发梢、长长的脖颈和裹在 T 恤衫里纤细的背影。我今年 32 岁，那么她今年也 32 岁了。不再交谈的 20 年，未曾见面的 10 年，她都经历了什么？她是否嫁人生子？为什么还逗留在这座毫无希望的城市？她为何要给我写信？她要我帮助的事情又是什么？

这些问题我一个都不想问。就这样一起行走，望着她的背影，就够了。

我们走出房间，穿过一个短短的回廊，推开一扇门，来到一个平台。

"喏，就是这个。"琉璃指指前方，倚在护栏上望着我，"希望你喜欢。"

我没有说话。

"吉姆——吉姆尼"机械修理公司的圆柱形大楼是中空的，房间呈现环状附着在楼壁，中央是一个巨大的柱形空间。我先看到许多大口径不锈钢管被电缆、液压机构和油管缠绕着向上延伸，抬起头，就发现那其实只是一截小腿而已，膝部轴承关节以上是直径更粗的钢管和液压机构，在胯部与联动机构相接，具有应力结构的多节脊椎托起不锈钢栅板覆盖的胸腔和凯夫拉多层垂帘防护的腹腔，胸腔中装有动力核心，而腹腔则安放着变速器和传动装置，肩部轴承通过锁骨结构连接胸腔与上臂，手臂的液压结构更加复杂，能直接将动力输送到每一根手指末梢，脊椎顶端带有减震系统，上面安放着半球形的头颅，头颅处敞开一扇气密门，露出乘员舱的点点灯光。

巨大机器人静静地站在大楼内，看起来像剥去皮肤与肌肉的金属巨人标本，又像放大千万倍的小学生劳动课手工模型。它的外形毫无美感可言，比例失调，管线外露，而结构设计更充满了幼稚可笑的缺陷，那是只有小学生才能想出的异想天开的设计语言。

但我对它是如此熟悉。

这是我和乔花费大量时间在秘密基地中设计出的巨大机器人，我们管它叫"阿当"。我们画下无数图纸，对每一个数据详细推敲，激烈讨论着动力系统的配备，为乘员舱的位置伤透脑筋，这是我们最棒的作品，而那是我们最好的时光。

如今，阿当从少年涂鸦的稿纸走入现实，它是如此巨大，以至于我一直仰头观看，几乎弄伤了脖子。

"喜欢吗？"琉璃微笑着问道。

02：58

"就连数据……都与图纸上的一样吗？"我望着巨大的机器人，声音在空洞的楼内回响。

"高度24米，重量190吨，臂展17.4米，步幅9米。"琉璃靠在护栏上点燃一根香烟，介绍着这个庞然大物。

"动力系统呢？"我努力回想着当时的设计，空想的世界里不需要什么逻辑性，我们完全可以给阿当安装一台10万马力的核裂变发动机，再在它的全身装满火神机关炮、导弹、激光发射器和电磁炮，但当时我与乔只是非常谨慎地设计了一台峰值输出 3.5 万马力的氢能源燃料电池发动机，使用传统的轴传动加液压系统方式，而不是更加方便的发电机——电动机结构。

这时头顶有振翅声传来，几只乌鸦围绕着机器人盘旋几圈，嘴里衔着亮晶晶的螺丝钉和铜线，穿过半透明太阳能天花板的破洞飞走。"这些小偷很喜欢发光的东西，慢慢就越聚越多了。"琉璃吹了声口哨驱赶乌鸦，"抱歉啦，大熊，就算拼了老命我也找不到合适的动力核心，现在安装的是来自报废坦克车的两台罗尔斯·罗伊斯牌 V12 共轨增压柴油机，最大输出马力 4200 匹；变速器则来自海岸警卫队的德尔塔 IV 巡逻快艇残骸，是 ZF 公司出产的 9 挡液压变速箱，修复它花了我很大力气！胸口部分两台柴油机的输出功率经液力变矩器传递至腹部的变速箱，从变速器经万向传动装置输出至裆部的分动器，分动器再经万向传动装置送往各个驱动桥。轴输出提供轴向力，头颈、四肢一共有五个液压系统，液压系统提供径向力。"

"才 4000 多匹马力，这样的马力重量比只能让它勉强动起来而已吧。"我心中默默计算着数据。

"喂喂，端正一下态度吧老兄。"琉璃探出身子拍拍机器人的大腿，"在没有任何人帮助的情况下，我一个人完成了这么厉害的大家伙，你是要继续吹毛求疵下去，还是动脑子想想你面前的女人应该得到什么样的称赞？"

"这太棒了，琉璃。我不知道该怎么表达。"我说，"我小时候做过的无数梦里面最酷的一个，就是驾驶着巨大机器人与坏人展开殊死搏斗……但你做了一件毫无意义的事情，这样的机器人，一点价值都没有！"

对面的女人忽然眉目弯弯地露出微笑："好吧，反正还有一点时间，我们可以好好聊聊这个话题，你喝啤酒吗？虽然不冰，不过幸好还在保质期之内。——我们有多久没见面了，十几年？"一边说着话，她一边从背带裤兜中掏出控制板，在上面点触几下，嗡嗡的电动机工作声传来，我们脚下的平台开始沿着大楼内壁的螺旋形轨道旋转上升。

"……10年整。"我回答道。随着平台的移动，我可以自下而上将巨大机器人的细节一览无余。所有的非标准件应该都是身边的女人用车床手工制造的，精度很差，也没有经过打磨抛光，焊接点显得非常粗糙，电路和油路走线混乱，应当由凯夫拉防弹材料覆盖的腹部其实只是挂上几层破烂帆布而已，让机器人更像一具缠着裹尸布的骷髅。长期从事的职业让我不得不以挑剔的眼光审视这个作品，从设计师的角度来说，这简直是一个灾难。

但同时我的心脏在剧烈跳动，仿佛童年的自己想要跃出胸膛，将这伟大的造物拥入怀中。我无法表达心中的激动，全身上下每一个细胞都在惊叹、战栗，就算故作镇静，说话还是会带上颤抖的尾音。乔当年制作的那个精美机器人模型正是按照阿当的设计图完成的，如果他如今还在世，会不会同我一样，在这个巨大的机器人面前欣喜若狂？

平台升至轨道顶端，咔嗒一声静止，从这个角度可以清楚看到机器人头部乘员舱的内部构造，同设计图一样，里面的空间非常狭小，一张座椅悬浮在200支柔性液压支撑杆中间，星罗棋布的仪表和按钮布满座椅前的操作台，几盏绿灯亮着，象征机器人处于电路自检完毕、可以启动的状态。这一切都与我们当时的设计一模一样，甚至连指示灯的位置都没有改变。

"你没有对图纸做一点改变吗？ 12 岁孩子画出的图纸？"我悄悄攥紧衬衣一角，以防自己发出激动的喊声，口中吐出的却是挑剔的言语。

"不用怀疑了，这就是你们的阿当，大熊。"琉璃轻轻抚摩着机器人的钢铁皮肤，"无论合理还是不合理的地方，我都完全重现了。"

"可是……阿当它并不科学，从理性的角度……"我艰难地挤出几个字。

"那又怎么样呢？"秘密基地里的充电应急灯照亮乔的脸庞，12 岁男孩扬起眉头，那种充满理想主义精神的天真表情并未死去，穿越漫长的时间，在 20 年后的女人脸上重生。

02: 30

我的工作是为罗斯巴特公司设计机器人。在机器人三定律的基础上，罗斯巴特集团生产的模拟神经元中枢处理器给机器人带来独立思考的能力，这种生物计算机具有 2.5 亿个神经细胞，其工作原理与人脑相当类似——尽管与具有 1000 亿神经元的人脑相比它在归纳、判断、联想与抽象化思考等方面远远不足。

在州议会修改宪法之后，机器人的生存权利得到了承认，与此同时"制造"机器人转变为机器人的"生殖"。之前罗斯巴特公司制造的200 万名具有人工智能中枢的机器人成为原始族群，它们开始竞争社会工作岗位，为自己的生存赚取金钱，自由结合为伴侣，有人担心这些由金属和集成电路组成的异类不具有繁衍后代的自然责任，但事实证明这种担心是多余的，即使不加以规定，机器公民也很愿意建立"家庭"，并且共同抚育后代。200万名原始机器人分为1025种型号，每种型号的外形与功能都完全不同，而同种型号间又由于批次、零配件和装配工艺等原因出现差异，这些差异成了某种遗传基因，在"生殖"过程中被保留且放大，最终形成了家族的决定性特征。

两名机器公民伴侣联合提出生殖申请，经州立管理委员会通过后转交罗斯巴特集团高级定制部门办理，定制部门将根据机器人伴侣的主观意愿（在允许范围内对某种特征的强调）及客观因素（显著特征、付出的金钱）计算出下一代机器人各项数据的模糊边界，将关于外观设计的部分外包给控股子公司完成，最终由集团工业机械部门完成制造。

我的工作就是根据高级定制部门给出的数据边界，设计出崭新的机器人，从某个方面来看，这与上帝的工作并无不同。多年以来成千上万的新时代机器人从我工作室电脑屏幕上的草图变为实体，遗传正显示出恐怖的力量，崭新的机器人形态开始出现，旧式的机器人被社会淘汰，用尽最后一丝电力，变为阴暗小巷里生锈的废铁；结构更合理、效率更高、更美观的机器人走上工作岗位，用勤恳高效的态度赢得雇主的欢心。由人类控制的"生育率"和"生殖"过程，这是州政府锁在机器人脖颈上的最后一根锁链，没有人能否认机器人正在让这个世界变得越来越好，但直至今日之前，我都没有认真考虑过机器人存在的意义。归根结底，作为人类的创造物，它们的自然使命到底是什么？

这个问题的答案曾经非常简单。

琉璃坐在我身边，喝着一瓶温热的啤酒，她身上的气味没有丝毫变化，擦着两道油泥的侧脸被阳光照亮，尘粒在她鼻尖短短的绒毛上轻盈飞舞。"呸！真难喝。"她有些恼怒地放下瓶子，"明明还有几个小时才到保质期的，却已经酸成这个样子了！"

"我是说，人形机器人是最不科学的东西。"我说。我裸露在外的手肘不小心触到她的臂膀，感觉比 20 年前更加强烈的电流透过皮肤、肌肉和骨骼，闪电般刺穿了我的心脏。

"为什么？说说看。"琉璃侧过头来，问。

我们肩并肩坐在一张双人床垫上，半透明天花板上站满了乌鸦，浑浊不清的阳光穿透雾气和太阳能玻璃照进室内，把这间起居室割成明暗分明的两半。阳光已经倾斜了，或许用不了多久就会天黑。床垫、衣柜、冰箱、水槽、电脑、工作台和电唱机，屋里的一切显得陈旧而凌乱，没有任何带有女性特质的物品，甚至没有一面化妆镜存在。只有靠近琉璃身边，那种淡而甜蜜的水蜜桃香味才会提醒我主人的身份，房间也因此变得温暖起来。

"还需要说明吗？一直以来人形机器人都只是科技企业展示技术的手段而已，双足行走是人类在进化过程中为了解放双手而必须承受的原罪，机器人没有任何理由花费大量资源重现这种不科学的行进方式，双足机器人能够胜任的工作，更廉价且可靠的履带或多足机器人可以完成得更好。而巨大的人形机器人，那只是动漫作品中不切实际的幻想吧……"我想了想，如此回答道。

"那你和乔当初为什么对巨大人形机器人那么痴迷？"——琉璃的这句话问得我哑口无言。

我们一起沉默下来。琉璃抬手用遥控器打开唱机，扬声器传出齐柏林飞艇的《十年飞逝》，我们静静地听吉米·佩吉令人心碎的吉他声在昏黄的阳光里回荡。一曲终了，下一首歌曲的前奏响起，手表上的鲜红数字不断跳动，提醒我必须得主动开口说些什么。"距离那天正好十年，真是个巧合呢。"我说，"你的父亲……他还好吗？"

"和他的老工友一起住在 400 公里外的新移民城市，依靠遣散金生活，每天进行 8 小时的虚拟工作，赚取一点网络信用点。他挺后悔当初的选择，不过人一旦选择了放弃，就再也没有机会了。"琉璃淡淡地回答道，"有一次他在电话中说起他很羡慕你爸爸，'死在最好时候的幸运老杂种'——这是他的原话。"

我苦笑着摇摇头："毕竟我们还活着不是吗？……我忽然想到我与乔对巨型双足机器人着迷的原因了。"

"因为那很酷。"琉璃放下啤酒瓶哈哈大笑起来，"对吗？"

"没错。"我不由得随之露出笑容。

我想了很多。"机器人"一词由"苦役、奴隶"的词根变化而来，其存在的原始意义是为人类提供服务，但没有人会否认，这种人造物其实也是孤独人类自我欲望的表达，巨大双足机器人是对人类存在形态的极端夸张，充满雄性特质的钢铁图腾柱，崇拜巨大机器人，实际上就是崇拜人类之存在本身。

然而机器人的定义究竟是什么？现代文明将它定义为某种自动控制装置，具有在不确定情况下进行感知、决策、行动能力的活动机械，人工智能是这个定义的最佳表达。按照这个标准，我与乔设计出的阿当根本就不是机器人，仅仅是一架人类手动操纵的大型机械而已，其本质与挖掘机并无不同。然而自从见到这惊人的巨物之后，我未曾有一刻怀疑阿当的身份，它不仅是机器人，而且是我所见过最纯粹、最粗糙与最美丽的机器人。

是的，12岁的我们认为所谓机器人，就是具有人类形态的机器，它明明由钢铁制成，却拥有人的体形与灵活的手指，可以大步奔跑，每个关节都能够灵活转动。长大之后，形态为功能服务的古怪机器人充斥社会，我早已忘记了孩提时的想法——这真是可笑，还有什么能比巨大的人形机器人更酷？

01：59

我们像昨天才见过面的老友一样毫不陌生，聊的却是阔别十年的遥远话题，我们听着枪花、黑色安息日、滚石、涅槃和皇后的老歌，谈着笑着，喝光了半打临近保质期的啤酒。阳光逐渐西斜，室内昏暗下来，我忽然想起一个问题："你给我的最后期限是什么意思？我的手表显示还有一个多小时就到了，会有什么事情发生吗？"

"啊，对不起。"琉璃不好意思道，"我这个人不大容易做决定，所以喜欢定下一些期限帮助自己下定决心，那个期限只是这些啤酒的到期时间而已，好在我们把它们喝光了。"

"帮助你下定什么决心？"我举起空啤酒瓶，借着黯淡的阳光瞧了瞧，果然马上就要过期了，我丢下酒瓶，问。

"下定决心启动阿当。"她回答道。

"它还从来没有启动过吗？就算引擎试机也没有？"我问道。

琉璃点点头。暮色中看不太清她的脸孔，只有一双明亮的眼睛在发光："维修公司关闭以后每个人都离开了，只有我偷偷留了下来，如果被警察发现的话一定会被判非法入侵罪吧……幸好后面的解体厂还有很多零件留下来，而机器警察对低于 55 分贝的噪音没什么反应，我才能慢慢地建造这台机器人，就算这样，也才刚刚完成呢。"

"你独自在这里生活了 10 年？就为了这台人形机器人吗？你的生活来源是什么？"我惊讶地问。

女人露出笑容："废弃的城市可是一座金矿呢，你不知道那些黑市商人肯为一个小小的机床轴承花上多少钱！……这并不重要，重要的是，你现在出现在这里，愿意帮助我一起启动机器人。10 年前我决定独自完成这一切，可几个月前，阿当即将彻底竣工的时候我才发现，一个人根本没办法操纵这样复杂的机械，机器人的原始图纸上没有电脑控制的总线结构，阿当没办法自动保持姿态，要改为程序控制的话，相当于将阿当重新建造一遍，而且……那样做的话阿当又与那些杀人犯有什么差别呢？"

"杀人犯？你说那些机器人？"

"没错。造成惨案的人。住在白色高塔里的怪物。杀死乔和你父亲的元凶。毁掉这座城市的家伙。"琉璃平静地吐出带着深深仇恨的字眼，"那些能够思考的机械。"

"所以，你要做的是……"我脑中产生不祥的预感。

"为乔复仇。为你的父亲和我的父亲复仇。为这座城市复仇。"琉璃伸手指着窗外，透过积满尘埃的玻璃窗，在雾气沉沉的城市中央，罗斯巴特公司的白色高塔静静矗立在暮色中。

我不知该说些什么。自从见到阿当的那一刻起我就想到了这种可能性，但当可能性真的成为事实，这疯狂的想法还是令我震惊。"琉璃，在现在的法律框架里机器公民与人类具有基本同等的权利，毁灭机器人的存储芯片是等同于一级谋杀的重罪！就在前几天，一名专门向流浪机器人下手的零件贩子因35桩机器人谋杀案件而被判处605年监禁，大陪审团全票宣判罪行成立！这些你知道吗？"我猛地站了起来，大声说道。

"那你还愿意帮我吗？"她露出了熟悉的表情，微微挑起眉毛，抿着嘴，用眼睛直直盯着我的双瞳，那种倔强而决绝的表情20年来未曾改变。一旦认定一件事情，就算上帝也不能迫使她改变意愿。

"……我愿意。"在大脑反应过来之前，一个声音脱口而出，替我做出回答。

在这一刻，我不知道自己在想些什么，只看到对面女人嘴角的曲线慢慢舒展，绽放出一个破冰的灿烂笑容："从小就是这样，我一直搞不懂你，但不知道为什么，有事的时候又总想找你帮忙。"她伸手拍拍我的肩膀，"我与乔在一起的时候很多次想去找你，不过乔说你是要考上大学、走出这座城市的人物，不想耽误你前进的脚步……其实你一点都没变呢，大熊。"

这个时候，千百个念头忽然涌进我的大脑。我的地位，我在另一座城市高尚而安逸的生活，我崭新的公寓，我的汽车，我的职业，我的狗，我的妻子——哦，我可爱的大狗。脑中的天平开始倾斜，理性的天使开始在托盘上迅速增加砝码，那些砝码，是我如今拥有的一切；而忽然间感性的恶魔浮现于业火，用一句话就改变了微妙的平衡：别蠢了，自从接到信的那一刻起，你的命运就已经注定了，你奔波千里回到这座城市的原因不就在于此吗？在你曾经被封锁、如今破茧而出的记忆里，不是藏着对这个你一手塑造出来的现实世界的深深仇恨吗？你以为已经彻底改头换面，可光鲜的外表下又藏了些什么？你躲得掉那些阴暗的回忆吗？戴上眼镜就看不到机器公民身上的鲜血吗？你的灵魂，不正在死亡城市郁郁不散的雾气中夜夜挣扎，想要找到一个彻底的解脱吗？

西装革履的我在脑中捂脸哭泣，满面纯真的 12 岁少年撕开考究的手工西服，从自己体内出生，接着幻化为 22 岁青年扭曲的脸。大火燃起，城市在呻吟，高大的机器人塑像"大卫"成为明亮的火炬，那一夜，我并非旁观者，我的喉咙很痛，因为整夜在嘶吼毫无意义的言语，我的手中握着沉重的不锈钢撬棍，撬棍上沾着鲜红的血，不知属于谁的鲜血。无论从城市的哪个角落抬头望去，都能看到那座白色的高塔，机器人警察消失无踪，撬棍落下，溅起腥臭的霓虹。

"要我做些什么？"我缓缓抬起头，"另外……那一夜到底发生了什么？"

"你马上就会知道。"两个问题，得到了一个答案。

01：35

她带着我走出房间，乘坐移动平台来到巨大机器人的头部。"乘员舱是为一位驾驶员设计的，所以会很挤，这得怪你，毕竟图纸是你画的。"琉璃抱怨了一句，伸手抓住扶手，身体灵巧地荡进驾驶舱，陷进柔软的座椅中。"过来，坐在我后面。"她招手道。

"现在看来这应该是很幼稚的设计吧……"我苦笑着上前，踩着横七竖八的液压支撑杆走入驾驶舱，勉强在她的身后挤下，我们俩的身体立刻紧紧地贴在一处，连一丝空隙都没有，我得努力扭转脖颈，才能避免把鼻子埋在她的发丝中。

"因为这是乔的心愿。"琉璃说，"他曾经无意中提起你们的秘密基地，所以当见到他最后一面的时候，我完全明白他最后的遗言：'进入秘密基地，拿到图纸，造出巨大的机器人，然后……复仇。'这是他的心愿，我没办法拒绝。"

她按下一个按钮，舱门缓缓下降，接着砰的一声完全闭合，换气扇嗡嗡启动，四周变得一片漆黑，唯有狭窄的瞭望窗有光线射入。

几秒钟后，星星点点灯光从黑暗中亮起，无数萤火虫般的五彩指示灯将我们包围其中，仪表、按钮、旋钮、拨杆和手柄浮现四周，这一切都与我童年的梦想一模一样。而在那些羞于启齿的梦里，我并不是独自驾驶机器人奔驰于高楼之间的，在我身边，就有着这样一个水蜜桃味道的女孩。

我甚至不用询问那些仪表和按钮的功能，这一切都太熟悉了，我拨动座椅右上方的开关，座椅传来微微颤动。"这是开启液压减震的开关对吗？"我确认道。

"没错，不过发动机还没有启动，现在油泵是没有动力输入的。"琉璃回答道，"头顶上有一个操纵杆，把它拉下来，那就是我要你负责的事情。"

我伸出双手，从天花板上拉下操纵杆，由于座位上挤了两个人，操纵杆很别扭地垂在琉璃胸前，我只能从她腋下伸出手去握住左右两个手柄。"抱歉。"我说。"没事。"她说。这个操纵杆是设计来控制武器系统的，不过我没在阿当身上看到任何武器。

"我用尽办法，都没能搞到武器，管制实在太严格了。"琉璃果然如此说道，"现在这个手柄是用来控制机器人的上半身动作的。人形机器人的平衡很难掌握，我只能尽量操纵双腿双脚完成走路、小跑和跳跃的动作而已，没办法兼顾上肢，无数次模拟都失败了。当没有任何办法的时候……想起的就是你。"

我试着扭动一下左右手柄，手柄各分为三节，末端有五个小拨杆，不难理解它与手臂关节、手指的对应关系。"我懂了，当时我们设计由驾驶员的双脚负责脚步动作，双手通过这种手柄控制手部动作，但我们把双足机器人的下肢平衡看得太简单了，仅仅是慢走就要花费很大精力去控制，随时根据陀螺仪和角速度传感器的读数进行微小调整。真是幼稚的想法。"我感叹道。

"不仅如此，还要根据上半身的重量转移进行相应调整，注意脚下平面的坡度、高度差和障碍物高度，控制步幅和功率输出。"琉璃握着复杂的操纵杆摇摇头，短短的头发弄得我鼻子痒痒的，"让人手忙脚乱呢。"

"对了，油箱的续航力怎么样？80%功率输出的话。"我在右侧找到油量表、功率表、转速表、水温表和油温表，由于没有启动，这些仪表都还没有读数。

琉璃想了想："大约够运行1个小时吧，油箱再大的话重心就不平衡了。"

我点点头："那么我总结一下，你想用依照12岁儿童的图纸、由一名女工程师独立建造、没有任何武器装备、管线全部裸露在外面、装甲薄得像纸片一样、续航时间只有 1 小时、机械传动、手动操纵、从来没有经过试机、连能不能发动起来都成问题的人形机器人来对抗罗斯巴特集团成千上万的机器人，包括巨大的工业机器人、全副武装的警察甚至自动推土机？"

"没错！"听到这些话，琉璃的情绪反而高涨了起来，"就是这样！我的目标是推倒那座高塔，把这个罗斯巴特集团的阳具狠狠地折断！而且是用乔留下的宝贵财富，这架真真正正的机器人来做，让他们瞧一瞧什么叫蓝领工人的真正觉悟！"

过于露骨的话听得我哭笑不得："我们做不到的，琉璃，在走到白色高塔之前我们就会被击倒在地，从 7 层楼的高度跌得粉身碎骨！"

"这么说，你还是没想起来。"琉璃忽然冒出一句话。

"没想起什么？"我莫名其妙地问。

"算了。"她说，"总之，计划就是这个样子，还有什么问题吗？"

我知道无法劝阻她，只能答道："没问题了，我们什么时候开始？如果现在开始熟悉操作，在你的模拟舱里试运行几次，我想 3 天后就可以正式启动了，当然也要做好最坏的打算，万一出现水温过高、漏油、总线及冗余总线失效等状况，要有应急预案。另外，我可以回一趟家把事情安排好，然后帮你改进几个地方，其实油管可以藏在骨架内的，钢管本身预留了走线的空间，不过设计图上为了表现出油路与电路，没有做隐藏处理……"

"现在。"

"好的……什么？"

我愣住了。

"我们现在就出发，大熊。"琉璃没有回头，"如果说这世界上有个我最对不起的人，那么一定就是你了。我知道你故意与我们疏远，这令我也很痛心，我不想把乔从你身边夺走，甚至跟你成为陌生人……可是我不后悔我的选择，乔是我遇见过的最出色的男人，到现在我都记得我们肩并着肩坐在纪念广场观看烟花的时候，那是我这辈子心跳得最厉害的时刻。"

我没有作声。

"我知道你总在哪个角落瞧着我。就算在台上唱歌的时候，我也能看到人群中的你。我什么都明白，大熊。我令你伤心了。过去那么多年之后，我又把你叫过来，害你抛下所有的一切，帮助我去做一件彻头彻尾的蠢事……我是个自私的坏女人，大熊。除了你之外，我想不到任何人可以依赖，而你……"

"真啰唆。"我说，"现在就出发的话，我得先把手机关掉，以防一会儿有人打扰。"

琉璃的肩膀微微颤动着，透过紧紧依偎的身体，我能感觉到她细微的颤抖。甜蜜的桃子味道从她的领口传入我的鼻尖，穿过她腋下的双臂能感觉她肌肤的细腻与温暖，我忍受着苦涩的毒药随着血液传遍每一条血管，默默咬着牙关，装出一副满不在乎的样子。

过了好一会儿，她忽然开口道："大熊，你结婚了吗？"

"结婚了，妻子是个不错的女人，还有一条总是嚼遥控器的大狗，名叫布鲁托。"我回答道，"你呢？"

"当然，我的丈夫是个不怎么喜欢回家的男人，不过非常帅气。你们俩没准会很投缘。"她笑着说。

"我猜也是。"我说。

我佯装没有看到她侧脸上滚落的液滴。她笑道："不用给家里打个电话吗？"

我说："不用啦，都是大人了，狗也很乖。"

她说："那么我们数 1、2、3，一起按下启动开关好吗？"

我说："好啊，要踩离合器吗？"

她说："虽然是自动变速箱，启动时也是要踩离合器的。"

我说："那么是数到 3 的时候按，还是数完 3 以后才按呢？"

她说："干脆就数到 2 的时候按吧。"

这是我们小时候常有的对话。

"1，2。"

我们的手指在红色启动按钮处汇合。这一瞬间忽然感觉非常安静，我几乎以为启动电机不会工作了，几秒钟之后，迟来的机件运转声传入耳鼓，两台罗尔斯·罗伊斯牌 V12 高压共轨涡轮增压柴油机的第 1 和第 12 气缸活塞同时压缩，燃油被高压点燃，紧接着所有的气缸依序燃起，雄浑有力的机械噪声从驾驶舱下方传来，两台 V12 发动机奏出令人心旌动摇的低沉鼓点，毫不掩饰的响亮排气声从机器人背部的四个排气管爆裂而出。琉璃松开离合器，缓缓提升转速，来自装甲车的大功率柴油机如同群狮咆哮，排气管响起一连串急促如马蹄落地的爆鸣声。在这一刻，我几乎能想象整个城市的机器人警察同时放下手中的工作，转动摄像头向这个方向望来，一万只乌鸦轰然飞起，数不清的传感器记录了异常数据，白色高塔里开始出现不安的悸动。

两百支柔性液压支撑杆温柔地托起座椅，让我们高坐在驾驶舱中央，我与琉璃分别握紧操纵杆，以非常别扭的姿势相视一笑。

她说："第一步。"

00:40

我按下左手边的按钮，八块悬浮在座椅周围的液晶屏幕将八个方向的画面投射在座舱内部，简单的摄像头算是机器人身上最高科技的玩意儿了吧。随着琉璃拉起手柄，油门传感器将提速信号发给柴油机的 ECU，两台巨兽的鼓点噪声逐渐变得密集起来。"转速 700、800、900……990rpm，水温 60℃，机油温度 80℃。"我报出头顶仪表的读数，"达到最大扭矩点了，释放固定机构吧。"

"你说那些挂钩、钢索和管线？"我怀中的女人回答道，"那不是可活动机构，直接破坏掉就好了。"

"我猜你也没有设计一扇大门。"我叹道。

"就像鸡蛋壳里的小鸡一样，我们就自己啄个口子出去吧！"琉璃的声音颤抖着，我不知那代表着恐惧、激动还是喜悦。

我身上的肌肉从未如此僵硬。全身的力气都集中在指尖，以最轻柔的动作拉起左手手柄。液力变矩器将扭矩输出给分动器，位于肩部、肘部、腕部和指部的万向传动装置获得了力量，轴承转动，油压升高，双足机器人的指尖微微收缩，完成了诞生以来的第一个微小动作。

紧接着噼里啪啦的断裂声连珠响起，扯断的电线在支撑架间四处乱甩，爆出金色的电火花，高压软管喷出雪白蒸汽，数不清的固定钢索一一崩断，在齿轮、传动轴和液压系统的共同作用下，由 25 吨钢铁构成的巨大手臂缓缓抬高，又缓缓放下。

透过观察窗，我着迷地望着机器人的手指一次次屈伸，如同初生婴儿第一次发现自己身体般充满好奇。"太棒了。"语言已经不能表达我内心的情绪，"这太棒了，琉璃。"我语无伦次地说道，试着控制那支巨大的手臂伸向楼壁，只是指尖的轻轻一触，整扇钢化玻璃窗就碎成颗粒纷纷坠落，金黄色的夕照从窗口洒进大楼，给这惊人的庞大造物镀上圣洁的颜色。

"冲吧，大熊！"琉璃喊道。

"好，我们上！"

我挥舞双拳。我的拳头是钢铁铸造的，却比钢铁更加坚硬，一拳，两拳，钢筋水泥的大楼如同黏土模型般不堪一击，墙壁崩塌，天顶坠落，旋转楼梯像抽去骨头的蛇一样跌落尘埃，我用双手分开钢制支撑架，将"吉姆——吉姆尼"机械维修公司的橙红色大楼剖成两半。在这一刻，我就是这世界上所有的神祇，我在如雨坠落的玻璃和沙尘中昂然站立，迎接充满天地的明亮夕阳。

城市出现在我们面前。透过瞭望窗望出去，这雾霭弥漫的城市变得低矮可笑，街道显得如此狭窄，车辆显得如此渺小，高楼大厦不过是触手可及的障碍物，远方延绵的废弃厂房则变为匍匐于地的墓碑。

"好，第一步！"琉璃拉起手柄，机器人左腿的髋关节、膝关节与踝关节依次运动。巨大的脚掌从楼宇的废墟中拔出，横跨 8 米距离，稳稳地落在水泥路面上，发出惊人的金属撞击声。沥青路面立刻塌陷了，碎石从机器人脚掌边缘喷泉一样涌出，紧接着阿当的右腿也迈出断壁残垣，在 10 米外沉重地落地，机器人前进三步之后停了下来，留下 4

个深陷于地面 50 厘米的巨大脚印。

我能感觉机器人行走时的姿态，不过冲击和倾斜被柔性液压支撑杆抵消掉了，没想到琉璃如此完美地实现了空想中的减震机构，这可以说是巨大机器人最重要的组成部分，若没有这个机构，阿当简单的行走动作都会使驾驶者受到强烈冲击，大脑在颅腔内震荡引起脑出血导致死亡。

"没问题吧？"我问。

"没问题，状态正好！"琉璃抹去额头的汗珠，大声回答。

我们站在铜矿路中央，这条宽阔道路的尽头就是罗斯巴特公司的白色高塔，雾气遮住高塔的基座，让这栋建筑看起来像是悬浮在空中的海市蜃楼。夕阳把一切染成金红色，上千只乌鸦盘旋在机器人头顶，发出刺耳的聒噪声。四五名机器人警察出现在机器人脚下，头顶闪烁着红蓝色警灯，履带底盘上的众多摄像头上下打量着阿当，显得有些犹豫不定。

"有一首琼·贝兹的歌，你介意听吗？"琉璃忽然说道。

"当然。"我没有拒绝。

她掏出播放器，戴上一个耳塞，反手摸索着帮我戴上另一个。民谣女歌手平静的声音在耳边响起："昨夜我梦到乔，他如同你我一般活着。"

"没有比这更适合的歌了吧。有空，我也会唱给你听。"琉璃说。

柴油发动机发出怒吼，排气管冒出浓烟，机器人的左脚高高抬起，遮蔽了机器警察头顶的最后一丝阳光。刺耳的警笛声刚刚响起就化为蜂鸣器破碎的电流噪声，受惊的机器警察立刻四散逃走，全然不顾被踩扁成电子垃圾的同伴。几乎立刻，城市的每一个角落都响起警报，城市的死寂被砰然打碎，每一个留在这里苟延残喘的人类与机器人都竖起耳朵，倾听十年未曾出现的混乱之声。

琉璃迈出第二步，接着是第三步、第四步。她很小心地维持着机器人的平衡，我也试着摆动手臂配合她的动作，刚开始阿当的动作还像一个笨拙的提线木偶，可刚刚走过一个街区，它就成为灵巧的匹诺曹，我们是如此默契，以至于有时忘掉了是谁在操控，感觉是阿当自己在大踏步前进。

琼·贝兹质朴而高亢地唱道：

昨夜我梦到乔，他如同你我一般活着。

"可是乔，你已经死去十年了。"我说。

"我从未死去，"乔说，

"我从未死去。"

"那些铜矿主杀死了你，乔，

他们开枪射中了你。"我说。

"仅仅用枪是杀不死一个男人的，

我从未死去，"乔说，

"我从未死去。"

前方的雾气中冲出大量机器警察，它们形状不同、装备各异，看得出来基本都是缺乏保养的前几代机器公民，或许它们之中有我一手设计的独特个体，但那又怎么样呢？如今它们只是前进道路上不起眼的阻碍罢了。橡胶子弹噼里啪啦打在胸部装甲板上，对付人类暴徒的震撼弹和凝胶弹一个接一个爆炸开来，在阿当身上留下五颜六色的涂鸦，我随手折断一根通信信号塔，像打高尔夫球一样将这些警察击飞出去，它们带着凄厉的警笛声旋转飞远，带着红蓝相间的尾迹坠落于雾气当中。

"右臂的油压不太稳定，不要超过液压系统负荷。"琉璃提醒道，"你的动作太剧烈了，柴油机的水温也会升高太快的。"

我竖起大拇指做出回应。

> 他站在那里高大如昔，
>
> 眼带笑意。
>
> 乔说："他们杀不死的那些东西，
>
> 组织起来，
>
> 在此聚集！"

踩过机器警察的残骸，前方暂时没有阻碍，距离罗斯巴特公司的高塔还有两个街区的距离，对阿当来说那只是几分钟的路程。听着琼·贝兹歌声中那个熟悉的名字，忽然一阵突如其来的剧痛击穿了我的大脑，冰山彻底融化，回忆的最后一丝迷雾被风吹走，十年前那个夜晚的记忆瞬间清晰。我终于想起了一切。

"等等……是我……杀死了乔？"

我终于想起了一切。

00：25

　　长久以来主宰机器人行动的是阿西莫夫的机器人三定律，但就是在那场旷日持久的工人运动中，罗斯巴特集团意识到了三定律的不足：人类将机器人狠狠砸毁，而第一定律阻止机器人出手反抗。随着新公民阶层的形成，定律得到了多方面的扩展，比如第四定律"在不违背以上定律的前提下，机器人必须参加劳动以维护自己的存在"、第五定律"在不违背以上定律的前提下，机器人拥有生殖的权利及义务"，当然最关键的是第零定律"机器人须保护人类的整体利益不被伤害"。这条置于一切定律之上的模糊定律赋予机器公民很大的自由度，最直观的体现是现在机器人警察可以攻击破坏社会秩序、违背法律的人类公民。

　　10年前的那个夜晚，工人运动达到了最高潮，人们心底的怪物被唤醒了，情绪激动的工人将"大卫"塑像浇满汽油点燃，掀翻汽车，砸碎玻璃，冲进每一家店铺，用钢管和扳手将所有没有系红色头巾的人狠狠击倒。他们踏着机器人警察的碎片，高举火把涌向市中心，每一条街道都陷入混乱，流动的火焰从四面八方向城市中央集中，罗斯巴特集团的白色高塔成为暴动者的聚集点，几台大型机器警察立刻被人流冲毁，工人们开始冲击罗斯巴特大楼的正门，人群像旋涡一样暴躁不安地转动，石块如雨点般砸向玻璃幕墙，火焰燃烧声、玻璃碎裂声、咒骂声、吼叫声、爆炸声纠缠成末日的交响曲。我本来只是这场运动的旁观者，但不知为何，当暴力成为主旋律，我也不由自主地抓起武器，融入暴乱的洪流。

这时乔在人群中出现了。他费力地爬上一个空油桶，用扩音喇叭大声喊道："停下！这不是我们该做的事情！暴力是不能解决问题的！你们正在伤害无辜的人！"

人们暂时停下动作，广场安静下来，脸上沾着油污和血迹的工人表情木然地望着他，望着曾经被众人拥戴，却因观点不够激进而遭遇冷落的运动领袖。这场运动已经持续得太久，州政府、罗斯巴特与其他工业企业集团大财阀们的态度暧昧不清，尽管一个又一个补偿方案出台，遣散金不断提高，有人也对新移民城市养老安置的远景抱有希望，可大多数人的情绪却在失望中不断发酵，最终酿成绝望的风暴。

乔一把扯下红色头巾，用尽全身力气喊叫着，导致声音支离破碎："瞧瞧你们自己的手，兄弟们！你们的手上沾满了血！那是你们父亲的血！你们妻子的血！你们孩子的血！睁开眼睛看清楚！"

无数支火把熊熊燃烧，不安的气氛在人群中传递，我茫然环视四周，每个人脸上都带着和我一样的迷茫表情，我的手中握着撬棍，撬棍上沾着不知属于谁的血迹，我记不清刚才做了些什么，只知道有种罪恶的快感在心底升高、升高。透过层层叠叠的人影，我看到琉璃站在那里，尽量扶稳那只红色的空油桶，她的身边还有许多熟悉的面孔，我的父亲也在其中。

这时另一个方向传来呼叫声："现在我们是不可能停下的，你这个懦弱的投降者！这场运动的最高潮正在到来，如果不随着我们前进，你会连同罗斯巴特集团一起被革命的大潮完全淹没！"

乔摇摇头："这是一条完全错误的道路，停下吧，趁现在还来得及！

只要放下手中的武器……"

　　他的话没有说完，我偷偷拾起一块石头砸了过去，石块划过他的额头，砸在油桶上发出惊人的巨响。我从未如此憎恨过一个人，现在愤怒的毒药烧红了我的眼睛。永远高高在上的他，永远道貌岸然的他，永远讲着大道理的他，优秀的他，光明的他，拥有一切的他……被琉璃深情注视的他。琉璃的眸子映射着火炬的光芒，视线中载满刻骨的柔情，只要这一个眼神，就能让我的灵魂冰冻成铁，粉碎成沙。

　　乔伸手捂住额头，一丝鲜血从指缝中流下，他带着诧异的表情望着这边，我立刻低下头，将自己藏在人群之中。"放下武器，永远不会太迟……还要多少死亡，才能意识到已有太多人死去，我的兄弟们？"他没有理会流血的伤口，俯下身接过木吉他，拨出一个熟悉的 G 和弦，那是鲍勃·迪伦《答案在风中飘扬》的歌词与旋律。

　　"打倒他！"另一个声音叫道。

　　歌声响起，人群变得稍微平静，扩音喇叭传出并不清晰的扫弦声和歌声。

　　"打倒他！"我忽然大喊一声，高高举起手中的撬棍。

　　"……打倒他！"安定了一瞬间的旋涡开始转动，不知谁丢出石块，准确砸在乔的胸口，他痛楚地屈起身体，口中却仍吟唱着沙哑的民谣。在这一刻，这个站在油桶上面对一万名暴徒执着歌唱的男人显得如此幼稚，如此渺小。第三颗石块呼啸而去，我看到琉璃奋力伸出手想要挡住这次攻击，但石头还是砸中了乔的肩膀。他一个趔趄跌倒下来，接着立刻被人潮淹没，最后一个和弦还在夜空中回响，音符的主人已不见影踪。

就这样，我杀死了乔。

反对的声音消失了，人流席卷了整个城市。那个夜晚的细节我记不清楚，只知道夜越来越深，城市被大火笼罩，每个人都累了，丢下沾血的武器坐倒在路边，工人运动领袖从燃烧的街道彼端走来，身后带着一群穿白衣的男人，和几台怪模怪样的履带式机械。"你们是真正的英雄，历史必将因你们而改写。"他的脸上带着笑意，"这是你们争取来的东西，罗斯巴特集团与州政府提供的福利，只要接受一个简单的测试，服下蓝色药丸，你们这段不太美好的记忆将会与身上的指控一起烟消云散，明天，在接受联邦政府的测谎检查之后，你们将作为斗争胜利的工人代表接受州长、罗斯巴特集团总裁与其他工业企业集团代表的接见，带着优渥的遣散金，在其他城市得到良好的教育机会与梦寐以求的工作。当然，这颗药丸还附带一个美妙的能力，它能消除你最想要忘掉的事情，不要浪费，兄弟们，享受无罪的胜利果实吧！"

当时我没理解他说的是什么意思，也没有思考他与支持机器人的大人物之间的关系，甚至对他身后那台会自己行动、抽血、传递药丸和水杯的机械毫无反应。我已经累得没有力气动一动手指，更别说思考这么复杂的问题。"老兄，那是机器人吗？"身边有人问。

"谁知道，管他呢。"另一个人回答。

机器人走来，用细小针头抽走我的血液，片刻之后将蓝色药丸递了过来，我勉强抬起右手接过托盘："这里面是什么玩意儿？"

"500个非常原始的纳米机器人，先生。它们解冻之后的生命周期只有100秒钟，在封锁24小时之内记忆之后就会自动分解，完全无害无副作用。当然，它也可以同时探测记忆区域中最活跃的信号，将相关的记忆链冻结起来，帮助您忘记现在脑中想到的最强烈的一系列回忆。"机器人回答道。

"……随便吧。"我吞下药丸。

这时愤怒已经消退，恐惧、悲伤、悔恨的情绪开始蚕食我的灵魂，我仰面朝天躺在马路上，望着被火焰映得通红的夜空——我都干了些什么？乔还活着吗？琉璃……她还好吗？至于我的父亲……

乔，我亲手杀死了他，我的兄弟。

不！我只是报复了那个抢走琉璃的人而已……

我有错吗？能是我的错吗？

乔……

第二天，一片狼藉的城市和遍地的尸骸让所有人震惊不已，作为城市象征的大卫塑像被烧成了黑色的骷髅骨架，罗斯巴特集团的白色高塔没有一块完整的玻璃。穿过冒着青烟的汽车残骸，我们找到亲人的尸体，也找到了乔。

没有人知道昨夜究竟发生了什么。事件升级了，罢工运动变为集团暴力行为，联邦政府很快接管了城市，将丧失斗志的工人们狠狠镇压，运动领袖无法再保持立场，向州政府与工业企业集团财阀们做出让步，大部分人接受了新移民城市的提案，搬迁到 400 公里以外的居住区，过着衣食无忧的生活，享受无报酬工作的美好幻象。埋葬父亲之后，我拿到一笔数额惊人的遣散金，头也不回地离开这座城市，从此再未回来。

原来，那被抹去的 24 小时的回忆与有关乔的记忆链，就是十年来无数个噩梦的起因。

我终于想起了一切。

00：10

"我杀死了乔。"我说。

"不，是他们。"琉璃目视前方，透过颜色愈发沉暗的雾霭，白色高塔在静静等待。

"对不起。"我说。

"应该说对不起的是他们。"琉璃平静地回答。

金属的脚掌降落在十年前浸透鲜血的地面，巨大机器人昂然前进，用 10 米步幅丈量着宽阔长街。在前面一个街角，我看到邮电大楼的绿色轮廓，在那里有着我们的秘密基地，埋葬我纯真童年梦想和乔生命的地方。

雾中传来震耳欲聋的噪声，高大的工程机器人被第零定律驱使而来，挥舞着摇臂、铅锤和铁铲发动攻击，无数微小的清洁机器人从履带和车轮底下钻出，像潮水一样涌来，纷纷爬上阿当的双腿，开始啃噬着电缆和油管。"砰！"沉重的吊锤击中胸部装甲，巨大机器人的身形歪斜了，观察窗里出现深蓝色的天空，琉璃咒骂一声，用一连串操作让机器人恢复平衡。

阿当抬起左腿，狠狠地踩扁一架吊车机器人，将小小的寄生虫们震掉，我用手中的信号发射塔击打着敌人，把载重卡车掀翻在路旁，用吊锤把一辆又一辆工程机械砸成铁饼。两台柴油发动机发出不安的抖动，燃烧不良的黑烟从背后的排气管喷出，阿当腿部开始泄漏油液，右腿液压系统油压正在下降，但我们还在前进，机器人的残骸在身后燃起火焰，目的地只剩下一个街区的距离。

"当时在乔身边的人，反对暴行的人，活下来的……"手中的信号铁塔与最后一架工程机械同时粉碎，我长长地做了几个深呼吸，开口道。

"一个都没有。"琉璃回答道，"我的心跳停止了，但在送往停尸房的路上奇迹般地醒了过来。我想，是乔给予我的力量吧。"

"我曾四处找你。"我说。

"我藏了起来。直到所有人都离开。"琉璃说。

"我杀死了乔。"我说，"是我掷出了第一颗石块。"

"你是他最好的朋友。"琉璃说。

"对不起。"我说。

"也是我最好的朋友。"琉璃说。

远方的天幕出现几个小小的黑点，我知道那是受雇于国民警卫队的飞行机器人出现了，这种类型的机器人是近期才出现的，我肯定自己曾参与它们其中几位的设计过程。尽管没有常规武器，它们却多数携带着 EMP 导弹，这对机器人和人类驾驶的机械来说同样是致命的威胁。愈来愈多的机器人出现在前方的道路上，更多的阴影潜藏在雾气当中，没人知道这座死去的城市究竟藏着多少机器人，就像尸骸中暗藏的蛆虫因骚动而现身。

无数盏灯光亮起，无数个声音响起，前方密密麻麻的机器人将宽阔的铜矿路牢牢堵死。清洁机器人沿着两侧高楼的外壁爬行而来，蠕虫型的管道机器人在雾气中扭曲不定，服务机器人点亮照明灯，售卖机器人喷出热水与液氮，每位机器公民都在用自己的方式表达对巨大机器人的愤怒以及对生存的渴望。我相信在其中看到了 T00485LL 的影子，脱离了轨道的单轨机器人笨拙地跳跃着，欢快地叫嚷着："立刻停下来！否则你们会得到制裁！"

这时我忽然想到，若换个角度来看的话，这些会思考的机器何尝不是人类原罪的受害者？它们并没有选择来到这个世界，若不是人类这万恶的父轻率地赋予钢铁以灵魂，它们何以要承受漫长的苦刑？

它们前赴后继地扑上来，试图在阿当身上留下一点伤痕。一架清洁机器人灵巧地跃上驾驶舱，开始用旋转刀片切割瞭望窗，我奋力甩开许多敌人的纠缠，用左手拍打机器人的头部。"啪！"破碎的躯体无力坠落，龟裂的玻璃上留下深红色的油液，就像真实的鲜血。

"轰！"脚掌碾过机器人组成的地毯，元件横飞，火花四溅。每一个仪表上的指针都开始进入红色区域，两台老旧的柴油机已经不堪重负，胸部装甲板整个破裂了，露出冒着黑烟的机械，腹部的帆布被撕成褴褛的布条。阿当浑身上下每一条破损的油管都在喷出液体，每一个关节都在发出润滑不良的摩擦噪声，巨大机器人的步伐变得越来越缓慢，但距离白色高塔只剩下 100 米、90 米、80 米……我们能够清楚地看到罗斯巴特集团的盾形标志，看到那些关闭着的、藏着怯懦无助人类的玻璃窗。

或许我们能在飞行机器人到达前抵达目的地，倾尽全力将高塔的支撑柱一根一根折断。或许我们在那之前就会被机器人所淹没，化作第零定律下的飞灰。或许琉璃能够原谅我，或许她真的没有恨我。或许……乔此时正在天上看着我们。

"就算真的将高塔折断，又能怎样呢？十年前，他们……不，我们冲进了那座高楼，将里面的一切砸得稀巴烂，但什么都未能改变。"我说。

"不，我们一定能改变什么的。"她说，"此时会有无数人望着我们，听着我们的声音，责备着我们，讽刺着我们，可有一天他们会找到事情的真相，就像你一样；然后做出一点改变，即使只是一点点，就像我们一样。这个世界会变得不同的，乔这样告诉我，我也想这样告诉全世界。"

"只能用这种方法吗？"我说。

"这是我唯一能做到的。"她说。

"我是个罪人。"我说。

"谁不是呢？"她说。

"我们会死的。"我说。

"谁不会呢？"她说。

00：01

我紧紧拥着此生最爱的女人，用每一寸肌肤感觉她的温度，贪婪地嗅着那蜜桃般甜蜜的滋味，带着最深刻的恐惧和最战栗的满足，就像二十年前那个温暖的夏日，我们在卧室的床上如此紧紧依偎，以"二人羽织"的方式面对整个世界。我藏在她的背后，被棉被保护着，隐藏着自己的懦弱和自卑，希望这一刻延长到时间的尽头；而她，勇敢地直视卧室窗外的甲壳虫汽车残骸，直视机器人大会中的上千名观众，直视铺天盖地冲来的机器人大潮。

"对不起，琉璃。"我说。

"谢谢你，大熊。"她说。

乔在天国抱起吉他微笑，阿当伸出残破的双手，穿过无数阻拦，去拥抱那座沉默无言的白色高塔，夕阳中飞行机器人的影子升起，火光闪烁，烟花灿烂。机器人大会上的夜空升起灿烂花火，照亮三个孩子的身影，亲密的两个，孤独的一个，那是我此生看过的最美的焰火。

00：00

不知从何处而来的风，吹散了这座城市太厚的烟尘。

即使只是一瞬间。

后　记

每个男孩的梦里都有机器人、摇滚乐和带着甜蜜水蜜桃气味的女孩。仅以此篇幼稚小说向浦泽直树、木城雪户等人致敬，另外每章节标题的倒数时间其实是与邦乔维的《干旱之城》对应的，不妨找来当背景音乐听，即使是流行摇滚乐队，也应该因这首歌而被永远敬仰。

我的高考

文／宝 树

1

2027 年 6 月 6 日，下午 4 点，距高考还有 17 个小时。

我坐在楼下的"风铃茶吧"，一个淡绿色长裙的女孩坐在我面前，清亮的眼眸凝视着我。6 月炽热的太阳透过紫色的智能调光玻璃，投在我们之间的茶几上，一个精致的乳白色药瓶放在茶几中间，像有魔力般地熠熠反光。

我伸手拿起药瓶，就像拿起关着妖精的魔瓶，觉得自己的手都在发抖。

我强自做出镇定的样子，拧开瓶子，一枚醒目的米黄色胶囊映入眼帘。

这就是它了，我在心里说。

苯苷特林，俗称"聪明药"。大约十年前问世的生化科技结晶，内藏 RNA 结构，作用相当于逆转录病毒，能够局部重启脑细胞的分裂和发育程序，让神经元和神经突触迅速增生，将人的平均智商提高 20 到 30 个点数，只要服下它，12 个小时内，我这个普通男生就会变成头脑敏捷，记忆超群的人中龙凤。

换句话说，它能让我高考夺魁。

但看着它，我却犹豫起来。"真的……要吃吗？"我嗫嚅着。

"嗯。"对面的女孩期待地看着我，"再不吃，生效的时间就过了。"

"可是吃了以后，如果一辈子变成白痴怎么办？"

"那只是极少数人，对药性有排他反应，还不到万分之一。"她说，"你不会那么倒霉的。我都不怕，你怕什么？"

"可是我记得那个大科学家霍普金斯……"

想起斯蒂芬·霍普金斯，我一阵不寒而栗。三年前，这位世界著名的物理学家为了攻克宇宙学理论中的一个难关，在研究陷入困境时服了一枚苯苷特林，但是并未取得太多进展，两天后，他昏倒在实验室里。等到醒来的时候，他成了一个话都不会说的白痴。我见过电视上的采访，他被家人搀扶着，目光呆滞，带着傻笑，嘴角流涎……

只有万分之一的终生致痴率，偏偏让他碰上了。可如果下一个是我呢？

"老说那个霍普金斯，不就一个特例吗？"她有点生气了，"你老是这么婆婆妈妈的，还想不想跟我进同一间大学了呀！你有没有想过我们的未来？"

看着她眼眶里闪烁的泪珠，我只好彻底投降。

她叫叶馨，班上最漂亮的女孩，家境很好，成绩优异，是父母的掌上明珠。我一进高中就暗中喜欢她了，不过到高三以后，才真正开始交往，现在还不到一年。但我们爱得像水一样纯净，火一样热烈。我简直无法想象，没有叶馨的日子该怎么活下去。

"想，当然想……"我闭着眼睛把胶囊放进嘴里，喝水吞下。

叶馨松了一口气，眼中闪着喜悦的光芒，她红着脸在我脸上亲了一下："我们一定能考上同一间名牌大学的！高考完了以后，我们一起去……嗯，海南玩吧！我好想好想去看海啊！"

"叶馨……"

"嗯？"

"这枚胶囊得值好几万吧，这笔钱我一定会还你的……"

"当然要还！"叶馨用指头轻轻戳了一下我的额头说，"就罚你……用一辈子对我好来偿还吧！"

叶馨像燕子一样轻盈地飞走了。我慢慢起身回家，不知道是喜是忧。

事情本不该是这样的。苯苷特林，聪明药。让你花上十万八万，变聪明两三天，有什么意义？一般除了艺术家创作、科研攻关等少数情形下，很少用得着它。即使在科研上也不是每次都能奏效，但对于另一个群体来说，这东西却可以说是天降福音，那就是面临考试的学生，特别是高考的考生。

这一点不难理解：智商提高 20 ～ 30 点，同时令头脑高度兴奋，不需要睡觉，记忆力大为增强，写作文思泉涌，做题也会思路敏捷很多，很容易发现解题思路。它可以让你的成绩提高几十分甚至上百分，轻松把你送进大学校门。

前提是，如果只有你一个人用的话。

但事实上，自从这种灵药推出后，很多本来的差生一举考上了本科、重点，甚至北大清华，效果立竿见影，这推动了考生们疯狂地抢购这种药品。据调查，去年有 17% 的学生用了苯苷特林，高考成绩也水涨船高。

但这种提高毫无意义，特别对大学招生是很不利的，因为很可能招到的是经过短暂智力提升的差生。智力的提升只是表象，只能维持几天，因此在苯苷特林进入市场后第二年，有关部门就严令禁止在高考及任何考试中使用这种药物，直到现在禁令仍然保留。

因为苯苷特林是昂贵的进口药物，最初是上百万元一枚，现在降到了十万元以下，但对老百姓来说，还是难以负担。所以那些官商子弟，条件最好的当然是出国念书，但另一些哪怕平时从不用功读书，只要吃一枚苯苷特林，再临时抱佛脚看几天书，也可以通过高考，轻松考上好的大学。而由于庞大利益集团的阻挠，使得禁令变成了一纸空文。

但即使人人都用得起，也无非是恢复到了从前的局面，对谁都没有好处。

我正胡思乱想，手机响了，是叶馨发来的微信，她柔柔地说："感觉怎么样？等到智力提升后注意复习，嘻嘻，我在未名湖等你哦。"

我心中暖暖的，她本来成绩很好，又吃了苯苷特林，考上北大估计没什么问题。我呢，其实成绩一般，家庭条件也不好，就是长得还算俊俏，而且是校篮球队的主力，让她看上了我这个华而不实的阳光少年。这次还给我带了一枚苯苷特林，这是她爸爸从国外带回来的，虽然没有国内那么贵得离谱，但也要近万美元。我打心底不想接受叶馨的恩惠，我知道这会让我在她面前一辈子都抬不起头来，但面对严峻的高考形势和不争气的成绩，我无法选择拒绝。

我想，以后真的要一辈子对她好。

2

我回到家里，和老妈打了声招呼后，就进了房间，翻开了语文课本，想看看药的效果如何。先是背了一段古文："先帝创业未半而中道崩殂，越明年，政通人和，百废俱兴……不对，背错了！"看来这药生效还没那么快。

看了一会儿书，家里一直没有开饭，也不知道老爸上哪儿去了。我读得乏了，不知不觉中倒在床上沉沉睡去。不知过了多久，朦胧中我被人摇醒了，抬头一看，是老爸。

"爸，吃饭了吗？"我含糊地说，慢慢清醒过来，然后我看到老爸的左手捏着一枚黄色胶囊，右手端着一杯开水，愣了一下。

"爸，你这是……"

"这是那个苯什么的聪明药，"老爸热切地说，"我好不容易托人买的，你快吃了它，明天考试用得上。"

"爸，我们家怎么有钱买这个？"我大吃一惊，本来这药家里是根本买不起的，所以叶馨才设法帮我弄了一枚，可现在怎么老爸也买了？

"钱的事你别管，"老爸遮遮掩掩地说，"这是我们的事，你吃了药再说。"

"爸，你不会是去卖肾了吧？"我想起前不久的一桩社会新闻，惊呼出来。

"你想哪去了。"老爸说，经不住我追问，才坦白实情，"就是刚把房子卖了，调了套小的，其实也没啥，等你上大学了，我和你妈也用不着这么大的房子，住个小的更舒服，这样你上大学的学费也解决了。"

我看着老爸斑白的鬓角，又看了看自己住了 18 年总共不到 80 平方米的这套两居，心里一阵难受，忍不住抱怨："这么大的事，你怎么不跟我商量一下呢！"

"我已经和你妈商量过了，家里怕影响你学习……愣着干啥，还不快吃了！"老爸连声催促着。

"爸，其实这药……我已经吃了……"我吞吞吐吐告诉他事情的经过，我和叶馨的交往本来一直瞒着他，这下也不得不坦白了。老爸怔了半天，然后吼了起来："难怪你高三成绩总是上不去，原来是在和女生谈早恋！你说这都什么时候了，你还——"

"爸，先别说这个，这药你先退了吧，我们家房子也不用卖了。"

"这……我上哪儿退去？卖的人说了，不给退的。"

"但现在是高考前夕，有的是人买……"我打开电脑上网查了一下，苯苷特林是禁药，用一般的关键词都搜索不到，不过我最近关注这事，所以找到一个地下论坛，结果吓了一跳：今年黑市上不知道从什么渠道进了一大批苯苷特林，网上卖的价格相对低廉，最低五六万就可以买一枚。

"爸，你那个多少钱买的？"我扭头问老爸。

老爸脸色苍白地跌坐在床上："十……十二万……"

"怎么这么贵？你在哪买的？"

"一个朋友介绍的,那个人说……现在行情紧俏……"老爸脸色惨白，一下子就被人坑了好几万，一个一辈子省吃俭用的老实人怎么受得了这个打击？

老爸是农门子弟，当年考上大学，可学费太高，实在凑不齐，最后放弃了。后来城市扩建，我们家被划归城区，才有了城里户口。他也没找到什么好工作，现在也就是在一个小公司当仓库管理员，还是亲戚介绍的。当初没上成大学的事对他打击很大，他从小让我刻苦读书，考上好大学。所以，他才会卖了自己家的房子，就是为了一枚吃下去能让人短时间智力暴增的药丸。

"爸，你快去找那家伙，说不定还能把钱要回来！"我急着说。

"这个我有分寸，"老爸还在勉强维持着父亲的尊严，"你现在的任务就是高考，别的都不要管了。"

那枚老爸高价买回来的药最后还是没处理掉，只好先放着，反正保质期有好几年，或许以后还用得上。吃晚饭的时候，爸妈一直追问我有什么感觉，是不是一下子觉得开了窍，是不是觉得特别兴奋，是不是觉得想问题思路特别清晰，等等，但我却没感到有什么特别，最多是头脑有些隐隐发热，但或许也只是心理作用。我心里开始七上八下：吃的不会是假药吧？

等到吃完饭，我回到房间，重拿起语文课本，还没有打开，蓦然间，一行行以前怎么记也记不清楚的课文好像放电影一样在我脑海中浮现出来："先帝创业未半而中道崩殂，今天下三分，益州疲弊，此诚危急存亡之秋也。然侍卫之臣不懈于内，忠志之士忘身于外者，盖追先帝之殊遇，欲报之于陛下也……"

这些记忆如此鲜活而牢固，就好像我刚刚才背下来，又好像已经熟记了多年。并且不只是机械的文字记忆，背后的意义也活灵活现地呈现出来。我没有感到多"知道"了什么，就是一下子"理解"了，甚至第一次能够欣赏一向头疼的古文之美了。

我又惊又喜，换了段课文读下去……

我一夜没睡，第二天早上，一切准备妥当后在老妈泪眼汪汪的祝福中出门，被老爸护送到了考场外。因为要上班，老爸先走了，鼓励我好好考。虽然一晚上没睡觉，但我却觉得精神异常饱满，思维极其清晰，许多奇思妙想止不住地在脑子里盘旋，就像随时要喷涌而出似的。

但令我有点沮丧的是，等着考试的其他人看来也都精神抖擞，斗志昂扬，许多本来和我一样浑浑噩噩的傻男生们，现在的目光中都带上了几分聪慧灵秀之气。

显然，因为价格便宜了不少，考场上的大多数人都使用了苯苷特林……

有人从背后拍了我一下，扭头一看，是我的死党阿牛，他看上去也神采奕奕，气质非凡。我们对视了一眼，不约而同地说："啊，你不会也——"

"靠！"阿牛抱怨说，"我也不想吃那玩意，我爸托人弄来，硬给我灌进肚子里去的，说现在不吃药，哪还能考上大学。你看那帮家伙，啧啧……平常每天吃喝玩乐，现在一个个都像是博士，要是没吃药，铁定被他们干翻了。"他指着不远处几个花里花哨的纨绔子弟说。

"现在我们至少和他们一样了吧？"

"一样？你以为呢？"阿牛阴阳怪气地说，"你没听说吗？现在国外又推出苯苷特林 II 型了，比我们吃的效果好多了。"

我一怔："II 型？不是说还在试验阶段吗？"

"实验个屁，反正我跟你说，那些有钱的已经搞到了一批，听说那种药巨好，效力增加一倍，能够提高智商差不多五十点！听清楚了吧，是五十点！而且药效过后的副作用也小得多。"

"这……我真是一点也不知道。"我喃喃地说。

"我也是才听说的，这事只有他们圈子里才清楚……哎，你的那个谁来了，你问她吧。"

我转过头，眼前一亮。叶馨穿着一条淡雅的紫花百褶连衣裙，背着小书包，穿过走廊，袅袅而行。我头脑中顿时蹦出两句古诗："竦轻躯以鹤立，若将飞而未翔。"是昨晚刚看的《洛神赋》，又发现她身上的各部位比例, 几乎都符合黄金分割点, 所以才那样动人, 这我之前从没想过。

昨天晚上, 我只花了两个小时就串完了所有的语文课文和参考书, 思维之敏捷、思路之畅通令我自己都觉得不可思议。看完之后毫无睡意, 只觉得头脑越来越兴奋, 运转的速度越来越快。于是又翻了一本古诗词, 一本中国通史, 还有一本数学解题思路。我翻书的速度飞快, 一两个小时就可以看完一本书, 并且每次并非只是看完了就算, 几乎每读完一本书, 相关的词汇、语言、内容就会在我脑海中释放出内在的意义, 重新排列组合, 直到被消化后牢记。现在那些新获得的知识在我脑中翻涌着, 压都压不下去。

叶馨看到我, 眼角含笑, 跑过来问: "林勇, 昨天复习得怎么样? "

"非常好, "我兴奋地点点头, "一晚上比以前看几个月都有效。"

"我就说嘛, 这药非常灵的! 你一定能考出一个好成绩的。"

"对了, "我问她, "我听说现在出了个苯苷特林 II, 那是什么? "

叶馨想了想: "哎, 好像确实有, 不过刚问世, 药效还不够稳定, 所以我爸没给我买。"

"可是听说比我们吃的作用能提高一倍呢! "

"不会吧, 那不都成超人了, 哎呀, 快考试了, 我要去那边考场, 我们考完了见! 就在这个花坛边上。"

3

时间到了, 我们进了考场, 坐在各自的座位上, 叶馨不在这个考场,而是在楼下。我忽然觉得心里空荡荡的，以前班上每次模考，她都坐在我前面，单是那纤细动人的背影就能让我心神宁定。这回前面换成了一个肥嘟嘟的胖小子，感觉全没了。我不觉有点紧张起来。又宽慰自己，不会有事的，我现在可是最佳状态。

试卷终于发下来了。我赶紧看了前面的选择题，倒是老一套，无非是辨认错别字和考察发音，感觉比以前模考难一些，但对已经熟练掌握相关知识的我来说，完全不成问题，我迅速勾选了正确答案，一路做下去。

但头几道选择题完了以后，难度陡然提高起来。一道道以前从未见过的难题怪题拦在我面前，有出来一堆诘屈聱牙的成语的，有考某个甲骨文到小篆和楷书的演变的，还有拿出一段平平无奇的话，问是哪个诺贝尔奖作家写的，已经明目张胆跳出了考纲的范围，我勉强支撑着一道道答下来，心里却越来越慌，隐隐有一种不妙的感觉。

到了文言文阅读部分，我彻底傻了眼：

> 盘庚迁于殷，民不适有居，率吁众　出，矢言曰："我王来，即爰宅于兹，重我民，无尽刘。不能胥匡以生，卜稽，曰其如台？先王有服，恪谨天命，兹犹不常宁；不常厥邑，于今五邦。今不承于古，罔知天之断命，矧曰其克从先王之烈？若颠木之有由蘖，天其永我命于兹新邑，绍复先王之大业，底绥四方。"

说是出自《尚书·盘庚》，大部分字倒还认识，可愣是不知道什么意思。偏偏下面的阅读题还占了十几分。我胡乱猜测，勉强答了两道，再也做不下去，干脆直接翻到最后看作文。作文题是画了一扇门，门上挂了一把雨伞，下面蹲了条狗，让我根据这张莫名其妙的图写一篇记叙文或议论文。我看得脑子里一片空白，身上冷汗涔涔，努力让自己想着思路，但心里却有一个声音诅咒一般地响起："完了，这回完了！"

我毕竟变聪明了一点儿，很快明白，这张试卷是为了对付日渐泛滥的苯苷特林而专门出的，因为往届有太多的"临时高才生"可以拿到接近满分的高分，导致试题没有区分度。近年考试确实难度也在加大，但我却万万没有想到，今年的考题竟然可以把难度拔高到这种程度！这么说来，即使吃了苯苷特林，或许也只有及格的分了。

我不自觉地向左右两边望去，两个家伙在那里奋笔如飞，已经开始写作文了，我看来是天堑的题目，对他们来说却好像是康庄大道。其中一个是我们班的公子哥儿，以前考试经常不及格，现在却嘴角带着得意的微笑，下笔如有神。

他一定吃了苯苷特林 II，我想，一定远超过我。明知道这个猜想现在只能徒增烦恼，却不自禁地一再去想：完了，他们都用了 II 型的药物，只有我吃的是旧的 I 型，他们答题都易如反掌，只有我根本想不出来，这回死定了……

怎么办？怎么办？！时间一分一秒地过去，不能再耽搁了，我硬着头皮写下了作文，却不知道自己在写些什么，一支笔似乎在纸上做着布朗运动，画出一堆毫无意义的，甚至称不上是汉字的线条和符号……

不知过了多久，终考的铃声响起，监考老师威严地说："全都放下笔！"我的笔无力地掉在地下，身子瘫软在椅子上，只觉得手脚冰凉。

我不知怎么走出的考场，脑子里一直嗡嗡作响。耳中隐约听到其他人的高谈阔论："哎，那作文你怎么写的？我觉得蛮难的，只写了一篇小小说，差点来不及写完。那个人是杀人犯，杀完人之后弃尸荒野，借雨水冲去所有痕迹，但没想到被害人的狗一直悄悄跟着他，守在他门口，结果警察顺着狗在泥地里的脚印找来……"

"真有你的！我可想不出什么好故事，最后写了篇议论文：'我想到的是人性……'"

"还是你立意深刻……"

两人说笑着走远了。我只感到如堕冰窟。虽说他们写的未必好，但我写的甚至不可能拿到及格分，因为我卷子上不仅涂改得乱七八糟，而且根本没有写完，为了赶时间，最后几行字潦草到估计草圣张旭都认不出来，被扣掉一半分是起码的，更不用说文言文阅读那块基本是空白。

当然别人也有考得不好的。抱怨的，哭诉的，和我一样垂头丧气的，但那些人也不能让我感到多少安慰。无论怎么说，我还是处于最下游，和这些失败者并列。

这是我根本没有想到的结局，自从服了苯苷特林，我以为自己能够稳操胜券，却想不到道高一尺，魔高一丈，自己竟会输得这么惨……

我心里乱七八糟的不知道在想什么，连有人在背后喊我都没意识到。

"林勇，林勇！"一只小手拍到了我肩膀上。

我回头一看，是叶馨，她气喘吁吁地追上来，娇嗔着说："我一直叫你呢，怎么不回头？不是说好在花坛见的吗？"

我动了几下嘴唇，说不出话，就听叶馨继续兴高采烈地说："是不是考好了就什么都忘了？这次考试真够难的，是不是？不过不这样，那些平时基础差的人也涮不下去，还真以为光靠一枚药丸就可以包打天下了呀？不过有几道题确实很难，比如那文言文阅读，我可能翻错了几个地方——你怎么了？"她终于发现我的不对。

我面色惨白，颤抖着嘴唇说："我……我作文没写完，前面也有好多……好多答不出来的，我考砸了……"话音中都带着哭腔。

"怎么会这样？你不是吃了苯苷特林吗？"

"我怎么知道？今年的卷子也太变态了，这还是吃了药的，如果没吃药的话，我连五十分都拿不到。唉，要是吃了苯苷特林 II 说不定就不一样了！"

叶馨不说话了，我也没心情理她，想到校门外面，老爸老妈或许还等着我，更不想出去。两个人就这样伫在那里，一动不动，任熙熙攘攘的人流从身边穿过。过了好一会儿，我看了一眼叶馨，却看到她脸颊上已经泪光点点。

"哎，你怎么哭了？明明是我考不好啊。"我顿时手忙脚乱。

"对不起，林勇……"叶馨哽咽着说，"我没想到会是这样……早知道我怎么也会给你买一颗苯苷特林 II 的……"

一阵深深的羞愧涌上我心头，叶馨帮了我那么大的忙，考砸了是我自己没用，关她什么事？"别傻了，是我自己的问题。其实……其实也不一定太差了，只是感觉不好……至少，我还有机会。对，下午考数学，我肯定会考好的。你信我！"

叶馨"嗯"了一声，也不顾大庭广众之下，紧紧抱住了我。在这个非常时刻，我们带着恐惧，带着期冀，带着更多的激情，在校园的林荫道上破天荒地长吻着，是第一次，也是最后一次。

4

"今年数学其实不太难，最后几题可以试试拉格朗日中值定理，定积分只要运用无穷限广义积分和狭义积分就可以求。至于数列方面，简单！只要熟练掌握级数收敛的一般求法和泰勒公式……"

当我拖着沉重的步子，从数学考场走出来的时候，正听到一个眼镜男生高谈阔论，旁边有人附和，有人反对，甚是热闹，但我却已无心加入争论。我麻木地从他们身边走过，只想找个地方大哭一场，却又哭不出来。

下午的考试几乎是上午的重演，几道相对容易的送分题一过，便是满眼的难题怪题，拿来做国际奥数竞赛的卷子也绰绰有余，我最后好几道题都不得不空着，想蒙都没法蒙。数学平常还是我的强项，但眼下估计分数也不过勉强能及格。这样下去，重点大学是铁定没戏了，连普通本科都够呛。

我刚下楼，就看到叶馨在花坛前左顾右盼，似乎正在找我，我忙一闪身躲在几个人后面，然后悄悄溜走。刚找了个角落躲起来，怀里手机就响了，是叶馨打来的，我又关掉了手机：这个时候，我怎么还有脸见她？见了她又能怎么说呢？

还有父母那边，中午我好不容易才搪塞过去，可是下午又考砸了，我怎么跟他们交代？全家人的希望都在我身上，希望我来个鲤鱼跳龙门，可是我却那么不争气，注定要庸庸碌碌一辈子。

不，不是我的错。这一切都是苯苷特林造成的，本来按照我的成绩，上个还可以的大学是没问题的，如果没有苯苷特林的话。成绩高低本来是由天资和努力程度决定的，但这种逆天的药物一问世，却打破了正常的秩序，本来随着苯苷特林的普及，富人的优势已经逐渐缩小，谁知道又来了个更强大的 II 型。最后还是那些有钱有势的人，可以轻松考上理想的大学，而我们这些穷人，连大学都没法上……

我颓然摇了摇头。别胡思乱想了，现在最重要的还是解决问题。可是怎么解决？我那服用过苯苷特林的大脑虽然考试不怎么给力，此刻倒是异常清晰活跃：

头两科都考砸了，顶多及格上下，这是无法改变的事实。这令我较预计至少损失了五十到七十分，如果想要挽回局面，就只能在以后两门中找回来，即英语和文科综合卷。要挽回这些分数，我需要达到的成绩必须不可思议地高，接近满分。这个目标可能达到吗？

按照目前的形势来说，可能几乎是零。既然语文和数学的难度都拔高到了极点，没有理由期待英语和文综会简单很多。再说，其他人一样经过智力提升，甚至比我提升的幅度还要大，如果我能轻松考到满分，他们也能。我仍然无法扳回颓势。只有在考试难度仍然很高的情况下，我考到较高的分数才有意义。但这如何可能？

头脑立刻给出了几种铤而走险的方案，比如事先弄到考题，找人代考，又如设法作弊之类。但稍一想就知道不靠谱，拿作弊来说，对无线电波的电磁屏蔽不用说了，而且每个考场都有十部左右摄像头监视，看到的一切画面会传到中央电脑中进行数据分析，考生稍有异常动作，监考老师未必会发觉，但电脑很快会发现异样，如果达到警报的阈限就会即时通知考场。我们考前就培训过，考试时绝对不能东张西望，哪怕旁边没有人，电脑程序可是死的，不会管你那么多。

当然据说一些高手也能修改电脑程序，让它将某些位置的考生标识为"监考"，从而对他们的各种小动作不予理会。

至于其他的法子更不靠谱，就算有人能做到，这些我临时也没法安排。

所以没有办法，毫无办法。

"不"，在我心底却有一个声音冒出头说，"从逻辑上，至少还有一个办法。一个非常简单的办法。"

"提升我自己的智力，再提升至少 20 ～ 30 个点数。"

"但这怎么可能？除非我服用了苯苷特林 II。"

"不，不是苯苷特林 II，是苯苷特林 I，这种药我至少还有一枚：昨天父亲带回来的那枚药。连吃两枚苯苷特林 I，智力会再冲高一点，道理是很明显的。"

"但是连服两枚苯苷特林 I 会有什么后果！？一枚副作用就那么大了，何况两枚？我可能会终身痴呆！说不定还会变成植物人，绝不能冒这个险。"

"但也不一定，或许不过是致痴率提高一倍：从万分之一提升到万分之二，就算提高一百倍也不过是百分之一而已，冒百分之一的风险，去赢得一生的未来，这个险绝对值得冒！"

我从后门溜出学校，在街头找了家网吧，上网查询"连服用两枚苯苷特林会怎样"。令我意外的是，网上同样的问题居然很多，看来不少人和我情况类似，有的是前两年的，更多的是这两天刚出来的。这令我感到了一丝宽慰，毕竟在高考这修罗场上折戟沉沙的绝不止我一个。

答案不少，但莫衷一是。有人说他的亲戚吃下去后变成了白痴，也有人说会令人当场发疯，拿刀砍人，或者使得脑中某种神经递质畸变，导致抑郁症即时发作，从考场跳楼自杀。说得要多可怕有多可怕。

不过也有好消息，好几个人言之凿凿地说，连吃两枚后智力会暴增到不可思议的程度，可以一晚上学会一门外语，或是三天写完一篇博士论文，至于高考，更是毛毛雨了。有人爆料说，去年某省的状元，就是连吃了两枚灵药才蟾宫折桂的。副作用无非是多头昏脑涨几天，那些耸人听闻的说法都是药厂的免责条款，真正发生严重问题的可能微乎其微。

我想到这些说法可能不过是药贩子的广告，用来倾销自己卖不掉的苯苷特林（有几个答复下面甚至有药贩的联系方式），但仍然很受鼓舞，而那些不利的说法，我却当成了夸张渲染的小道消息，从头脑中过滤掉。我知道自己是在自欺欺人，却不得不如此。我无法面对接下来必然的失败。再服用一枚苯苷特林，虽然有危险，但多少还是一个希望。

但是要快，药生效还需要时间，再晚的话，什么都来不及了……

我下了决心，匆匆赶回家里，顾不上回答父母的询问，找出了父亲花 12 万买的那枚苯苷特林，当着他们的面，一口吞了下去。

5

我向老爸老妈解释了一切。他们哀叹连连，却也无计可施。我顾不上和他们多说，就进了自己的房间，一边读书，一边等着药起作用。中间也不无担心，万一这药是假的怎么办？万一是被人骗了，我这么一口下去，那真是死无对证。

不过担心是多余的。10 点钟，头脑中的风暴如期而至……

晚上 12 点，我问父亲要来了一个开书店的堂叔电话，响了半天才有人接，一口的不耐烦："这么晚了，谁呀？"

"三叔，是我，林勇。"

"小勇啊，"三叔的怒气转为诧异，"你这几天不是高考吗？怎么这么晚打电话给我？"

"三叔，不好意思打扰你了，有件急事要请你帮忙。"

一小时后，我站在了三叔家开的"百草园"书店门口，三叔已经等在那里了，为我开了门。

"小勇，你就在这里看书吧，"三叔睡眼惺忪地打了个哈欠，"看到早上都行，只是别耽误了考试，叔先回去睡了。"

"真是太谢谢你了，三叔。"

三叔要出门，又回头问："你说的那药真那么灵吗？吃了不想睡觉，只想看书？"

"是，我现在脑子里根本静不下来，就像一台疯转的机器，非得找点原料来加工，不然就会转坏了。"我一边说，一边已经在书架上找书了。

"这么灵？唉，我们家小石头不爱看书，成天就知道瞎玩，要给他吃一颗就好了。"

"别，"我苦笑着说，"千万别，这药得万不得已才能用，石头等高考的时候再说吧。"

三叔出了门，我从英文书架上拿下一本书，叫 *Gone with the Wind*，中译名就是大名鼎鼎的《飘》，不知道是写什么的，总之是英语文学名著，我翻开就看了起来。

服下第二枚苯苷特林和服下第一枚感觉完全不同，第一枚只不过让我觉得自己耳聪目明，头脑灵敏，但仍然只是普通的聪明人，而第二枚却让我仿佛冲过了一个关卡，整个人似乎进入了一个新的境界。虽然知识并没有新增多少，但是看待事物的角度却已经不同，我仿佛在一个新的维度俯视着原来的一切。一篇冗长聱牙的英语阅读理解，十个词里有三四个不认识，我没服药之前基本看不懂，服下第一枚药丸后能借助已经懂的部分，基本掌握大意，但现在重看，其内在结构却完全显现出来，我看清了作者的各种潜台词及深层逻辑，理解了大部分词的意思，甚至发现了两个隐匿的推理错误。而这时，我的英语词汇量本身还并无增加。

而这一切总共花了我二十秒钟时间。

　　我开始体验到双份苯苷特林的妙处，也终于理解，为什么那些服下苯苷特林 II 的人对一些明显超出自己知识范围的考题也能游刃有余。因为表面上新知识的背后，起作用的仍然是智力。像文中一个不认识的单词，以前以为不查字典就不可能知道意思，但现在通过语境也能猜出大致意义，而且相关的文字越长，推测出的意思也就越精确。这些意义相互印证，彼此巩固，一晚上掌握一门外语，并无夸大。

　　明天要考英语，我就打算把英语好好提高一下，可惜我家里的阅读材料实在有限，教辅书籍外的藏书不超过五十本，大部分还是些生活百科和地摊读物。我想上网找资料，但是英文网站大都打不开，并且许多外文书籍由于贯彻了严格的版权保护也没法在网上免费阅读。最后我实在受不了，外面书店和图书馆都关门了，于是想到了找堂叔帮忙，他开着一间不大不小的书店，里面卖的英语书倒是不少。

　　我打开了这本《飘》，稍微熟悉一下之后，那些长长短短的英语单词就不再是以个为单位，也不是以行为单位，而是整页整页地扑入我眼帘，倾倒出自己的意义。首先凸显出来的是整体段落的主题，然后是句子的语法结构，最后才是个别单词，而在清晰的总体语境下，那些生词早已不再构成障碍。

　　我一页页迅速翻着，每一页都有照相式的记忆。花了一小时时间读完了这本八百页的《飘》，没有查一个生词，但当我放下书后，大时代乱离下斯嘉丽和白瑞德的爱情悲剧已经深深印入我脑海，连同成千上万个新词汇。我感到大脑中的神经突触如同吸饱了养料的藤蔓，疯长着纠缠在一起，形成全新知识和审美体系的基础，令我心摇神驰，无法呼吸。

可惜这一切无法稳固，这些新形成的突触结构将在几天后坏死，一切新获得的知识之花都会随之凋谢。

放下《飘》后，我又将手伸向了另一本厚厚的《编码宝典》，这是一本技术性很强的科幻小说，我花大半小时读完了它。有了之前刚学到的大量生词打底，读这本书的速度也快了不少。

然后是花了二十分钟看完了《麦田里的守望者》。

然后……

三个小时后，我已经读完了七本英文小说，两部莎士比亚戏剧，一本雪莱诗集，一部牛津的《英国文学简史》，虽然这在浩如烟海的英语文学里不算多，但举一可以反三，我对于每本书内容的理解吸收都胜过常人的十倍。到最后，我可以说自己的英文阅读和写作能力，不下于任何英语专业的大学毕业生，而对英语深层结构和意蕴的理解，或许犹有过之。这让我重新鼓起了信心，无论英文高考是考莎士比亚还是海明威，对我都是易如反掌。

但我并未因此满足，我如饥似渴地想找到更多读物，汲取更多的知识，我翻开一本英文版的 The Federalist Papers，即《联邦党人文集》，看了一下前言，这是汉密尔顿等人关于美国制宪发表的论战文集，对美国社会和政治思想有着深远影响。我随手翻了两页，觉得挺有意思，正想看下去，忽然手机响了，提示接到了一个语音微信，来自叶馨：

"林勇，你应该没睡吧？今天我联系了你好多次，怎么一直没有回复？我真的很担心你，都偷偷哭了好几回了，回我一下好吗？有什么问题，我都会陪你面对的。"

我大感歉疚，自从下午考完后，这些事还没跟叶馨说过，她发了好些微信我也都没回。我放下手头的书，回了她一句话："我没事，你早点休息吧，明天见。"

一分钟后接到了叶馨的回复："我刚才跟你家打电话，说你半夜出去了。你究竟在哪儿？"

我不得不说实话："我睡不着，在堂叔家的书店里补充知识。"

"告诉我地址，我马上来。"

半小时后，叶馨从一辆出租车上下来，站在了我面前。司机好奇地望了我们几眼，开车走了。叶馨嚷着："你究竟怎么回事啊！半夜跑到这里来了……你怎么了？发烧了吗？"

"我怎么了？"我倒是有些好奇。

叶馨摸了摸我的额头："你脸颊好红，额头也特别烫，好像发烧一样。"

"正常的。"我说，"大脑活动太剧烈，我现在就想看书。"

"你家里说，你吃了两枚苯苷特林？"

"……我没别的法子了。"我不得不把事情简略地告诉她。

"可是万一有什么事情……"叶馨开始眼泪汪汪。

"没事的，至少我现在感觉很棒。"我说，"你别担心了，先回去休息吧。"

"回去什么，"叶馨噘着嘴说，"我是偷偷跑出来的，我陪你在这里吧。"

"你陪我？"我心中一跳，我和叶馨还从来没有这么晚单独待在一起过。

"嗯，"叶馨脸也红了，便转移了话题，"对了，我还带了好多吃的：丹麦曲奇、日本梅饼，还有法式小面包……"

我们坐在一起，我又抽了一本英文的《荆棘鸟》翻着，叶馨好奇地看着我一页页不间断地翻着书，问："这么快，你记得住吗？"

"记得住，"我说，"我看完后还可以讲给你听。"

叶馨也尝试着看了几页，但很快就放下了："虽然能勉强看懂，但看着还是太吃力，你现在智力有多高啊？"

"我不知道，反正花了1小时左右硬看下去，这些英文书就都能看了，我现在觉得就是给我本法文书我都能看明白。"

叶馨却露出了担忧的神色："这种效果的神奇……已经远远超过苯苷特林Ⅱ了，我担心副作用也会特别大，你可要小心。"

我也不能不有一些担忧，却不肯表露出来："没事的，我有预感，明天我会考得非常非常好。"

就这样，我们在那家小书店里一起读书到天明。我想我永远也不会忘记那一夜，多少希望，多少憧憬，多少忧虑，多少哀愁。我们就这样依偎在一起，沉浸在知识的海洋中，忘记了周围的一切，任时间将我们带向那不可测的未来。

只是当时，我们还不知道未来将会变得何等诡异迷离。

6

天亮了，我的智力仍在攀升中，头脑中似乎有一场愈演愈烈的大风暴。

我合上厚厚的《资治通鉴》最后一册，伸了个懒腰，叶馨吐了吐舌头：

"又看完了？"

"古文还真是难懂，看了我大半个小时，"我揉了揉太阳穴说，"不过没办法，还得为明天的文科综合考做准备。"

"看来你对明天也是信心十足啦？"

"嗯，我想基本没问题了吧，如果——"我想说"如果到时候我还没死"，但没说下去，叶馨也没继续问，只是说："那就好。"

她又叹气说："其实我昨天发挥也不好，要是也吃两枚苯苷特林就好了。"

"你发挥应该正常吧，保持状态就行，我是没有办法。"

"可是你现在真是很厉害啊，变成学习超人了。"叶馨赞叹不已，目光中流露出浓浓的爱恋，不知怎么，我忽然感到有些厌倦。

"这些都是虚的，几天之后就忘光了……现在六点多了吧，我们去外面吃点东西。"

"你刚吃了那么多东西，这么快又饿了？"叶馨讶异地问。

"是啊，我想是大脑消耗的能量太多。"

我们到外面狼吞虎咽了一番，我吃了一笼包子，一笼烧卖，一碗豆腐脑和两根油条。叶馨只喝了一杯豆浆，笑眯眯地看着我吃。

"变成超人的感觉怎么样？"她问我。

"饥饿。"我说，但很快看出她误解了，"不是肉体上的饥饿，是知识上的，知道得越多，就想知道得更多，可惜能让我知道的太少了。"

我无法向叶馨描述这种感觉。昨晚我看完了两百多本书，到后来几乎是一分钟一本。当然很多书我也无须通览，我拥有了一眼就看出一本书价值的洞察力。只要看看封面，再看看前言和目录，就知道一本书是否有以及有多少价值。那些精装大部头，标有"经典""学术"字样的大著，从前我看上一眼都觉得望而生畏，可现在一眼看去，就知道其中有多少是翻来覆去的老生常谈，或者生安白造的牵强附会。

当我读完这数百本书后，已经隐约可以窥见人类文化发展的轨迹，极少的天才人士为文化带来真正的生机和转变，若干杰出之人通过解释他们的思想，略有增补发展，将文化的种子播向四面八方，其他人不过是毫无意义的应声虫，但恰是这些庸碌之人组成了人类大众，也构成出版物的主体。但他们的书完全是浪费纸张油墨。如果将人类出版物的百分之九十九都付诸一炬，对真正的文化来说毫无损失。

如果全人类都是由天才之士组成，那世界将变得何等不同！我们将看到何等伟大的成就，何等迅猛的进步！

不，我又想，这种看法太极端了。从我目前的智力状态来说，诚然如此。但不久之后，我又要复归一个平常之人，芸芸众生之一。到时候我未必分得出李白的诗比李鬼的好在哪里。天！这种感觉令我不寒而栗。就好像告诉一个正常人，不久后他的智商会变得像白痴一样，让他如何能忍受？

比起这些，高考又算什么？就算考到了全国第一又算什么？我还有那么多书没有读，那么多知识没有掌握，只要能停留在这个状态，我愿意付出一切代价！

我霍然起身，叶馨一惊："你去哪儿？"

"我要去研究生理学和药理学，"我握紧了拳说，"一定能有什么办法，让我现在的智力状态稳定下来，这样的话，人的智力可以稳步提升一大截，再也不会走很多弯路，比起这个来，高考什么的根本微不足道！"

"又不是没人研究，世界上那么多研究所都在攻关这个课题，可是多少年都没有结果。你能做什么呢？"

"我和他们不一样，"我说，"我现在理解和掌握事物的能力……说了你也不明白。我一定要在几天之内搞明白，我不能再回到原点，我不甘心。"

说着我就往外走，叶馨在我背后叫了起来："林勇，你疯了？就算你有 250 的智商，哪个实验室会凭几句话就让你去做实验？别的不说，苯苷特林的合成方法还是绝密的商业资料，你看一眼就能看出来吗？"

我顿时省悟，叶馨虽然现在智力比我差一大截，可是旁观者清，说得不错。这种事光靠智商没用，必须要有高级的实验设备和原材料。而哪个实验室也不可能接纳我这个莫名其妙的高中生的。如果时间稍长我还可以想点办法，但现在药效不过是几天而已。

"我是怎么了？"我喃喃自语，"怎么有这么古怪的想法，难道真是药效过头，让我发疯了？"

"时候不早了，我们还是去考试吧，"叶馨站在我面前，"一切等考完了再说，好不好？"

看着她温柔如水的眼波，我无奈地点了点头。

我和叶馨和家里通了电话后，就一起向学校走去，走在路上，看着来来往往的芸芸众生，大有成年人看着一群装腔作势的孩子之感。他们的衣着打扮、神色姿态，无不向我提示出更深层的个人信息。那个表面上衣冠楚楚的绅士，看得出只是为了工作维持一个体面的形象，多半是一个推销员，目光的无精打采，提示出他对自己的工作很不满意，但是人到中年，又无力摆脱；那对在一起看上很甜蜜的情侣，手里拿着一些楼盘的信息，显然是在看房，姑娘嘴角露出得意的笑容，而小伙子却颇有忧色，看来为了结婚，他要付出的代价非同一般，而他脸边隐约的吻痕和抓痕更提示出昨晚一番软硬兼施的交涉……

　　一切就这样呈现在我面前，并非侦探般抓住细微线索的或然推理，而是自然地展现出来，就好像看到一个孩子背着书包就知道他是个学生一样自然。当然，这些也算不上什么高深的见解，但以往却从未如此清晰深刻地印入我脑海，我第一次真切地感到，这个社会表面的形态下，还有着无数丰富的脉络、节点、关系、法则，它们潜在地支配着身在社会中的一切。

　　我看到了他们，看到了他们的过去和未来，看到了他们的希望和努力，挣扎和沉沦。但从今天的我看来，这一切都是病态的需求，背离了人的本性，本质上毫无价值，也没有得到幸福的希望。所有人的生活，都植根于这样一种习焉不察的自我折磨和彼此折磨之中。

　　甚至我和叶馨之间也是如此，我冷酷地想，我以前一直不知道叶馨为什么喜欢我这个只有篮球打得好的大个子，现在却恍然开悟。我们的性吸引力还是由几百万年以来狩猎采集时代的遗传所决定的。那个时代，一个年轻、健壮、善于打猎的小伙子，当然会受到女性的青睐，这是保护她和她的孩子，让他们平安成长的保障。这种规律一直支配着人类，直到当代社会，半大男生们还叛逆不驯，藐视和反抗成人世界的种种规范，并通过从打架斗殴到体育比赛的种种手段展现出自己的身体力量，而女生们对此则心醉不已。在部落时代，这些是年轻人取老首领而代之的必由之路，但今天早已毫无意义。

至于我喜欢叶馨，更不用说，因为她年轻、漂亮、白皙、活力四射。根本上是一种性的吸引力，而这又是因为男性的遗传策略：永远喜欢处于生育佳龄的女子，以便给自己留下尽可能多的后代。我和叶馨自以为一尘不染的爱情，也不过是由这些肤浅可笑，且早已过时的因素决定的。正常情况下，我们在上大学之后一两年就会分手。

真他妈索然无味。

我嘴角泛出嘲讽的冷笑，甩开了叶馨的手，在晨光中走向考场。

7

叶馨觉察出我的情绪有些不对，但她大概认为是吃药的影响和临考的紧张，没有跟我计较，反而说了几句宽慰的话，我懒懒地没怎么理会。自从看世界的目光变了之后，对身边的人和事反而觉得陌生起来，仿佛一个成人置身于一群幼稚的孩童中般难以适应。

到了考场，要分手了，叶馨问我："怎么样，现在有信心考好吗？"

我不耐烦地说："没问题，我现在直接去考英语专八都能过。"

"那就好……对了，你说我们一起填报北大好还是清华好？"

"等分出来再说吧。"

"……嗯，那好，我走了。"叶馨幽怨地看了我一眼，又停了一停，仿佛在期待什么，过了几秒钟才转身离去。我知道她身体语言的暗示，我应该抱一抱她的。可是我却没有。但又有什么关系？现在我已经开始对这段关系感到厌倦了。

不是针对叶馨，甚至也不是关于爱情，爱情只是一种工具性的繁殖策略，是那些基因为了传递自身而愚弄我们的工具。厌倦是对这个社会本身，人生本身。对此我理解得越多，就越感到一切毫无意义。

上大学，找工作，结婚，生孩子……所谓步入正轨，其实不过是让人在这个社会中逐渐麻木，最后死去。然而千万年来，人们就是这么过来的，自以为对这个世界已经熟谙世故，其实只是生活在世界表层，对一切一无所知的寄生虫。

但我已经跳出了这个世界，我在一个新的维度之中，重新俯视芸芸众生，如寄身一群蠢笨的猪羊之中，明知其最终的命运不过是被屠宰，却无法阻止，甚至自己也被他们裹挟而去，我不自禁地感到深深绝望。可最多几天后，我新获得的知识和能力又会从大脑皮层上剥落，不久我又会和他们一样，还原为社会底层微不足道的一颗沙砾，而对自己的悲惨处境全无觉察。

我有种想要结束这一切的冲动，这很容易，只要从教学楼上往下一跳……反正接下来的烂摊子也不是我收拾。至于父母的悲痛，叶馨的伤心，老师同学的不解，又与我何干？当我不存在之后，这些人也同蝼蚁无异。

我站在栏杆边上，第一次感到生命是如此毫无意趣。只要轻轻跨过，便可结束这个延续 18 年的无聊故事。我现在知道，那些说两枚苯苷特林会导致自杀的贴子并非妄言。我也猜测出这些现象不仅在主观意识上，而且在大脑结构的客观基础。人根深蒂固的价值取向来源于某些童年形成的特定神经元突触连接及对其他连接的抑制，构成了心理学上的"印刻"效应，而现在在我大脑中，抑制已经解除，新的结构正在疯狂地形成，旧有的连接却被淹没。一切都是可能的，然而一切也都毫无价值。

了解得越多，就越明白，人类对宇宙毫无意义。

就让这一切在这里结束吧……

"林勇！你愣在这儿干吗呢？"

有人在背后喊我，回头一看，是阿牛。

"怎么脸色不太好？"他问，"昨天没考好吧？我也是，想不到居然那么难……不过算了，顶多复读呗……呀，快考试了，再不去来不及了。"

阿牛的话把我拉回现实，我不能就这么放弃一切。至少目前这种宝贵的智力巅峰阶段不应该虚度，像神祇一样活着，几乎能够随心所欲地通晓一切，本身就是莫大的幸福，至于将来，我可能几天后就忘了这些事，又何必多想？

阿牛一定没想到，自己随口一句话就救了我的命。

而且也改写了之后的整个历史。

我走进考场，英语考卷发下来了，果然超纲词语和语法结构大为增加，如果是以前我或许会觉得艰深繁难，但此刻这些新增加的难度对我有如儿戏。我花了十分钟答完了所有的题目，又花了二十分钟写完了作文。构思是在脑海中瞬间完成的，时间只是因为需要用笔写出来。作文题叫作"Repayment & Retaliation"，也很有难度。但我写成了洋洋洒洒一千多单词的一篇散文，既有卡莱尔的雄辩，又有斯威夫特的俏皮，还有兰姆的清新。客观地说，在满分之上再加60分，才能够得上这篇文章的水准。

虽然没人给我这个分，不过无论如何，也该得到满分，除非那阅卷老师看不懂，这不是没可能，我用了不少十七八世纪的典雅表述，只有英语文学的翘楚才能完全欣赏。

我搁下笔，开始百无聊赖地胡思乱想。我想到了哥德巴赫猜想，这个猜想是我初中读到的，当时挺有兴趣，"证明"了几天，但很快放弃了。此刻，我便开始在大脑中尝试证明。

半小时后，我承认自己失败了，这种深奥精微的数学证明需要许多极为繁复细密的专业技巧，但我却一点也没有学过。苯苷特林并非无所不能，至少还不能和人类几千年的知识积累相比，你不可能独立想出一切。不过我构思出了三种可能的证明途径，并凭直觉看出，其中有几个过渡步骤应该是正确的，可以将哥德巴赫猜想转换为几个较为容易证明的命题，这样可以大为降低证明的难度，我打算等考完试，就去找些数学著作来看，或许能攻克这个难题。

看了看表，一小时到了，这是可以交卷出场的最早时间，我当着所有人的面第一个交了卷，走出考场。我打算在明天的文科综合考之前，去市图书馆彻夜攻读，也许能解决一些重要的纯理论疑难，最好能再发明几个专利，这样可以保证我即使以后白痴一辈子，也衣食无忧，父母也可以得到应有的照顾。

我走下楼梯，正在谋划将来的安排，忽然听到背后传来的脚步声，回头就看到一个淡紫色衣衫的俏丽身影奔下楼梯，向我跑来，甜美的笑容如同天使，长发在风中高高扬起。

是叶馨。

"阿勇！"她亭亭玉立地站在我面前，用银铃般的嗓音说，那声音曾令我无限迷醉，如今却毫无感觉。

"叶馨，你怎么——"

"我看到你从窗外经过，"叶馨说，眼睛中闪着奇异的光亮，"所以我就出来找你了。"

"你考完了？"我发现她表情奇怪，一刹间已经推测出了端倪，心猛然一沉。

叶馨仿佛没听到我说什么，白皙的手指在我面颊上轻轻滑过，痴痴地说："我好喜欢你。"

然后，她腿一软，倒在了我面前。纤弱的身体重重落在地上。但她没有昏倒，而是挥舞着手足，半睁着眼睛，喃喃自语着什么，仿佛是在梦呓。

这时候，两个监考老师在她身后冲了出来，将叶馨架起来就往一旁的医务室里奔。

"她怎么了？"我跟着他们走去，颤声问，其实心里已经知道了答案。

"她还没答完题就开始胡言乱语，然后站起来到处走动，忽然就冲出来了，我们劝都劝不住。"一个男老师说。

"估计是用了苯苷特林，"另一个女老师叹息一声，"终生致痴了，今早新闻说，昨天山东就有一个考生在考场上变成痴呆的，河南有两个，广东也有……想不到今天居然轮到我们这儿了。这么花骨朵一样的小姑娘，唉……"

"不是说只有万分之一的可能吗？"男老师不解。

"废话，今年全国高考有 780 万人，万分之一也有 780 个呢……同学，你怎么了？"女老师诧异地看着我。

我不知道自己看上去是什么样子，但估计不敢恭维。我呆呆地站着，只觉得心中一片空白。

虽然没有看到医生的诊断，但我目测下已经确定了女老师的推测不假，叶馨是变痴呆了，这不会错。

这些日子我也查了一些苯苷特林的资料，一开始看得似懂非懂，智力激增之后理解又深了好几层。我现在知道，终生致痴的原理和一般人身上的副作用大相径庭。正常情况下用过苯苷特林后都会头脑昏沉几天，是因为临时形成的神经突触连接迅速萎缩后，产生的一种对脑细胞活动的抑制效应导致睡眠增加，问题不大。但在极少数人身上，却因为新的神经突触被免疫系统判断为异种入侵物质，而产生一种抗体，这种抗体不仅会吞噬新生的神经突触，而且会无差别地攻击多种神经递质，导致不可逆的反应，患者的大脑皮层最终将整个被"格式化"，几十年的经验和记忆会全部丢失，甚至会侵袭小脑，比如叶馨刚才摔倒，就是小脑受损的明显特征。

我救不了她，世界上没有人能救她。这个过程极为迅猛，至多只有几个小时，而且损伤最初是从大脑深处的髓质部分蔓延，表面上看不出来，等到出现明显发病的症状已经来不及了。我的女友叶馨，将永远变成一个白痴。而几天前，她还信誓旦旦地跟我说，吃这种药没事的。

真他妈滑稽，滑稽得不可思议。

忽然，我耳中听到一个声音在哈哈大笑，又恍惚了片刻，才发现在笑的人是我自己。我笑得前仰后合，几乎眼泪都要笑出来了。

几个监考老师看着我，又相互看看，流露出古怪的目光，我看出他们的潜台词：这小子不会也变痴呆了吧？

我大笑着摆摆手："不，你们想错了，我没毛病，也许是因为考得太好了，哈哈，哈哈！"

"救护车叫来了！"一个穿白大褂的中年人匆匆跑来说，"只不过现在考试，进不了学校，就停在门口，我这里有副担架，咱们把她抬到校门口。"

众人手忙脚乱地把叶馨抬起来，放上担架，女老师看着我说："同学，别光站在那里，帮忙搭把手啊！"

"哈哈哈，没用的，"我狂笑着摇头，"你们救不了她，谁也救不了她，她再也恢复不了正常了，她完了，完了！"

"神经病!"女老师瞪了我一眼,几个人一起抬着叶馨出去了。

我笑了不知多久,直到旁边一个人都没有,笑声才渐渐止息,

我明白自己永远失去了叶馨,而我刚才还那样冷酷地对她!从今往后,在我蝼蚁一样的生活中,最后一点慰藉也消失了。

而最可怕的是,对此我竟然无动于衷。只有一片深深的麻木。

8

考试结束时间快到了,已经有其他考生交卷,说说笑笑,陆续出场。他们看到一个男生坐在那里发呆,面无表情,只会以为是考砸了,有谁能想到,背后还有那么多惊心动魄的内幕。

我不想碰到熟悉的老师同学,站起身,拖着脚步,木然走出校门,许多家长正在那里翘首相盼,好在没有我父母。但估计也随时可能出现,我不想再见到他们,便关掉了手机。救护车刚开走,我听到许多人在议论"刚才被抬出来的那个漂亮女生",唏嘘感叹一片,也无心多听。

"同学!同学!"一个形容猥琐的小胡子男人出现在我面前,神秘兮兮地说,"看你神不守舍的,在里面考得不太好吧?"

"别拐弯抹角,你要推销什么,明天的考题?"我很快判断出他的基本动机,冷冷地问。

小胡子愣了一下,一番准备好的动听说辞用不上,不得不说实话:"这个……考题我弄不到,不过有样好东西能帮到你。你看看那些考得好的,其实他们都吃了聪明药,也就是苯苷特林,你该知道吧?如果你想要的话,我这里有,便宜点给你,一颗八万。明天还有最后一门

考试，说不定可以改变你的命运，机不可失！"

又是苯苷特林。我一眼看出这个药贩的困境所在：他大概不惜血本进了一批苯苷特林，谁知道今年供过于求，现在手上还有一批没有脱手。病急乱投医，所以虽然只剩下最后一场考试了，还是到考场门口来碰运气，看能不能忽悠到个把倒霉蛋。

"你手头有多少？"我问。

"只有3颗了，你有同学也要吗？如果都要我可以便宜点给你，一颗……7万吧。你放心，绝对是真的，都是从国外来的原装货。"

"我得先看看。"

"那不行，"小胡子警惕起来，"药我没带在身上，你先给我打了钱，一手交钱，一手交货，才能……"

他说话的时候，眼睛不自禁地往上看，表情微不自然，我知道他在说谎，冷笑一声，转身就走，小胡子迅速软下来，拉住我，低声说："行行，到这边来看。"

小胡子把我拉到附近的一条死胡同里，背后闪出一个膀大腰圆的大个子青年，对小胡子点了点头，看来是他的同伙，警惕地把守着胡同口，防我抢了药就跑。他看着一切布置停当，才拿出一个印着英文的乳白色瓶子。

我打开看了一眼，里面有一颗熟悉的半透明胶囊，我看出确是真货，问他说："另外两颗呢？"

"怎么，你都要吗？"小胡子颇感狐疑。

"至少我得先比较一下，现在好多真伪掺杂的。"

"你放心，我卖的都是真货……"小胡子拍着胸脯保证。我摇头说："那算了吧。"作势要走，他犹豫一下，终于掏出另外两个药瓶。每个瓶子只能装一枚胶囊，因为严禁一个人同时服食两枚以上，这种方式是明确的提醒。

我让他把药倒出来看看，药贩小心翼翼地一颗颗拿出来，捧在手心上，对我说："你不用担心，这些都是一样的，没一颗是假的，你要是都要，我可以再打个折扣，二十……十八万全给你。"

我微微一笑，左手忽然抬起，在他手背一拍，三枚胶囊震飞了起来，我右手一抄，已经全都抓在手里，和预想的一模一样。在他反应过来之前，三枚苯苷特林已经进了我的肚子。

那两个人瞬间石化。药贩呆立了半晌，大叫起来："你……你疯了？三颗都吃了？你不想活了？"

"所谓活着无非是有机体自我维持的生化反应，延续下去又有什么意义？"我冷冷地说，"不过我想看看，一个人的智力究竟能达到多高的地步。这应该很有趣吧？"

药贩气急败坏，扑上来想抓住我："你想找死是你的事，可是你还没给钱呢！钱呢！"

我微微斜身，让他从我身边冲过，又在他背上轻轻一推，力道恰到好处，令他重心不稳，摔了个狗啃屎。他的同伙从背后冲过来，但我听到了他的步伐，敏捷地转身避开，又一拳打在那大个子的肚子上，让他痛得弯下了腰。然后我跃上旁边的一个垃圾桶，在墙头一按，身子跃起，就翻到了墙的另一边。

苯苷特林增加的不只是大脑的智力水平，也包括小脑和周身神经的反应速度。现在我全身的反应灵敏度和身体控制力，可以和世界一流的武术家或杂技演员相比。对付这两个动作迟钝的呆瓜，不费吹灰之力。

在那两个家伙翻过这堵墙之前，我已经飞檐走壁，越过了三四个院落和两条小巷，去得远了。

9

吞下五颗苯苷特林是什么样的感觉？能将一个人的智力推高到何种程度？我不知道，地球上大概没有人知道，因为没人会用这种奢侈的方式自杀。想死大有别的法子。当然之前在动物身上做过实验，一些动物服用过三枚以上的苯苷特林，但这些动物无不在两三天后永远停止了大脑活动，变成只剩下呼吸心跳的"植物动物"，没有人知道在之前那段日子里，它们的智力曾提高到怎样的程度。有个别报告说某只猴子曾学会人的语言，甚至能写歪歪扭扭的字，只是写下的东西不知所云，不过实验无法重复，其他的猴子大都在怪叫一通后就倒下不动。

心灵的死亡迫在眉睫，我分秒必争，亦无怨无悔。如能登上智慧的群峰之巅，纵然下一秒便坠入深渊又有何妨？但巅峰又在哪里？

首先，我想到解决某个数学问题，但这个想法很快被我自己否决了。数学只是抽象的形式。即便解答了哥德巴赫猜想之类的疑难，世界的本质仍然在迷雾之中，甚至数学本身是什么也晦暗不明。

当然，更不用说各种科学问题，我深深明白，量子物理、宇宙学、分子生物学这些前沿学科必须建立在观察和实验所获致的坚实实证资料之上，而我却没有时间也没有资源去获得这些。单凭空想或许可以创造一个宇宙，但不是我们的宇宙。其他实证科学也是一样。

文学又如何？现在，我可以写出相当哀婉华美的诗篇和流畅动人的散文，如果有充分的时间，甚至可以写出一部精彩纷呈的长篇小说。但我仔细估量，发现自己还不能——至少是没有把握——超过历史上那些伟大的天才，似乎艺术天分并不完全依赖于智力，而仰仗于某种更原始、更古老的构想能力，某种意义上荷马、杜甫和莎士比亚这些伟大作家已经达到了艺术的完美，在这些方面后人尽管可以发展出更精密巧妙的文学技法，但在最基本的方面难以再取得显著进步。

我走过一排哲学书架，我对哲学了解不多，全部知识来自高中的政治课本。据说这是探索世界本质和规律的一门学科，是一切科学的王冠。这倒是引起了我的兴趣，我在书架上取下一本厚厚的黑格尔的《哲学全书》第一卷，花了五秒钟读完了头一章，然后便扔到一边。几乎每一页我都能找到三个以上的推理错误，个别出彩的论断被淹没在大量随意而散漫的浮夸联想中。

但我也无须去读其他的哲学著作。在匆匆一瞥间，我不仅看到了这本书本身的问题百出，也看到了哲学本身面对的是不可能的任务。没有任何方法能证明世界是精神的还是物质的，或者世界是否真实存在，一切尝试证明的推理都需要借助某种未经证明的前提，而任何一个彼此对立的论述都是自洽而无矛盾的——同时也是无意义的。

　　然而如果哲学不可能被最终证明，那么一切科学都不可能被最终证明，这是简单却无法挑剔的逻辑。一切的基础之下，就是毫无基础的虚无。

　　我开始感到一种更深层次上的绝望。千变万化的经验世界仍然有一种根本的限制，无论你有何等的智力，怎么去思考，都无法打破某个固定的界限，绝对不可逾越。如果对这个世界真有上帝式的全知，那该何等可怕而无聊！能知道的都已经知道，不能知道的永远知道不了。

　　那么究竟什么是值得思考的根本问题，可以让我思考下去，并且可以真正找到一个答案？看上去，并不存在这样的问题。简单的问题不需要多少思考，而深刻的都找不到答案。

　　我一边想着，一边仍然手不释卷地阅读着。我没有在阅览用的桌前坐下，而是直接在书架前站着，凭直觉选择，飞快地抽出一本本书，每本花几秒钟看看前面，然后决定是否读下去。大部分没有继续读的价值，但如果要读的话，就一页页狂翻着，大部分只需略读，值得细读的寥寥无几，花三四分钟——对我来说已经是非常长的时间了——细读完一本书后，某个学科的基本原理和方向就了然于心。

　　两小时以后，偌大的图书开架阅览室被我逛完了，事实上我只看了不到千分之一的书，但其中至少 90% 的精华都已经被我吸收，这种效率胜过无数皓首穷经的老学究。然而在这里我还是找不到想要的答案。

　　我走进了图书基藏库，它在图书馆的大楼中占据了三层，拥有二百万本以上的藏书。这里是不允许普通读者进入的。但我也无须借助什么欺骗的狡计，只是轻松地判断出管理员的视野盲点，找到了一个转瞬即逝的目光死角，在两个图书管理员目光交错之际，一闪身窜了进去。而管理员丝毫没有看到我的动作。虽然有摄像头，但我肯定根本不会有人盯着看。

书库的内部幽深而肃穆，空气中散发着有些霉变的书卷气息。一排排书架在下午黯淡的光线中静静地伫立着，将无数已经死去的思想埋葬在自己体内，如同某个古墓地上一眼望不到头的墓碑。这里的绝大部分书籍，无人阅读，无人想念，也无人知道。

这里的大部分藏书，事实上也是过时的废话和胡扯，只是一排排腐朽的古人骸骨，甚至还不如外面的有生气些。我一层层看下来，在书库底层的最深处，我在一排外文图书前停了下来，看到某个熟悉的书脊，认出是昨晚翻过几页的那本英文版《联邦党人文集》，昨天被叶馨打断了，没有看完。

"哦,叶馨,叶馨。"我喃喃念了几声这个名字，虽然相别才几个小时，却仿佛比眼前的那些书籍还要古老，古老得已不可能在我心中掀起一点点波澜。

不过，我今天或许可以读完这本书，如果值得一读的话。

我把这本书抽出来，发现它其实是二十年前出的一套"剑桥政治思想史原著系列"中的一本，是国外的政治学名著，包括《利维坦》《政府论两篇》《论法的精神》……本来的书号标签已经撕去，这些可能从来没有人读过的英文书上落满了厚厚灰尘。

我翻开那本书《联邦党人文集》，埋头读了起来。这是关于美国建国原则的政论集，我刚才读过几本美国史的著作，但是这本书让我真正把握了美利坚合众国建国时的精神氛围：在那个时代，传统和习俗的影响已经逝去，现在一切都是可能的，一个崭新的国家，有史以来将第一次建立在理性的基础上。

这本书明晰透彻，富于思想的活力，可以看出，推动它的是一种理性健康的精神，一切都公开透明，可以讨论，从事实到结论，起作用的是逻辑而非修辞的力量。当然，在深层论证上，它仍然矛盾重重，依赖于某些不可靠的前提，并在一些关键推论上模糊不清，不难窥见时代的困窘。但这本书令我发生了兴趣，人类群体关系究竟有多少可塑性？人的生活意义究竟何在？

我又翻开了下一本书：《利维坦》，并花 5 分钟读完了它，在我已经是极为少见的细致。这本书比上一本基础得多。书中集中论述的是一个相当有趣的社会理论：最初在自然状态中，人人相互为战，但这种状态因为人类对彼此的恐惧而终结，从此人们签订契约，出让自己的自然权利以换取和平，建立国家。这本书在很多方面当然都有明显的瑕疵，譬如历史中当然从来不存在作者所描述的状态，但不失基本的洞察力：人类社会得以成立的基础性前提是人性中对暴力的恐惧。

我又读了主张社会契约论的一系列作者的作品，譬如洛克和卢梭，虽然其主张往往大相径庭，但可以看出他们的基本洞见不在于在历史意义上考察社会的起源问题，而在于从基本人性出发，希望建立一个最为符合人性的理想社会。在其中代表个人的自然权利和代表集体的公共意志能够融合无间，使人类能够踏上通向永恒幸福的大道。

我忽然想到，这正是我所寻找的那个问题：对于人性来说最理想的社会是什么，乌托邦是否可能？这个问题足够复杂，足够深刻，但又有一个确定的答案，至少不像"宇宙的本质"之类那样虚无缥缈，无法验证。人性，虽然就个人来说千变万化，差异明显，但是作为人类群体，在统计上必然趋于某个稳定的值。人性的各种需求，从饮食男女到自我实现，统计上也必然会有明确的先后排序关系，譬如，霍布斯把摆脱死亡恐惧作为第一需求，无疑是正确的。这样必然能够找到一种稳定的社会制度，使得它能够最大限度地满足人的需求。

不，单纯这几点还不够。那些几世纪前的思想家们还忽略了一点，这一切还涉及资源的问题，特别是人类获取资源的能力变化。显然在资源极少和资源丰富的情况下，资源分配模式也应该不同……这就必须考虑到历史的维度，这一制度不仅应该最大限度地满足当时的人类需求，而且应该最有利于向下一个社会形态嬗变，这就使得问题进一步复杂化了……

但这是一个真正值得思考的问题，并且一定会有一个确定的解。我将我的全部精神投入这一方面，一本本书读下去，从政治学到社会学，再到经济学和心理学，大脑疯狂地旋转着，忘记了周围的一切。

10

问题艰巨至极，在某种意义上比哥德巴赫猜想更深奥，比三体问题更无解，涉及的变量太多，彼此又相互纠缠作用，变成一团解不开的乱麻。

从逻辑上来说，任何一组特定的人性组合都应该有一个独一无二的制度解，这个解相当不稳定，并且条件极其敏感，人性的常量上稍有变化，都会导致原来的解不再适用。但政治制度当然不可能凭借随机的，每一代都微有变化的人性条件而随时兴废。而如果稍微偏离本来的基础，就会酿成一场社会灾难。因此，我不得不放弃寻求最优解的努力，而转而思考，是否能找到一个不坏的基本框架，能在最广泛意义上容纳这些不同的人性可能，让它能够在各种不利条件下仍然良好运行。

很快，我找到了整整一打的制度解，其中只有三种在地球上出现过，另外四种有些思想家曾经在想象中描绘过，还有五种大概从来没有任何人类想到过，而这12种制度都可以保证人类基本上获得和平、稳定与繁荣。

然而这些还不够。事实上，我对于其中任何一种都不满意，没有一种能够实现我希望实现的完美乌托邦。它似乎根本就不可能出现在这个世界上。人性自身的多疑、善变、自相矛盾和朝三暮四就阻碍了理想王国的出现。

除非……

难道……

我隐隐意识到了一个问题，在我的思想中有一个盲点，但那个盲点是什么呢？让我没办法看清楚某个最关键的地方，某个隐匿的真正条件。纵然以我的超级智力也不行，就像哥德尔发现任何一个形式系统中都有无法证明的命题一样，看来任何一个人的头脑中都会有某个盲点。

　　这个隐匿的关键何在？也许要把整个体系推翻了重来。我走到窗边，凝视着下面车水马龙的街道，默默思索。让我们回到霍布斯吧，我想。任何社会都建立在人与人之间的某些默契上，这样的默契有很多，但最根本的只有几种，其中最重要的，是人对他人可能伤害自己的恐惧，出于这种恐惧，他们才会彼此协作，建立社会……

　　如此一来，整个社会都建立在一个根本有问题的基础上，一个没有恐惧，仅仅出于对美好前景的共同追求而进行自愿协作的社会可能吗？那首先要去掉恐惧的基础，这种恐惧从何而来，它真的是不可避免的本性吗？还是——那句话说——

　　恐惧源于无知。

　　头脑中如被电光划过，我终于发现了盲点所在，那被深深隐藏在社会生活背后的盲点。我奇怪以自己的智力怎么会一开始没有想到。

　　恐惧源于无知！

　　这世界将何去何从？

　　大量我刚刚读过的书籍中的历史和现实浮现出来，被无数日常生活经验的例子所充实和印证，它们分门别类，按照历史和逻辑的顺序勾连起来，形成非线性的复杂因果网络，一波波运动，一次次革命，构成地质运动般的板块冲突，生长点和断裂带看似杂乱无章，但在超人智力的洞察下，一切都有迹可循，潜伏着严密的规则。在变化的历史处境中，某些最初的偶然条件被放大和固化，各种因素反复分化组合，几次反复之后，最后形成不可摧的刚性结构，并延伸向不远的未来。

　　然后是潜在结构的涌现，冲突和断裂，很快，一切消失在黑暗中。这就是结局吗？人类最终将和自己最美好的未来失之交臂，并且永远也不可能再回到它？

　　不，不会是这样的，或许有什么办法改变，可方法在哪里？究竟在哪里——

　　蓦然，似乎有 1000 个炸雷在我脑海中响起，一切坚固的知识都不复存在，世界崩溃解体，化为数据的洪流，沉入无边的混沌，其中也包括我自己。

　　我知道，是那 3 枚苯苷特林的药效发作了。我无法再思考，也无法再找到答案。

　　以后的事，我记不太清楚了，只有一堆似是而非的片段。我的智力无法进一步提升，相反却淹没在亿万无关紧要的细节之中。我比以前更加疯狂地翻着一本本书，从一堆细节跳到另一堆细节，但是再也无法找到一个整体，也无法得出任何结论，我甚至不知道自己在干什么。我仿佛已经疯了，又没有疯，还算清醒的那部分我困在自己的疯狂意识里。

　　不知什么时候，图书馆关门了，没有人发现我，门被锁上了，我也无法出去，我拍打着门，无人理睬。夜幕降临，我一个人留在黑暗中，和那些异化的知识和思维碎片搏斗着，战栗着，呻吟着，头疼欲裂。我跳动的思维仿佛变成了一个巨大的旋涡，而我被卷入自己的思维中，无法逃脱。

　　在亿万意识的碎片中，偶尔也有之前生活的片段：童年和父母一起去游乐园的快乐，考上这所重点高中的欣悦，第一次见到叶馨时的心跳，和她在一起那种醉人的甜蜜……我竭力抓住这一点点过去的碎片，试图找回自我，以此保持最后残留的一点清醒。

可是我终归失败，那些记忆的片段一一消失，我昏了过去，却并非全然丧失意识，在"我"已经不存在的意识里，思维的旋涡仍在旋转着。

在昏迷中，我做了一个梦，梦见自己在一个清晨，再次走向学校，坐在了高考的考场上。问题简单得可笑，一切问题都有确定的答案，有的不在选项里，无所谓，我可以自己补充进去，我行笔如飞，每一笔都雷霆万钧。我不是在考试，是在创造，在发散，在催生一个新的世界，又好像在写完全不知所云的东西。

高考结束了，我走出考场，身边都是同学的欢呼，许多人在撕书，撒向天空，碎纸如同雪花般纷纷落下。我茫然站在纸片的飞雪中，直到看到阿牛站在我面前："阿勇，你怎么了？跟你说话都听不见？"

这不是梦，我终于清醒过来，这是现实世界，我真的考完了高考。可是我怎么会在这里？昨晚究竟发生了什么？

我还没有明白过来，就看到老爸远远地跑来，气喘吁吁地问我："儿子，你考得怎么样？昨天你上哪儿去了？我和你妈都快急疯了。你怎么了？怎么脸色这么难看？"

"我没事，"我听到自己嘶哑的嗓子说，"爸，我终于考完了。"

然而这已经是最后的回光返照，下一秒钟，我就瘫倒在地上，我看到阿牛和老爸的脑袋出现在天空的背景下，焦急地对我喊着什么，我想回答，却已经张不开嘴。渐渐地，我看到他们的身影越来越模糊，最后一切都沉入无差别的黑暗中。

我的最后一个念头是："我会死吗？"

随即，我便落入真正的黑暗，落入再也不用去思考的、无梦的沉睡之中。

<h1 style="text-align:center">11</h1>

我在一个浅绿色的房间中醒来，一切痛楚都消失了，但是意识却还很含混。朦胧中，我看到一个似曾相识的窈窕身影站在我床边。

"叶馨……是你吗？"我昏昏沉沉地说。那身影从模糊变为清晰，我才发现面前是一个未曾见过的女郎，看上去是西方人，一头金发，肌肤如雪，容貌美得毫无瑕疵，穿着某种浅蓝色的制服，像是护士的打扮，看上去年纪不大，目光中充满了自信的神采。

"林勇先生，你醒了？"女郎用纯正的汉语盈盈地问，声音柔美得如同夜莺。

"我……我在哪里？医院？"我问。

"算是吧，"女郎说，"你睡了很长时间。"

我的大脑艰难地转动着，试图回忆之前的事情，但头脑运转却比老牛拉破车还慢，再也找不到之前思维飞驰、精神翱翔的感觉。我发现自己对于在图书馆那一夜之前主要的事件还有相对完整的记忆，但那个晚上及第二天的事已经完全记不清楚，只有残缺的碎片。我尝试着回忆之前汲取的海量知识，但绝大多数都想不起来，只有一点恍惚的印象，只是表面上还在那里，只要认真去回忆就消失了，宛如一碰就破碎的肥皂泡。

超人的能力已经丧失殆尽，我再次变成了一个普通人。

但我还活着，有正常人的思维，至少目前看上去是这样。

"我昏迷了多久？"我问，看着周围略感诡异的场景，心中颇有不祥的预感，"几个月？一年？十年？还是——"我忽然想到，自己现在是否已经变成了一个中年人甚至老人？我抬起自己的手臂，看到臂上仍然皮肤光洁，肌肉饱满，并不像已经过去很多年的样子。也许我是胡思乱想，也许不过是几天之后。

但是女郎的表情严肃起来："你要有心理准备，林勇先生，事情可能和你想的完全不同。"

"你先告诉我，现在是什么时候？"我问。

女郎叹息着，说出了一串日期："今天是2177年6月9日，自从2027年6月9日上午11点半你昏倒之后，已经过去了整整150年。"

我呆了片刻，随即笑了起来："这算什么？某种玩笑？"

女郎没有回答，向我走来，将一只雪白的手按在了我的胸口。"你干什么？"我有些紧张地问。

"别紧张，"女郎狡黠地一笑，"我为你做个全身检查。"

然后我看到了不可思议的一幕：女郎的整只手没入了我的胸口，只露出手腕。我大叫一声，惊恐地向后退去，但女郎的手也随之延长，一直留在我体内，并上下搅动着。

"你……你……"我惊骇极了，结结巴巴地说，但很快发现，自己的胸口不痛不痒，事实上根本没有任何感觉。

女郎缩回了手，做了一个表示 OK 的手势："恭喜，你很健康，看来纳米修复疗法非常成功。"

"你是怎么做到的？"我还惊魂未定。

女郎微笑着眨了眨眼睛，身体上泛起了一圈波纹，她就像水面上的倒影一样波动着，渐渐变得半透明，仿佛是一个虚影："我告诉过你，我们已经在未来，这个时代我们的技术你暂时还无法理解。"

过了许久，我有气无力地张口："这么说，现在真的是……2177 年。"

女郎郑重地点了点头。

"那你是什么？"我问，"是人还是……机器人？或者这里的你只是一个幻象？"

"我是人，"女郎清晰地说，"同时也是纳米机械体，我不是幻象，有实体的存在，却能够分化为亿万细微的纳米机器，进入任何坚硬的物质结构，也能够变得透明或改变形态，这座房间也是一样，事实上，在人和机械之间已经不存在界限。"

"发生了什么？"我干涩地问，"为什么我会在 150 年之后？"

"你还记得 2027 年你最后一次考试吗？"

"嗯……"我仔细回忆着，"不过只有一点模糊的印象……好像做梦一样。"

"那不是梦，你真的去考试了，考完之后出来就昏倒了，从此昏迷不醒，还上了新闻。"女郎的手指向墙壁，墙壁变成了荧屏，出现了一幅幅新闻图片和视频，我看到了悲痛欲绝的父母，摇头叹息的老师，还有昏睡不醒的……我自己。

"这么说我真的睡了150年？"我摸着自己的脸颊，惊异地问，"150年后你们复活了我？可是我不明白，为什么我看上去一点也没老？我被冬眠了吗？"

"没有，只是很简单的细胞再生技术……这个以后再说。我想问你，关于最后那场考试，你还记得什么？"

我摇摇头："几乎什么也不记得了，那时候我吃了太多的苯苷特林，意识完全混乱了，估计就是胡言乱语吧……这很重要吗？"

"是的，那场考试对今后的历史发展极为重要。"女郎说，随着她的话语，荧屏上出现了几张考卷的照片，我认出了自己的笔迹，纸上密密麻麻都是字，但不明白自己写的是什么。

女郎看到了我迷惑的目光，解释说："你的文科综合考原始试卷已经遗失，只剩下几张不甚清晰的照片，但这些照片改变了人类历史。现在，它们是我们历史上最重要的文献之一。

"你的这次考试得了18分，除了几道纯属偶然的选择题外，几乎所有题都答错了。但却给所有阅卷者留下了深刻印象。特别是最后一道论述题，你竟然加了八张纸，写了9000多字，但写下来的几乎完全是乱码，每一个字词都能读出来，但没有任何意义，比如第一句话是'圣子疯狂的经济被石头了的的七十一死去已经'，显然只是疯子的呓语。"

我仔细回想，也想不起来自己是怎么写的，只能苦笑："记不清了，当时我大概真的精神失常了吧。"

"本来这张考卷也许会直接被扔进垃圾堆的，但是页边拯救了它。"

"页边？"

女郎点点头，虚拟荧屏上出现了若干答题纸的照片，果然，在密密麻麻的正文边上，是一组与之全然不相称的数字和数学符号，每一页都有。

"这是……"

"这是一个数学证明，一个相当简单的证明。"

"可我怎么一个字也看不懂？"

"其实你看得懂的，这是一个初等数论的证明，总共有七十七步，虽然比一般中学所学的数学证明繁复一些，但是……你看结论就知道是什么了。"

我看向最后一行字，那里写的是：

"……因此，当 $n>2$ 时，对于任何自然数，都不可能找到一组解，使得 $a^n+b^n=c^n$，QED。"

"这是……"我忽然明白过来，"这不会是费马大定理的证明吧？"

"正是，而且应该就是费马没有写在书边缘上的那个证明。"

我不由得倒抽一口冷气，费马大定理的故事我自然知道。当初费马提出了这个猜想，自称找到了一个"绝妙的证明"，但是因为书上"空白太小"而没有写下来。此后人们一直在寻找这个所谓的绝妙证明，但从未成功过。虽然在 20 世纪末，一个英国数学家最后证明了它，但却是费尽了力气，用了许多高级的数学发现，证明写了一大本书，可谈不上十分绝妙。

"人们长期以来都以为，这样的绝妙证明根本不存在，是费马臆想出来的。但你却天才地找到了一种另辟蹊径的证明方式，并向全世界展示出来，证明费马并没有说谎，的确可以用初等代数的方式证明费马大定理。"

我被她说得好奇地想看看自己究竟是怎么证明的，不过想想还是搞清楚目前的状况更重要："等等，当时我写下这个证明干什么？"

女郎有点怜悯地说："这你都想不明白吗？"

我模糊地想到了什么，却又觉得似是而非，头脑中意识乱糟糟的，听女郎说："这个证明即使常人也看得懂，很快就被监考的教师发现，纷纷传阅，还有好事者拍下你的考卷，放在网上，引起了巨大的轰动，所以你很快就誉满全球，虽然你还是植物人的状态。不过国家奖励了你父母几百万元，足够他们安心生活一辈子了。

"我父母……他们……"

女郎并没有回答，而是又绕回原来的话题："人们对你当然也越来越感兴趣，很容易调查出你吃了整整五颗苯苷特林的事，对你的超级天才也感到极其钦佩。人们想，这个页边上的证明逻辑严密，思路清晰，既然如此，正文那九千多字怎么可能只是乱写的呢？所以，就有有识之士意识到，那篇看上去只是胡言乱语的文字，或许只是某种加密的文字，中间很可能隐藏了某些重要的信息，是一个天才头脑——不，应该说是整个地球生命体系四十多亿年来所产生的最卓越智能的结晶！许多人都尝试破译，但是却一直没有人能够破译出来，这篇文字一度变得比伏尼契手稿还要出名。

"一般的人类没有能够解开这个谜。但你的成功也鼓励了对智力提升药物的研究，在二十年后，一种最新的智力提升药品苯苷特林 VI 问世了，它能够稳定地将人的智力提高一个层次，并固定下来。经过它提升的一些读者经过苦心钻研，终于发现了你的文章的加密方法，你用表面的修辞掩盖你真正的预言，同时也提供了解读的线索。你巧妙地用一些怪异的表述和错别字，提示出某些句意的颠覆，某些上下文的衔接的错位，某些错误推断背后的真意……这些常人无法读出来，即使告诉他，他也会觉得是牵强附会。但在经过高阶的智力提升之后，再看这些文字，就好像从三维图中看到隐匿图像一样清楚明显。"

12

"那么我的预言是什么？"我越来越好奇了，那一夜，我究竟发现了什么？

"你看到了这个世界的真正脉络，很快会浮出水面。一个旷古未有的转折点即将到来。随着智力提升技术的最终成熟，提升的智力将会稳定下来，使得一部分大脑结构特异者永久性地获得过去只有最伟大的天才才能享有的高阶智力。几十亿年来，宇宙对地球生物最悭吝的资源——智力，终于将对人类的一部分成员近乎无限地开放。他们将成为超人类。

"但这并非天使的号角，最初反而是魔鬼的诅咒。在 21 世纪下半叶，由于第一批超人类的出现，整个世界都将面临异常的混乱。在几十年内，由于经济差异和个人体质问题，一部分人智力将会得到提升，另一部分人没有，智力提升者内部也不是铁板一块，有些人可以提升到极高的智力，有些人不过比正常人略高，高阶的智力提升者看待初阶的同类，不下于人类看待猿猴，甚至他们自己也将形成不同的立场和派系，这一切将会在世界上引起史无前例的仇恨、疯狂和恐慌。

"最大的可能是，为了维护世界稳定，成为超人类的高阶智力提升者在足够壮大之前，就被以立法的形式加以限制和消除，比如永久禁止一切类苯苷特林药物的使用。其他的可能包括全球核战争，种族大屠杀，或者个别超人类对全人类进行专制统治和扼杀同类，等等，人类几乎无法走出这个瓶颈。

"但几十年前的你计算出了这一切，并在最后几千字中用隐语阐明了新的社会生活原理，你指出，以往人类社会的根本前提是人性稳定不变，但在苯苷特林等药物问世后，这一前提已不复存在。人类自古以来的全部政治智慧都已不再适用，超人类必须创造属于自己的完美社会。而你指出了这个新世界的建立方式。"

"恐惧源于无知……"我想起了最后那句话，喃喃道，"原来这句话的意思是，只要有超人的智能，就能够摆脱恐惧，实现真正的协作。"

我依稀明白过来。当时自己的盲点就在于看不清人性的基础即将发生巨大的变化，当人的智力提高到一个全新境界的时候，一切基于旧人性的社会体系都不可能再存在了。

"那新世界是什么样子的呢？"

"其中较为深奥的部分，现在你自己也无法理解。简单说吧，新制度是严格按照智力区分的等级制度，不同智力阶层之间不相互侵害，但是却拥有不同的政治权限。原来的人类和低阶的智力提升者无权进行统治，而必须绝对服从高阶者的命令，如同儿童要服从大人。虽然这些人本身可能是成人，而高阶者可能反而是他们的孩子。"

"这未免太……专制了。"

"如今你自己也这么认为，不是吗？旧人类根本不可能接受这样公然违反人类基本价值观的社会制度，因此你知道自己必须保持隐秘，只能让超人类们获知这一点。你知道自己的高考考卷由于特异必然会广泛传播，因此精心设计，不仅让它在之前发挥了重大的影响，而且在其中埋下了思想密码，等待着几十年后才会出现的同类解开。

"按照今天的分类，你服下第一颗苯苷特林的时候，还只是聪明的普通人类，智商大约是 150—160，服下两颗后，智商提升到 200 左右，也仅仅是刚刚跨过超人类的门槛，属于 I 型超人类，但最后三颗苯苷特林起作用后的十二个小时之内，你的智力相当于超人类 III 型，已经无法用旧人类的智商指数测量。而在几十年后，出现的也只不过是 I 型和 II 型。你的蓝图对他们也是意义匪浅的。如果没有你，必然会发生一场可能毁灭世界的混乱。

"超人类们破解了你留下的秘密之后，彼此联合起来，心照不宣，秘密地按照你的路线前进着，虽然不无波折和坎坷，甚至几度险些被清洗，但他们韬光养晦，形成了秘密团体，凭借智力的绝对优势逐渐把握了世界的政治经济命脉，当旧世界发现他们的力量之时已经太迟了，超人类已经过于强大，非旧人类可以控制。经过一场短暂的全球革命，全球各大政府被颠覆了，超人类的权威统治建立起来。这一事件被称为'奇点革命'。那是一百多年前的 2071 年的事了。

"此后 100 年，人类的发展不仅超过以往的 10000 年，也超过了旧人类在另一种未来可能的一万年。超人类的社会制度无限解放了人类的创造力，我们从真空中取得无尽的能源，让全人类得以摆脱劳动的苦役；我们转变了自身的存在形态，让人和纳米机械完美融合，进一步将智能提升到无与伦比的程度；我们还通过人造时空虫洞打开星际之门，驰骋于宇宙，成为亿万星辰的主人。你想看看我们的世界吗？"

"你们改造了整个地球？"

女郎不置可否，舞动手臂，做了一个仿佛是"打开"的手势。周围的墙壁渐渐变得透明，然后消失，我发现自己面对着一座缤纷奇异的城市，珊瑚一样巨大而精致的建筑从发光的海洋下生长出来，伸向天空，如同一座水上森林，甚至在缓慢地摇曳着，在"珊瑚枝"之间，花朵一样的奇妙结构四处飘飞。我无法用语言形容这座城市的恢宏壮丽。我们就在某片不大的花瓣上，悬浮在海洋和天空之间。

我出神地看了很久，才又抬头望去，头顶上是繁星点点的星空。但不是我熟悉的星空。星光璀璨了百倍以上，在天心，横亘着一个气势磅礴的银白色巨蛹，向两边延伸出亮丽的光带，直垂天际的地平线。

"这是……"我瞠目结舌。这不可能是地球上的景象，难道是某种虚拟的数字效果？

"这不是虚拟，"女郎像看透了我的心思，"我们在仙女座星系的中心区域，我们看到的是它的核球部分，不过这不是一颗行星，而是一个直径300万公里的人造环形世界，这是目前泛宇宙人类文明的中心。我们距离仙女座星系的中心1万光年，距离银河系和地球219万光年。"

13

"不可能……"我失声惊呼，"才100多年，人们怎么可能到……到仙女座星系？怎么可能那么快！？"

"快慢依赖于度量标准，对我们来说，过去的时代才是慢得像蜗牛的步伐。在奇点革命之后，在超人类的社会中，一切都在飞速进化，无数之前只是科幻概念的超级技术都在几年甚至几天之内出现了，现在每1秒钟都有上亿个超人类从各星球的复制中心诞生，每秒都有10个以上的行星和卫星被殖民，每秒都会诞生好几个过去千百年才能产生一个的重大发现发明，并在几小时里在全超人类的范围内普及。人类的足迹已经踏足1亿光年内的每一个星系，甚至已经启程去探索已知宇宙的边缘。"

我呆呆地望着这遥远而陌生星系的天空，半天说不出话。小时候，我曾经梦想过去月球和火星，长大后这种幼稚的梦想早已烟消云散。但今天，我却在200万光年外的另一个星系里。

"这一切都是你带来的，"女郎说，"虽然今天超人类的智识已经超越了你当初的巅峰状态，但是如果没有你的设计帮助我们渡过最初的瓶颈，也不可能有后来的一切。虽然超人类中不存在偶像崇拜，但你的历史功绩仍然受到超人类的敬重。"

"可是我是怎么到这里的？"

"自从你昏迷之后，就成了植物人，不过发现费马大定理简单证明所带来的名利给了你和你家人足够的生活和医疗所需。还有不少人积极筹款想把你唤醒，问清楚那段乱码背后的秘密，但从来没有成功过。对于你的病症，世界上最顶尖的医生也无能为力。你的神经元突触连接已经全部被破坏，没有任何意识可言。但是人们让你活了下来，21世纪50年代超人类兴起后，也秘密接管了你的肉体，将你妥善安置起来。

"在2077年的奇点革命后，你被超人类视为我们这一种族的先知，地位更胜从前。随着超人类创造力的几何级数的爆发，新的技术开始越来越快地出现。我们首先让你在肉体上实现了永生，然后让已经是一个老人的躯体年轻化。许多即使在超人类中也是最杰出的头脑为了研究让你复生的方法殚精竭虑。终于，在30年前，这种技术问世了。它能够根据被严重破坏的脑结构残痕算出本来的突触连接，进行再造，从而恢复你的记忆和意识。原理虽简单，但计算量大得惊人，如果用你昏迷之前的最先进技术，要制造地球那么大的超级计算机才可能在适当时间内算出结果，不过这对超人类来说，已经不成问题。

"然而在这里，人们发生了分歧。究竟复活哪一个你？我们可以去除后加的增生突触，复活本来的你，也可以复活那个智力上升到顶点的你。一部分人主张复活智力巅峰时期的你，这样你可以作为和我们平等的超人类加入我们。但另一部分人则主张复活常人的你，因为那才是真实的你自己，是后来历史真正的本原。两种意见相持不下，但是没有争执，我们只是决定搁置这些争议，让历史来决定。

"大约10年前，随着人类文明中心的转移，你随同地球上的无数文物资料一起被转移到仙女座星系内部。两个小时前，经过最后的商议，人们最终决定复活本来的你，然后让你决定自己的未来，一切由你的选择决定。一小时前，你被复活。"

"我……有什么选择？"

"你已经被宇宙超人类最高理事会赋予了特殊荣誉公民的身份，你可以保持目前的状态，在全宇宙范围内游历，并受到人们的尊重和欢迎。但是让我提醒你，人的世界在150年后已经演变到了你根本无法理解的程度，你无法和任何一个最底层的超人类进行足够水平的交流，你不可能适应超人类的生活。"

"可是我们之间不是能交流吗？"

女郎微笑了，带着怜悯的目光："某种意义上，人和他养的宠物也能交流。"

我不禁苦笑："看来我永远无法融入你们的社会，就像一只猴子无法融入人类社会。"

"恐怕是的。不过还有一种选择，就是再度进行永久的智力提升，变成那个给我们启迪的真正先知。那样你可以愉快地融入我们的世界，跟随我们一同进化，享有宇宙所能提供给智慧生命的最大幸福。"

"这么说，我有什么理由不去选择后者呢？简直太完美了。"

女郎凝望着远处的珊瑚形建筑，微微摇头："有一个很特殊的原因，这也就是一开始在超人类中的分歧之所在，你的大脑拓扑结构事实上不适合进行永久的智力提升，它的发展弹性是有限的。如果强行进行智力提升的话，在你大脑中会形成新的超级人格，但如今的你会沉入超级意识的底层，变成某种类似潜意识的状态。这也就是当年为什么你在最后阶段会丧失意识的缘故，事实上，当时的你大脑内形成了一个全新的超级人格，问题是，你只是其中一部分，你无法享有整体的自我意识，你不会感觉难受，但是会把自我意识让渡给新形成的超级人格，而你降格为其中一个运算单元。"

"你们不能解决这个问题？你们技术那么先进，不能让我——我现在的自己——变成超人类吗？"

女郎摇头说："你没有明白问题在哪里。当然，我们甚至可以把一只蚂蚁的神经结改造成人类的大脑，但如何改造呢？也只能加入新的材料和结构，本质上我们只不过是新造了一个人类大脑，并把那只蚂蚁的神经结嵌进去。那个人并不是之前的蚂蚁。至于你，虽然不至于像蚂蚁那样近乎毫无智能，但问题是类似的，不可能通过技术方法解决。"

"也就是说，"我自嘲说，"一种选择是让我生活在一个我永远不可能理解的世界里，另一种选择是让我生活在我永远不可能理解的自己之中？真是完美的选项。"

"抱歉，我们别无他法。"

我苦笑一声："看来你们的力量也有限度，那么在这个时代，还有像我一样的人吗？对了，我爸我妈——他们还在吗？"

女郎微微摇头："他们照看了你几十年，但在奇点革命之前就寿终正寝了，你父亲去世于 2058 年，你母亲是 2063 年。令人宽慰的是，他们在临终时都知道了我们会保证让你重生，所以走得很安详。"

老爸老妈已经死去 100 多年了……我想哭，却哭不出来，醒来之后的各种震撼实在太大了，甚至压倒了悲伤。

"那么……"我的心忽然一跳，"对了，叶……叶馨呢？你知道她吗？"

女郎面无表情，淡淡地说："知道。"

"她在哪里？你们也让她恢复意识了吗？"我的一颗心狂跳起来。也许很快，我就可以见到叶馨，我已经预感到，她正在什么地方等待着我……

女郎摇摇头："很抱歉，叶馨她……也已经去世了。事实上，你知道的旧人类都已经不在这个世界上了。"

我栗然一惊："奇点革命只不过 100 多年，你们又发明了超级技术，他们怎么会都死了？"

"请别误会，"女郎像是看到了我的心思，解释说，"这里没有战争或者种族灭绝，当然在奇点革命中一些旧人类顽抗，甚至试图动用核武器，超人类不得不进行反击……奇点革命后，旧人类被集中在澳大利亚的保留地，我们用超级技术供养他们，给他们舒适的生活，只是不传给他们永生技术，如今他们的后裔还在地球上，但是你认识的那一代人都已经过世了。"

我惨然无语。

"如果你愿意，可以回到地球上，和他们生活在一起。"

"不，"我决然地摇头，"我想我没法适应被当超人豢养的宠物的生活，你们不如给我一台时间机器，让我回到过去。"

"没有也不可能有时间机器，因为这在物理学上不可能实现。不过或许有一个办法，能够达到相同的效果。"

"什么方法？"我又鼓起了希望。

"重造出那个 2027 年的世界。"

"这怎么可能！？"

"在这个世界，没有什么是不可能的。我们可以凭借你的记忆和那个时代的丰富历史记录，通过超级计算机海量数据的计算精度，为你造一个虚拟实在的世界，在那个世界中，你将回到 2027 年，抹去一部分的记忆，继续过你之前的生活，过几十年上百年都可以。你可以在许多年之后重返现实，也可以选择无限循环地过下去，甚至可以选择……像一个正常人那样死去，意识永远消失。"

我被这个念头诱惑了，犹豫了一会儿说："可那是逃避现实。"

"不，应该说，我们在为自己创造现实，无论是旧人类还是新人类都一样。"

"我想知道，"我盯着她的眼睛问，"如果你是我会怎么选？"

"我吗？我会选择最适合我本性的生活。"

"那什么是适合你本性的生活呢……叶馨？"

女郎并没有显露出太惊讶的神情，只是沉静地看着我，最后无奈地摇头一笑。她的眉眼忽然如在雾气中一样模糊，但片刻间，已经恢复了正常，却已完全变样。那张我魂牵梦萦的面容再次出现在我面前，只是目光已经变得完全不同，它曾经天真又炽热，如今却睿智而冰冷。

"想不到你还是认出了我。"叶馨说，她的声音也和旧日相似，温柔如水，却没有任何情感在里面。

"从一开始我就有一种微妙的熟悉感，你的脸虽然不是你自己的，却是你最喜欢的安格尔的《泉》里的少女，你的一些手势，还有你微笑时眨眼睛的样子……这是那种恋人间不可言传的熟悉感。虽然我也无法完全确定，不过如果叶馨真的活着，那么要唤醒我，她应该是最好的人选。"

"你猜对了，即使在变成超人类之后，有些事还是无法改变，"叶馨轻叹着，"很抱歉，阿勇，我隐瞒你，只是不想增加你的困扰。是的，我是叶馨，那场悲剧后我们都沉睡了，但我的情况比你好，我在奇点革命后不久醒来，接受了永久的智力提升。

"但我也没有欺骗你，我已经是另一个人格，以往的叶馨确实已经不复存在，沉入我意识的基底。我还记得叶馨的一切，但是整体上已经超越了人类的阶段。变成超人类后，一切都不一样了，往昔的情爱已经无足轻重。超人类有全新的生活和情感，或许你无法理解。"

"我能理解。"我涩声说，"我也曾有过类似的感觉。"

"那就好，"叶馨说，一对明眸在仙女星系之心的照耀下闪闪发亮，"在我身上，也有一部分想要回到过去，回到和你在一起的日子呢。或许那就是我至今仍然保持一些过去小习惯的原因。我想，是该和过去的自己彻底分离的时候了。现在，我把她送给你。"

她把手再次放在我胸口，那只手慢慢融化，变成水银一样的流体，渗透进我的皮肤之下。我感到了一种久违的熟悉的温暖。那是真正叶馨的感觉……

"你的选择是什么？"她轻声问，随即微微点头，"不用说了，我都已经知道……你会如愿以偿的……"

她身体的其他部分渐渐消散在空气中，周围的奇异城市和星空保持了片刻，然后也烟消云散。

而我再度落入无意识的深渊，刚刚的记忆又在遗忘之海中沉没。

尾　声

细雨空蒙，邈远无涯。丝丝雨线从阴霾的天空落下，在黄浦江上跳动着，泛起万千细碎的涟漪。十里洋场在雨幕中变成无差别的灰蒙蒙一片，远处的东方明珠和金茂大厦顶部也笼罩在一片雨雾里，若隐若现。秋雨绵连，气温陡降，地上落满了破败的梧桐树叶，没有几个游人，只有空旷的河滨大道在雨中伸向远方。

我撑着一把黑伞，独自伫立在外滩，凝望着流动的黄浦江水，心中百感纷呈。

5个月前的高考，我铤而走险，多服了1枚苯苄特林，终于完成了预定的目标，在英语和文科综合考试中拿到了近满分的佳绩，弥补了语文和数学上的损失，虽然没能进北大清华，总算也考上了上海的一所重点大学。但过量服用苯苷特林的副作用也大得可怕，我随后沉睡了3个月，志愿都是父母代填的。等我清醒过来的时候已经是9月多了，险些耽误了入学。

3个月的沉睡，我好像做了许多稀奇古怪的梦，比如似乎一次次参加高考，却在试卷上胡乱涂写，又好像飞檐走壁如同大侠，甚至似乎到过奇异的外星，遇到过一个有几分像叶馨的金发少女……但只剩下零星片段，似幻似真，无从寻觅。当我醒来，知道自己已经酣睡了3个月之后，惊得出了一身冷汗：我真担心自己永远睡去，再也醒不过来，那将让把我当成命根子的父母如何承受？

好在一切都过去了，我及时醒来，看到了梦寐以求的录取通知书。恢复了几天后就出院，由父母带着，背着大包小包来到上海读书。我的同学也大都考上了不错的高校，就连阿牛都上了本市的二本。

但是还有一个人，一个我无法忘记的人，她却——

背后传来轻盈的脚步声，我忙回头，看到一把红伞下，一个窈窕的熟悉倩影向我走来。

"叶馨……"我喃喃念着这个甜蜜而凄楚的名字，女孩走到我面前，和我对面而立。几个月不见，她瘦了一圈，却显得更加清丽。

昨天，当我在宿舍里接到她的电话，告诉我她来了上海，约我今天见面的时候，我还不敢相信自己的耳朵。但今天，看到那个我爱的女孩亭亭玉立地站在我面前，我忽然鼻子酸了，想要哭上一场。

叶馨的眼眶也红了，她擦了擦眼角："阿勇，阿勇。"她呢喃着。

我们走向对方，在伞下轻轻地拥抱，亲吻，感受彼此的呼吸和心跳。

"你真的没事了？"过了一会儿，我问道，昨天电话里我们已经说了一些近况，但没来得及详谈，"我醒过来以后，一直联系不到你，听同学说，你爸妈带你去美国治病了。我打了好多个电话，也打听不到你的消息。我快急死了，生怕你……"我把最后几个字咽进肚子。

"是啊，美国那边发明了一种新疗法，可以刺激脑细胞的轴突重建……我治了3个多月，总算没事了，回家以后才知道你的消息。可惜你又开学来上海报到了。"

"没事就好，对了，你怎么到上海来了？"

"我当时昏倒了，最后一门文综不是没考吗？"叶馨叹了口气，"上大学是没戏了，我爸说，也不用复读了，干脆让我出国，去多伦多念书，这两天到上海的领事馆来办签证手续，事情一大堆，好不容易才抽出半天来见你。"

"你要去加拿大了？"我心中一沉，"什么时候走？"

"大概下个月吧。"叶馨轻轻地说。

"去多久呢？"

"我也不知道，要读本科的话，可能得要几年。"

我默然无语，心里难过。我们都是大难不死，本以为总算可以在一起，谁知刚刚见面，又要分别，从此远隔重洋。我扭头望向远方，一只孤独的鸟儿在雨中飞着，越过清冷寥廓的江面。

"其实我也不想去，"叶馨小声说，"我宁愿复读一年呢，可是……"

"挺好的，"我强忍着内心的波澜说，"那边读书条件更好，反正现在交通通信也方便，我们可以在网上天天视频，你放假过年也可以回来。"

"嗯，我会的，"叶馨说，又挤出一个笑脸，"对了，别说我了，说说你吧，上大学一个多月了，感觉怎么样？有没有认识别的女孩子？听说这里美女很多，你可不能见异思迁！"

"哪儿有……"我苦笑着，看她面色苍白，身子发颤，"怎么了，不舒服？"

"不是，只是有点冷，降温太快了。"

"我们别站在这里说了，"我说，"去前面找个咖啡馆坐下来慢慢聊吧，还有时间。"

"嗯，"叶馨重复了一句，"还有时间。"

叶馨钻到了我的伞下，拉住了我的手，像我们第一次确定感情时那样。我感到她的小手异常冰冷，不由得怜惜地攥紧了它。慢慢地，我感到了她掌心的一丝暖意。

我们牵着手，在细雨中走向迷蒙的未来。

科幻的文学性与世界建构

文／宝 树

　　科幻写作者常常面对这样一个问题：许多科幻小说，包括国内外一些闻名遐迩的扛鼎之作，都被诟病文学性不足，除去一些偏见成分外，这些批评还是有一定道理的。我们大概都能同意，从文学史的角度看，儒勒·凡尔纳的文学造诣不及他的同胞福楼拜，艾萨克·阿西莫夫也没法和海明威或塞林格竞争。当然，也不是不能举出一些被文学批评家较为认可的佳作，如雷·布拉德伯里的《火星编年史》和托马斯·品钦的《万有引力之虹》，但这些并非科幻的最高典范，至少科幻爱好者并不觉得《2001太空漫游》和《基地》要比它们差，这些"通俗"科幻小说也有不可磨灭的价值。

　　科幻文学性方面的限制在哪里呢？又是什么让它可以在一定程度上摆脱主流文学的阴影，而拥有独立的价值呢？这是笔者一直思考的问题，但在此不想也不可能做理论化的周密研究，只能从自己的阅读和写作体验出发谈一些必然是片面的感想，聊为野人献芹。

长期以来，科幻小说在科学与文学之间摇摆不定，看起来左右逢源，其实两面不讨好。科幻爱好者常常感到，科幻的"好"和一般文学的"好"是不一样的，有时候甚至会相互排斥，但背后的道理却很难说清楚。一个常见的说法是，科幻中有一些本质上不属于文学的东西，比如说"科学内核"，是它们更多地决定了科幻作品的价值与品质。

然而这样一来，科幻又回到了科学的传声筒，亦即单纯科普的角色。科幻并不甘心接受这样的地位。在西方，如果说早期科幻还有些许科普的意识，自20世纪60年代的新浪潮运动以后，已经完全摆脱了来自科学的束缚；在我国，自20世纪80年代始，科幻作家就坚持认为科幻是一种文学，以文学的自主性去对抗单纯把它作为科普的要求。那么问题又回来了，既然是文学，就必须接受文学的规训和价值标准。

再说，这种看法还是不能解决排斥性的问题。为什么同样具有科学内核的作品不能写得更"纯文学"一些呢？不能更提升自己的文学水准呢？那不是更上一层楼吗？虽然这些可能总是存在的，但是通常的科幻文学并没有向如此高处攀登的雄心，甚至作家的兴趣也不在此。我们难以想象用塞林格的文笔去书写阿西莫夫的《基地》三部曲，或者用莫言的语言去写《三体》的故事，倘若能写出来，肯定也是完全另外一种东西。就这些作品本身来说，并不需要如此的"提升"。

为了解答这个问题，需要考虑到一个明显的区别。科幻（以及奇幻）小说讲述的是一个不同于现实的世界（有些似乎是现实背景的，但是很快会揭露出其基本运行规则不同于我们所知道的现实）。因此，作者需要面对一个特殊的问题，必须让读者在阅读过程中相信自己所创造的世界的真实性。需要塑造的首先是世界，然后才是故事、人物和其他。在《基地》中，阿西莫夫首先得告诉我们，故事发生在几万年后的银河系，那时候所有的星球都被一个庞大的星际帝国所统治，在阅读中拒绝这个世界的真实性，一切故事都无从谈起；而对以现实世界为基础的文学来说，就没有这样的问题，作者和读者已经共享了世界的真实性，比如在《傲慢与偏见》里，奥斯汀并不需要去向读者介绍什么是英国，什么是贵族，什么是继承法和婚姻，可以直接进入情节推进和人物塑造。

但是在幻想文学中，因为作者和读者都心知肚明，所描写的世界或至少世界的某个方面是虚构的，要让读者在阅读中接受这个世界的真实性就成为作家所面临的严峻任务，否则就会影响接下去的一切。在设定于现实世界的小说中，故事的背景不应该违反常识，一般也不至于，只是有时候因为作者的知识不足会导致这种问题；但在科幻中恰恰相反，故事的背景就要特意违背常识，比如刘慈欣的《流浪地球》中有"太阳会很快发生爆炸"和"地球能从太阳系中飞出去"这两个似乎违反常识的设定，因此也不得不耗费大量的笔墨来说明这一点。

幻想文学多少都面临这个问题。但相对来说，科幻比奇幻更麻烦一些。奇幻世界（比如《魔戒》）的基本设定——精灵，妖怪，魔法师——本质上来自传统文化和民间传说，来自我们今天还很习惯的巫术思维，同一文化中的读者有基本概念，并很快能接受其设定。但是科幻小说的设定来自科学所铸造的新世界观，往往围绕着一些陌生的奇诡概念展开，在传统中毫无踪影。往往越是高超的科幻小说越是远离人们的认知。

比如需要写到死人复活这一超现实现象时，在奇幻中无须太费力，直接写这是一种高深魔法即可；但科幻必须给出详细的解释，比如克隆了死者的身体，移植其大脑，或者对死者进行了大脑扫描，提取出其意识，或者整个世界就是一个虚拟程序……每种解释对一般读者都是陌生的，要配合具体的科学原理、高科技装置、发生过程以及其他方方面面的后果，才能让这个死人可以复生的世界有一点真实感。

这里当然需要讲一些文学技法。刚入门的作者喜欢一上来就把设定铺开：故事发生在哪个世纪，哪颗星球，拥有怎样的技术，实行何种政体，主人公是人类还是什么别的生物，有什么超能力，实际上，这样固然省事，但阅读效果并不好。读者绝不会因为一堆干瘪的设定就相信这世界的确存在，反而更增加了不过是某人自己编出来的感觉。而高明的作者往往会让读者首先跟随人物的视角进入这个世界，然后在行文中通过各种场景、器物等细节，逐渐让读者在一次次惊讶中理解这个世界的基本状况和运行法则。

不过无论怎么千变万化，让读者对这世界产生真实感是幻想文学的一个普遍要求，但并不是主流文学的。在主流文学里，读者已经深信故事在本质上属于真实的世界，产生于生活本身，并不需要考虑这一方面（当然故事本身的可信度是另一码事），有时候，反而需要一些幻化的叙述，以设法和现实拉开距离，产生虚实交变的艺术效果，比如《红楼梦》中的大荒山无稽崖，或者《百年孤独》中最后毁灭小镇的一场飓风，都是"假作真时真亦假"的妙法。

因此在实践中，一般科幻小说要比主流文学更难追求某些高深莫测的文学技法，比如魔幻主义。主流文学因为植根现实世界，故而可以有各种手段，通过对日常生活经验的颠覆、断裂和重组来产生陌生化的叙事效果，但幻想文学，特别是科幻，本身要传达的即是完全不同的超现实经验，所以尽管也可以采取一些新奇的叙事手法，但必须保证其真实感的顺畅传达，不让形式的新奇喧宾夺主。

可以打一个比方，让画家画一个少女，他固然可以用古典主义的方式画得惟妙惟肖，宛如随时会从画中走出来，但这已经毫不新鲜，他更喜欢运用印象主义、表现主义、立体主义之类的画法，画出现实中没有的变形肢体；但如果让画家去画某种本来就陌生怪异、匪夷所思的外星人，再以诸多现代后现代主义的画法加以抽象夸张，观看者还能看到什么呢？这时候，画家只能以传统方式尽量真实地画出自己心中的面貌，因为观看者想看到的正是这种前所未闻的存在本身。

就此而言，幻想小说也不是对文学性要求降低，而是有自身特殊的文学要求：作者需要有足够的想象力和文学表达力去对超出日常经验的现象进行形象生动的刻画，去让读者有身临其境的惊叹。比如下面的这段已被译为多种语言的经典描述：

> 诗云发出银色的光芒，能在地上照出人影。据说诗云本身是不发光的，这银光是宇宙射线激发出来的。由于空间的宇宙射线密度不均，诗云中常涌动着大团的光雾，那些色彩各异的光晕滚过长空，好像是潜行在诗云中的发光巨鲸。也有很少的时候，宇宙射线的强度急剧增加，在诗云中激发出粼粼的光斑，这时的诗云已完全不像云了，整个天空仿佛是一个月夜从水下看到的海面。地球与诗云的运行并不是同步的，所以有时地球

会处于旋臂间的空隙上，这时透过空隙可以看到夜空和星星，最为激动人心的是，在旋臂的边缘还可以看到诗云的断面形状，它很像地球大气中的积雨云，变幻出各种宏伟的让人浮想联翩的形体，这些巨大的形体高高地升出诗云的旋转平面，发出幽幽的银光，仿佛是一个超级意识没完没了的梦境。

这是刘慈欣短篇小说《诗云》中对想象中用整个太阳系物质建造的"诗云"的描绘，运用了多种贴切巧妙的比喻，形象地勾勒出宏大而奇妙的"诗云"的面貌。在刘慈欣的作品中，这样的传神描写比比皆是，它们勾勒出了一个奇妙的世界，传达了一种不可思议的观看体验。读者因此也身临其境，见到了这个世界的奇观。

当然不能说主流文学没有这样浓墨重彩的描绘笔法，也可以举出许多经典段落。但大体而言，这是相对次要的方面，而且越来越过时了。谁还会像巴尔扎克那样不厌其烦地描绘一个房间，或者像雨果那样花一章篇幅来描写巴黎的全貌？但幻想小说还会将大量的笔墨用在这些方面，这也是许多读者最为渴望读到的内容。

实际上，说到这里，更进一步的结论已经呼之欲出：世界并不仅仅是情节和人物的背景，描写这世界也不仅仅是为了取信读者，在很多科幻和奇幻作品中，它就是审美对象本身。《流浪地球》中令人最为印象深刻的并不是任何构成情节的男主角的个人经历和追求，而是太阳膨胀成红巨星之后，小小的，寒冷的地球在浩渺宇宙空间中流浪的意象。《诗云》想写的对象就是"诗云"——一片由储存了所有可能写出的古典中文诗歌的芯片所组成的横亘太阳系之云——故事只是让这一神奇的存在出现的路径。

不过，在另一层意义上，文学本身的最高雄心也不止于人物或故事，而同样是写出一个世界。但不是物理层面的世界，而是存在主义意义上的世界——人类生存的意义机制。说到《红楼梦》或者《人间喜剧》，它们写的当然是一个个非常具体鲜活的人物，一个个或浪漫或凄惨的故事，但更重要的，也是作者的精神所凝聚的，是这些人物的生活世界，是这些波涛、浪花和漩涡所依存的浩渺大海。

我们刚才说立足于现实世界的文学分享同一个真实世界，其实也是片面的。姑且不论历史小说之类是关于已消失的世界，即便是同样描写当代的作品，轻松诙谐的都市爱情喜剧，描写贫困农村生活的现实主义小说，关于知识分子思想困境的先锋文学，在它们背后是同一个世界吗？既然作者对世界的理解就完全不同，所写的又怎么会是同一个世界呢？它们各有各的世界，也各有各的深度和美丽。

如果我们承认主流文学的鹄的是刻画作家心目中的世界，那么就会发现在主流文学中随着人物和情节发展逐步揭示出来的世界深层结构，在幻想文学中可以通过最直接的方式，通过改变物理世界的基本设定来加以刻画。当然并不是直接抛出一个设定就万事大吉，但当整个世界最基础的游戏规则都发生了变化，其中人物的思想观念和行为模式当然也会随之激烈地变化，从而构建出完全不同的意义机制。物理世界与意义世界因此互为表里。

比如，拙作《时间之墟》中描绘了一个时间循环的怪异世界，每一个被困在其中的人的精神都在极大的自由和冲突下发生了变异。这不是现实的世界和人，但却是其在假想中的变异，通过这种变异也可以看到（虽然是浮光掠影地）现实世界的一些深层内蕴，比如人性在去除社会压力后，内在的恶的爆发和对信仰生活的渴望。

我并不是主张科幻只是一种工具，一种滤镜，最后我们还是要"反映现实"，具有具体的现实关怀和意义。但科幻作家无论如何并没有真正在另一个宇宙生活，建构一个陌生的世界也就是挖掘自身现实世界的深层内蕴，世界本身就具有开放性和无限可能的概念。通过科幻和其他幻想文学，我们能探索一些主流文学无法触及的世界的可能性，正如主流文学所到达的若干深层世界，也非幻想文学所能梦想的。

在作品中建构一个世界，无论以什么方式，都不是一桩容易的工作。毋庸讳言，许多幻想作家做得也十分糟糕（本人确信自己属于其中之一），或者仅仅是表面不同，其实换汤不换药，或者虽然想到了一些深刻的内容，但笔力的孱弱难以承载。但无论从主流文学的标准看其水准如何，也无论为了进行这种建构要付出多少损失表面文学性的代价，我坚信，正是在这种建构活动中所蕴含的智性深度和精神广度决定了其真正的文学成就之所在。